庚子 己亥 戊戌

庚子 己亥 戊戌

葉漢良

OXFORD
UNIVERSITY PRESS

OXFORD
UNIVERSITY PRESS

Oxford University Press is a department of the University of Oxford.
It furthers the University's objective of excellence in research, scholarship,
and education by publishing worldwide. Oxford is a registered trade mark of
Oxford University Press in the UK and in certain other countries

Published in Hong Kong by
Oxford University Press (China) Limited
39th Floor One Kowloon, 1 Wang Yuen Street, Kowloon Bay,
Hong Kong

庚子 己亥 戊戌

葉漢良

ISBN: 978-988-874727-6

Impression: 2

目　錄

己亥

戊戌

舊水自序

寫嘢是傷神的，茫無頭緒，隨風而拾，黏貼成篇。像蒙太奇、Collage，都是搖搖晃晃的影像。

事緣二〇一七，丁酉年末，適邵頌雄兄雅興邀，輪替共事《蘋果》週末「名采」一欄，既憂且忡，見步行步，邊拾邊塗，如是者三年過外。

欄名「池中舊水」取自駱賓王詩《疇昔篇》，「池中舊水如懸鏡，屋裏新妝不讓花」句，本欲說些舊人舊時舊話，不察戊戌掩至，風雲變色，世態盡見新猷。

駱以字行，曰觀光，名賓王，選自《易經‧風地觀》，「觀國之光，利用賓於王」；中國讀書人的夢魘，觀天下事，賓於王，成國師，功名富貴。

歷戊戌、己亥、庚子，我則觀世態光怪陸離，不求賓於王，能稍為人師足矣。

《疇昔篇》佳句成群，尚有「揮戈出武帳，荷筆入文昌」；筆者荷筆費力，遑論揮戈，倒是應了「時有桃源客，來訪竹林人。」

這書出版，多謝各方，如蔣芸，董橋等老朋友前輩，誇詞鼓勵，推波助瀾，及張敏儀大姐鼓動成書。

多年後，有人想探究這幾年的事，偶遇《庚子 己亥 戊戌》，以為中的，入眼亦不過朝霧宵煙，似有若無的輕薄感觸而已。

「涸鱗去轍還游海，幽禽釋網便翔空」，閑文結集，聊以慰藉因大時代突變而困惑的人。

庚子

逃疫

醫療高官在鏡頭面前講解封鎖區域，背後男男女女拖着行李箱走人，逃疫的經驗我曾經有過，說起來有點奇情，已是六十年前的事。

五六十年代，香港的衛生條件未如理想，經常疫症肆虐，霍亂、天花、肺癆等，我記得我們經常要像入伍士兵，在操場、禮堂排隊打卡介苗、霍亂針；那年，醫生說我染上了白喉，要住院，或者要動手術。父親不知道甚麼原因，決定把家從九龍城搬到老遠的粉嶺，把入院的催促壓力，徹底逃掉。

上一代諱疾忌醫，有很多原因，一是比較慣用中醫或者自己熟悉的偏方，二是要住院就有如「生不入官門，死不入地獄」般忌諱；不知為甚麼，那時候的醫生好像有鋪劏人癮，動不動就叫人動手術。我試過和同學貪玩，把鉛筆的擦膠頭塞進了鼻孔，深入到拿不出來，醫生竟提議割開鼻樑來拿，驚嚇了一個晚上，還不是努力的用氣谷了出來？至於白喉的事，親戚提議，用飲管吸上馬百良蛾喉散(現在好像停產了)吹敷咽喉內，也不知用了幾日，人就回復正常了。後來，我們真懷疑，那次只不過是常見的扁桃腺發炎，或者是一些輕微的咽喉病。

當年人對醫療體系有戒心，包括怕有封紅包給掛茶阿嬸的習慣，還有醫生醫德。當年做醫生是黃金專業，聽說有人開了四間毗鄰診所，診症室互通，三十秒望聞問切後，交低給姑娘打針講解開藥，自己已經連環戰在第二間

診室做第二單了。有些人一早收成，報答了父母給自己當年的投資，並且倍數奉還；更多是嫌盤滿缽滿不夠，想金山銀山，炒股、期指，弄得焦頭爛額，這些故事，我見一些，聽一些，多不勝數。

我由求學初到今天，看着「隨地吐痰乞人憎，罰款二千有可能」的告示逐漸消失，霍亂、天花、肺癆、白喉等惡疾漸成記憶，亦看着醫療體系日趨完善，一度還要問鼎亞洲醫療中心，推銷世界級的醫療服務。我近期多了進出醫院，有點觀察，有點感想。今天做了磁力共振，操作的醫護人員有種訓練有素的程序和禮貌，每個步驟就像跟足了ISO 9001品質管理系統程序的，相當流暢。臨行的時候，一個年紀不算很大的操作人員，問我是否就是某位音樂人，久違了的記憶，放逐了的身份，竟像撲面而來。

這些都是與我們一起成長的香港人，有共同的記憶，在不同專業崗位，如醫療、消防、警隊等，有專業良好形象，都是經幾十年逐步樹立起來，得來不易的，如遭摧毀，則就只在旦夕。

這些年來，我都慶幸父親陰差陽錯，一早搬來做個鄉村人，讓我有良好的空間和清新的空氣，學做木工、泥水、耕種、燒焊，不會「四體不勤、五穀不分」，讀書勞動，一種近禪的境界。

上個週末，叫了部街車載些裝修材料回家，司機抱怨，近日元朗多了很多城市來人、假日司機，買老婆餅、賞樹、買年花、一睹元朗食神風采，林林總總的原因，把道路都塞滿了，好彩自己識路，懂得兜圈繞路走；我平常出入的一條大路，綠色小巴在站頭已經上滿了假日郊遊的

行山客，我雖上游也上不到車。城市人避疫郊遊，新界人就只怕他們把疫區搬來。

我出版社朋友傳來短訊，說不少南亞人從深水埗、佐敦等受封區影響地方跑到我附近來，要我警惕小心。也是的，很多南亞裔人士都是體力勞動者，手停口停，封他幾日，不跑才怪。

逃疫到鄉郊是一種浪漫的行為，看當地文化藝術有多濃郁；薄伽丘（Giovanni Boccaccio）的《十日談》（il Decameron），講的就是十四世紀中葉（1348年），黑死病在意大利二次爆發時，年青人七女三男逃到佛羅倫斯鄉郊，每人每天輪流說個故事，十天成百，成了經典。

疫情肆虐，民生凋零，統治者無能，激發人民怨聲載道，相對自由的意大利，尚可以用不滿的聲音，辛辣、諷刺，《十日談》的故事離經叛道，嘲弄鞭撻權貴偽善、宗教偽聖，可見疫情歷來都是一面照妖鏡。

我們的逃，就是欠缺了一種文化藝術的浪漫，更欠缺叛逆，逃得非常卑微。

「孔子過泰山側，有婦人哭于墓者而哀」。記述的，是一個永遠在逃的民族。

爐邊影話

天寒地凍，説一些影畫，當是爐邊夜話。

電影是個夢窩，我父親望子成龍，艱難給我付升中補習課，我卻溜了去看電影，很不孝。

那時候，電影有分首輪，二輪，甚至三輪放映的。我經常開小差去看的電影，記憶中大部份都是執二攤，還有公餘場，買四毫子前座，開場後不久才看形勢後移。

男孩看有型戲以占士邦(James Bond)始，1962年第一套邦片《鐵金剛勇破神秘島》(Dr No)，由辛康納利(Sean Connery)出演，三十歲剛出頭，但已經是「佬」樣，那時興成熟型演員的。

後來占士邦換了不同的人演：大衛尼雲(David Niven)、佐治拉辛比(George Lazenby)、羅渣摩亞(Roger Moore)、鐵摩達頓(Timothy Dalton)、皮雅斯布士南(Pierce Brosnan)、丹尼爾基克(Daniel Craig)；數來數去，大家還是對去年仙遊的辛康納利特別懷念，因為他經典，其他只是攝場。

不過，就算他當年不辭演占士邦，也沒能比得上我們的關德興黃飛鴻，演出七十幾集。

但若不是占士邦，我才不知道世界有那麼多野心家和大陰謀，一鑊比一鑊大，而且美國中情局從不缺席。

後來的驚悚片日趨逼真，幾乎成為我看戲歷史的主軸，不知老餅影迷和我可有相同的經歷？

庚子 己亥 戊戌

記得1975年羅拔列福、菲丹娜慧的《禿鷹72小時》（*Three Days of the Condor*）嗎？散場前，聖誕臨近、街頭歌舞昇平，不知道中情局陰謀殺人冷血。

1976年有羅拔列福、德斯汀荷夫曼的《驚天大陰謀》（*All the President's Men*），兩名記者靠深喉揭水門事件，昔日傳媒英雄，今日的《華盛頓郵報》卻已經被人稱做左媒了。

1993年有茱莉亞羅拔絲、丹素華盛頓的《塘鵝暗殺令》（*The Pelican Brief*），升格到汽車炸彈殺人滅口。美國這社會是越來越複雜了！難怪出那麼多驚悚小說家，Robert Ludlum、Tom Clancy、John Grisham、John le Carré 一大堆。

1997年有套《追魂交易》（*The Devil's Advocate*），因利益而出賣良心，阿爾柏仙奴（Al Pacino）有一場魔鬼邏輯演說，精彩絕倫，被教訓的奇洛李維斯（Keanu Charles Reeves），兩年後演的《廿二世紀殺人網絡》（*The Matrix*），面對的是真相與假象的世界、吃紅丸還是藍丸的抉擇。

2011年的《潛逃時空》（*In Time*），戲雖然爛，但我還是由頭到尾看了，說人將來要勞役買時間數字來續命。

唉！這些科技巨頭，有甚麼事做不出的？對抗數字管理，真的要等《未來戰士》（*Terminator*）的約翰康納（John Connor）來帶領抗爭？未來還有義人嗎？

戲是越來越混亂了，看得頭暈眼花，不及簡單的好；所以，「本人並不嚮往到這個國家」，這點我和林鄭倒很相似。

又要説一個離題的故事了。

公元前約600年，有個叫管仲的，和一個叫鮑叔牙的很老友，經常揩油佔他的便宜，但姓鮑的很善良、包容，任由他，歷史上稱他們為管鮑之交。

後來管仲做了齊國宰相，政績風生水起，尤擅招商，優惠政策很到位。譬如説，為了照顧外商客途寂寞，便在京畿大開中國城、大富豪式之女閭，為商人洗塵滌垢，非常貼心。

他事奉齊桓公也甚有學問，《東周策》記載，主公有很多後宮，人民頗有微言，於是管仲亦故意包幾頭小三，掩護老細，「故為三歸之家，以掩桓公」，哲理是，「國必有誹譽，忠臣令誹在己，譽在上」。今有人動輒責人舐上擦鞋，唉！

與管仲同期服侍齊桓公的還有中國廚神祖師易牙，知道老細想試食人肉，於是把自己的三歲仔烹了獻給皇上補身。

我們這民族，照顧上身、下身的健康是很全面的，因為懂得養生，所以有那麼長的歷史，並且金剛屹立不倒。西人近期似乎領悟了一點，大的主流媒體對亨特拜登的在華貿易不與道德保守派一般見識，不提也罷。有未開竅記者追問，拜登搖搖頭轉身離去：唉！真不懂事！

還是説看戲了。

耆英的洋影迷，回憶總會落葉歸根的想起《亂世佳人》（*Gone with the Wind*），1939年一套近四小時的長戲，我等到八十年代初才看，是1967年的重影版。如電影過場白説：見證大時代，就是看着寧靜的村鎮，一夜變成廢

墟。艱難時期，為了生存，人性也就一夜之間改變，那是慧雲李(Vivien Leigh)的角色。

經典的電影，總有令人鼓舞的一份渴望、希冀，演性格善良、包容的(Melanie)角色的夏蕙蘭(Dame Olivia Mary de Havilland)，去年七月才逝世，享年一百〇四歲。

謹祝影迷讀者，好人一生長壽。

洋歲末紀事

提醒交稿的或是嗡如常響起，只是開頭多了句歎喟，說這是傷感的一天。

……11月初，小中風進院幾天，不准下床，絕對bed rest，像卡夫卡的昆蟲，既躺且伏，或看天花板，觀四壁，幻想如蜘蛛俠般爬壁攀牆，來去自如，鍛鍊能力越大、責任越大。

醫護人員給我一個便壺，學習在床上方便，我努力測量應如何優雅使用，竟然喚起了挑戰的樂趣。原來失去肉身自由，可以學習適應、妥協。人心的自由，不會因肉體而失去。

回家，晚上有點白痴，坐看香港CCTVB；有藝人祝願今年疫情快過，明年可以回復正常生活；我神魂即時有點顛倒，但覺是疫情令我回復了生活正常。

小病後，人更深居簡出，常自己做飯，有時下午四點前，會趕食肆還可以堂食；如非疫情令人自我隔離，平日不會獸在家裏，看電視劇集，知道香港有那麼多殺手，覺得香港這麼多壞人該殺。

晚上一早爬上床，早睡早起，等裝修工人，趁此期間，為家宅補漏翻新。有時早上出門，會找個堂坐比較寬鬆隔離的茶餐廳，在舒適的空間下吃個早餐，個多月下來，血糖控制得好了，血壓穩定，還能寫字；正常與不正常，原來只是環境與適應，觀點與角度。

傍晚，到市集蹓躂，欲少購不獲，只見小販叫賣清

　　　　　　　　庚子 己亥 戊戌

貨，看一輕裘俊彥要了一百元兩份禮盒裝士多啤梨，好鮮艷的顏色，仿如農曆春節，竟也急景殘年，並且凍。

我想起了七十年代初進大學，路經陸佑堂，見台上一班稚嫩的面孔，男的穿簡樸白襯衣、灰斜褲，女的有穿靛藍扎染裙的，都像生活缺乏鮮艷色彩的文青，排練着艾青的詩歌：「雪，落在中國的土地上；寒冷，在封鎖着中國啊！」有些像哮叫的寒風。那是黎明演港大學生總不像的情景。半個世紀以前的事了。

在洋歲末，竟是那麼觸景！

人年紀大了，拖着記憶的尾巴愈來愈長，如果記憶與前瞻是一個鏡象的反映，瞻前是多麼令人愉悅的事。

今年問我怎樣看明年的朋友早來了，等不到農曆新年，好像過去一年會如驟雨般，帶不到明年去。

幾千年的農夫，仍在看農民曆，年復一年，目光如豆。我說，瞻前顧後，不是看去年、今年、來年，而是看過去二十年、當下、和未來二十年。

這叫做大時代。

我在八十年代初稍學山林，見過一些大師查撐篤撐而來，學徒渾渾噩噩而往；觀人物風景，有時只能滄海一聲笑個人翻馬仰。這個所謂八運都差不多完了，各人還耽在妻財子祿、旺山旺向等王八的泥沼中打滾，不知道八的意義在壓抑、在遏止。其實，將八運的艮卦上下擺位，像馬纜般拖勻其他七個，得出一套十五個重卦，那便是八運的現象總覽；當中一個重要的卦象是〈山風蠱〉，藏污納垢，蠱惑人心，牛鬼蛇神，要一時抽乾沼澤，殊不容易。

未來九運，熱身始於戊戌，展望是風起雲湧的大變

革時代，應〈火澤睽〉之反目，與〈澤火革〉的豹變、虎變。

早日看蔣芸姐提起大狀吳靄儀提起占美黎案子一事，說庭上要鋪陳證據殊不容易。網上鴻文襯圖還有余大狀鐵畫銀鈎書法歌詞一闋相贈增輝，好不鼓舞。

那天學生來訪，談起愛中國文字優秀，有李白、杜甫，還有米芾、顏真卿，都自成一格，獨步全球；遺憾是，吟詩作對，美不勝收的文字，仍輸給電腦世界的拉丁語，偏就是不擅寫唔講得笑的法律條文。

我給你說些離題的故事，我年青時看過一些高陽的唐人傳奇，他寫唐背景的李娃，青樓女子，義薄雲天，輔助落泊公子書生取得功名後，功成身退，黯然離去，偉大處，感人肺腑，蕩氣迴腸。

善良而血氣方剛的我，看過這些才子佳人的故事，也忍不住純情亢奮。

後來也聽過一些歡場故事，有善心無毒的火山孝子，因愛憐弱質女流因家道中落，流落風塵，楚楚可憐，乃由憐生愛，直愛到埋牙，才知不是善男信女。

我少讀舊書，略覽過章回小說，如《西遊記》、《紅樓夢》，常見有詩為證，可見我們取證求真，風格浪漫，才子佳人，皆因有詩為證。

傷感的一天，總有笑逐顏開的一日。但願美好記憶有多長，美好前瞻便有多遠。

把地球留給強國

有高官湯氏大狀貼文說：「中國從未入侵外國，實屬禮儀之邦！」

我以前也是這樣想，因為老師都是這樣教的。

這是一條中國人的主禱文，唸口簧，不知其所以然。這思想階段我經歷過，連大文豪也逃不了這個經歷。

魯迅先生1934年的〈隨便翻翻〉便說：「幼小時候，我知道中國在『盤古氏開闢天地』之後，有三皇五帝……宋朝，元朝，明朝，『我大清』。到二十歲，又聽說『我們』的成吉思汗征服歐洲，是『我們』最闊氣的時代。

「到二十五歲，才知道所謂這『我們』最闊氣的時代，其實是蒙古人征服了中國，我們做了奴才。」

中國人自古以來受欺凌，只是越受欺凌，越奴才，版圖就越大，是一種「逆歷史邏輯」的現象。

當年讀歷史，就是因為唐宋元明清，皇帝能夠東征西討，才有民族自豪。譬如讀唐史，必知三征高句麗，不會說入侵。宋《冊府元龜‧帝王部》有記，唐太宗親征高句麗時對侍臣說：「遼東舊中國之有，自魏涉周，置之度外。隋氏出師者，四喪律而還，殺中國良善不可勝數。」

意即遼東自古以來就是中國領土，前隋朝出師不利，被殺的都是良善軍人，大概因為他們都是上戰場打躬作揖的。

筆者讀得書少，以勝利球迷（Bandwagon Fans）安身立命，不像魯迅有奴才醒覺。林子祥有唱：Geng Geng

Genghis Khan，好興奮，好過癮。搞到全亞細亞、全歐洲、全俄羅斯婦女瘋狂，子孫根散佈地球，全世界人其實都是中國人後代。

甚麼？成吉思汗不代表我們？那為甚麼有唐宋元明清？

做得大律師，唔會咁低B，湯大狀一定有甚麼微言大義！

我細個讀歷史，老師說我們祖先是北京猿人，有五六十萬年歷史，是人類的祖先。

後來人類學家說人的起源在非洲，又考證說這些人陸續遷徙到中原，成了中國人。

然後又說我們的祖先一早就經過白令海峽抵達了北美新大陸，甚至後來的鄭和也比哥倫布早到幾十年。

難怪全世界有四分一人口是華裔，因為世界自古以來都是中國領土。

還有月球，一早有嫦娥、吳剛，今上英明，立法早及於宇宙。

像成吉思汗這些化外之民，經華夏文明洗禮，輕裘肥馬，珍饈美饌，軟肉溫香，入關九十九年已戰鬥力大減，是為同化，滿清也一樣。至於日本人，應慶幸當年沒有入主中原，否則，若干年後，倭人給我們同化了，五族共和加多個和族，倭國也必成我們自古以來的領土。

所以，公就我贏，字就你輸，不是雙贏，也不是贏兩次，而是永遠都贏，魯迅或許不知道，勝利球迷中國人。

清末人以為中國人武器不夠精良，殺傷力不大，不知道我們以禮待人，威力更大。所謂禮尚往來，禮多人不

怪，近日，有網上翟東升小弟點破，「一沓美元搞不定，我就兩沓……咱們上邊有人」。

看美國大選，我看出華夏文化又要不費一兵一卒給人同化了。

強國文化，博大精深，萬邦來朝，由非洲到亞細亞，由中原過白令海峽到新大陸，普天之下，莫非王土，天下英雄入吾彀中矣！

可幸美國有NASA，久不久會發佈太空中有甚麼適宜人類居住的星球，近期還一舉列了二十多個，很多都是太陽系以外的行星，處於恆星周圍「宜居帶」，溫度環境比較溫和，可能有液態水。其中一個叫做K2-18b，是在2015年被發現的，體積大約是地球的兩倍，溫度可能在零度和40度之間，根據計算機數據模型計出，K2-18b大氣層中可能有高達50%的水。

不用爭水，把地球留給強國，還有益環保。如非西方文明侵擾，我們不會成為排碳最高國家；早幾年常大江南北遊，仍常見水牛拖犁耕種，農村灌溉，用人體排洩循環，陣陣金香，宛如身在西周；間或有成吉思汗之流血洗大地，卻可肥沃土壤，綠化茂林。

自少喜歡仰頭看穹蒼，對宇宙無限想像，從那個高度回望地球，歷史總是那麼荒謬，無聊，愚昧；爭奪與虛偽，令人目眩而不知真假。宇宙浩瀚，容得下無窮無盡，才知丁目之渺小。

看了多次《超時空接觸》(*Contact*)電影，也看了原著；卡爾·薩根(Carl Sagan)的名句："The universe is a pretty big place. If it's just us, seems like an awful waste of space."

大重置

如非選舉，我也不知道傳聞有個左膠大串連，陰謀想重置世界。

這陰謀論或源於對「世界經濟論壇」明年主題為「大重置」(The Great Reset)的揣測，權貴或以疫情為契機，推進人類第四次工業革命，洗牌重新分配地球資源，以至權力。

我不懂經濟，也討厭政治，就只能從文化側面，散談一些由左變膠的前世今生。

左只是一個模糊和籠統的概念，經常左即是右，右即是左；有時有型，有時很土，有時很混雜。土的沒有甚麼好談，因為實在土，我大學時宿舍的國粹左還特別喜歡跳土風舞，我還記得那些舞步口訣：點點後側前，前前後後，左左右右……。至於混雜型，據聞希拉里學生年代屬毛派，相信只是種東方獵奇式的時尚裝扮，不談也罷。現只談談型左。

左一般帶有理想主義色彩，不過，正義和理想可以是事業，也可以是一盤生意。六七十年代有一個反戰的背景，反對越戰，提醒人不要重蹈世界大戰覆轍，正義和理想容易成就事業；當年的卜·狄倫(Bob Dylan)、瓊·拜亞(Joan Baez)等都登上了這個背景的舞台，顯露光芒，安身立命。

當年的左翼還很平易近人，有與民同樂的情懷，如披頭四(Beatles)的約翰連儂(John Lennon)，1969年3月，便

與愛人小野洋子（Yoko Ono）在阿姆斯特丹希爾頓酒店總統套房發起過著名的「床上和平」行動，兩人穿着睡衣躺在床上七天，房間貼滿了反越戰標語，接見各方賓客論談，有如「幕天席地，縱意所如」，好事的記者就只想他們在床上打真軍，體現「要做愛，不要戰爭」（Make love, not war）的口號。

左和前衛關係密切，經常離經叛道，西方的左翼，尤其在文化藝術方面，經常是精英雲集，觸覺超前，開人眼界的，如法國的卡繆（Albert Camus），如西蒙·波娃（Simone de Beauvoir），如知識分子明星羅蘭·巴特（Roland Barthes），都開啟了我們語言與視像的嶄新境界，率眾稱為新左。

和巴特惺惺相惜的意大利導演安東尼奧尼（Michelangelo Antonioni）1970年拍了一套《無限春光在險峰》（Zabriskie Point），是一套反文化電影，談當年年青人的反叛與逃離，影像奇特，配樂迷幻（包括了平克·佛洛伊德Pink Floyd，咁啱掀起黑命貴Black Lives Matter暴動的非裔死者也叫佛洛伊德George Perry Floyd），要很花神看。

開場不久，男主角在差館受警員查詢的時候自稱卡爾·馬克思（Karl Marx）；中場後逃入深山死亡谷的扎布里斯基角，看見一對對男女在山頭全裸做愛——對性自由的追求，一直是左營價值主題之一；尾場一連串的炸毀建築物，表達了要對保守建制炸得稀巴爛的激進訴求。

《無限春光在險峰》大概就是左翼要將世界炸毀重置的祖宗啟示。

安東尼奧尼還有一套《春光乍現》（Blow-Up），是

1966年作品，劇情現實與虛幻交錯；在以左為型仔的六十年代，我真的要撐起一雙疲倦的眼簾努力看完。後來的王家衛得安東尼奧尼神韻，亦進入了大師殿堂，拍了套《春光乍洩》（兩戲毫無關係）。

成住壞空，生住異滅，由質變到量變，亦由質變到味變；六七十年代的新左，總還帶有理想主義色彩，在文化探索和開拓中曾經大放異彩；今日的左膠，雖談地球環保，大愛包容，正義和理想更似一門生意，他們持着一些精英優勢，包括科技、金融等，更想推行的是「所有動物一律平等，但一些動物比其他動物更加平等」，或真實與虛假的 "The Matrix" 世界。

由六十年代至今，剛好一個甲子，是重置躍躍欲試的時候了。

大大聲告訴你，其實中美真的是難兄難弟，你發生的事我也會發生，只差時間略有先後與及正邪黑白角色的顛倒。譬如説，六七十年代，我們有文革學生，他們有反越戰學生；又如，我們有差人跪頸，他們也有佛洛伊德；我們有反送中，他們有黑命貴；他們很多人嚮往共產主義，我們卻有很多人嚮往資本主義；他們的CNN，給人偷錄了兩個月的高層（如Facebook，又是一個叫Zucker的契弟）電話對話，暴露出偏頗的醜態（emoji側頭笑×2），把它從當年的新聞界典範神壇拉了下來，我們的有線新聞則監生掛了；還有，我們用國安法拉了很多人，就看他們會不會玩捉叛國賊的遊戲……。

真真假假

　　這些日子，從開着主流媒體電視的客廳走進開着網絡自媒體頻道的書房，就像來回於兩個平行時空。網上看到的東西，電視機完全看不見。

　　觀選如觀戲，先是主流媒體如CNN，《紐約時報》等，一面倒的說拜登民調大幅領先，計票下來，實情是川普先領，拜登瞬間反超前，最新形勢是咬住咬住，不論民主黨有沒有舞弊造馬，赫然驚醒的，原來主流媒體已蛻稱為左媒，與政經沆瀣一氣。

　　我有幸做過主流傳媒，常勸人「盡信媒不如無媒」，皆因傳媒經常陶醉於自己有帶風向的能力，立心不良的時候，禁不住要弄點翻雲覆雨。至於傳統的民調，其實已失準多年，仍欲借來老點江山，更是落後得離地。傳媒坑人，人也坑傳媒，我以前在電台工作，要幾個月做一次民意調查，有些題目會問受訪者想加強甚麼節目？答案總是說新聞、時事、教育、勵志之類，這些高大上的答案，你信以為真，包你跌親！

　　諸法皆幻，我之能不被主流牽着走，皆因旁流、逆流我都看，當年的《南早》、《星島》，《紅綠》、《真欄》齊看，後來在電台因為要做電影評論節目，好戲爛戲啃着看，粗糧吃得雜，免疫系統練成，防坑。

　　美主流傳媒坑人不是今日始，2011年之前有個利比亞狂人卡達菲（Muammar Gaddafi），見到 2003年伊拉克侯賽因（Saddam Hussein）的下場，放乖了，想從良，但遲了；

2011年初內戰爆發，稍後聯合國及北約干預，美國主流媒體鋪天蓋地配合，說他犯了種族清洗罪，最後死得很難看。

2017年，法國導演Jacques Charmelot拍了套紀錄片《獵殺卡達菲》（*Killing Gaddafi*），訪問了諸干人等，有學者，有意大利、法國等外交界人士，有反對派領袖、國際特赦組織等，不是說言過其實，就是查無其事。電影的簡述說：「針對利比亞，如伊拉克，運動建基於謊言及欺瞞。」（And in Libya, similar to Iraq, the campaign was built on lies and deception.）

有評論者認為，積極推動獵殺的是民主黨人希拉里（Hillary Clinton），想藉輕易打倒一個丑角，建立軍功履歷，有利於未來總統競選。而左媒配合坑人，則從不缺席。

可憐的卡達菲！

人一有影響力就蠢蠢欲動，你以為傳統媒體墮落，想不到新興媒體墮落得更快。我五六年前短暫用過臉書，旋即關了。一來對這個靠校園同學錄溝女起家的新媒體沒甚麼好感，亦嫌朱克伯格怪相，科技含量不高；二是臉書太煩，社交太活躍反而情薄，你懂的。原來他還學人搞政治，捐了幾億影響選舉，真的胡作非為。

還有推特，隨便封總統帳號，是冇規冇矩。還有YouTube的「黃標」，天怒人怨，新興媒體這麼快便學識歸邊了！

若非看網絡，不知道拜登由「候任總統」變成「預測勝出總統」、「政客」，侵侵則像太平洋戰事一樣，逐島

推進，鹿死誰手，勝負難測。據聞大選是有史以來投票率最高，但不排除舞弊做假，說不定點票完畢，投票數量多過人口，造票做到21點爆煲，鬧出個笑話，給強國一個口實，民主選舉不過鬧劇，不及強國制度優越。

今年庚子多事，疫情、世局、大選，引得一眾術士大顯神通，《推背圖》、《地母經》，八字、風水等，好不熱鬧，洋貨則有印度神童，英倫梅林，還有熱誠教徒從《聖經》中片言隻字，找出侵侵是神遣的救世使者，這些充滿神諭的文字，較新版的有出自川普律師團隊的西德尼·包威爾（Sidney Powell），她專攻選舉計票系統Dominion（網上戲譯多貓膩），內藏的程式Smartmatic據聞曾經大發神威，帶挈了委內瑞拉總統查韋斯（Hugo Rafael Chávez Frías）連贏幾屆。

包威爾在推特帳號中附上了《聖經·歌羅西書》（*Epistle to the Colossians*）一章13節的經文截圖，文樣是「他救了我們脫離黑暗的權勢，把我們遷到他愛子的國裏。」（For he has rescued us from the dominion of darkness and brought us into the kingdom of the Son he loves.）

Dominion是黑暗權勢的製造者，呼應得真係「有咁啱得咁橋」。

其實煞有介事預測勝負很無聊，不是A贏就是B，江湖術士中了會大肆宣傳，自我陶醉神乎其技，其實五十五十，焓吓焓吓都有一半機會中。

嘩！我就只用一個大銀，公就侵侵贏，字就拜登輸。

所謂真假，不外銅錢兩面。

愛與嫉妒

英國對華人留學生祭出了修讀學科的限制，網民酸曰：難道只能讀莎士比亞嗎？

對，就是要讀莎士比亞！尤其要精讀《羅密歐與茱麗葉》；這膾炙人口的戲劇關乎愛的教育，那是我們非常缺乏的。

《羅密歐與茱麗葉》的神髓不在於衝動的熱戀、莽撞的鬧場、嫉妒的打鬥和可歌可泣的殉情，而在於因愛帶來的，卡帕萊特(House of Capulet)和蒙特鳩(House of Montague)兩個敵對家族的和解。

我們自小就缺乏愛的教育(或稱情感教育)。中學時期讀過夏丏尊翻譯的意大利兒童文學作品《愛的教育》選篇〈少年筆耕〉，原作者愛德蒙多‧德‧亞米契斯(Edmondo De Amicis)，書的原名叫做Cuore，意即心靈(Heart)。

愛古字 ，以心為部首，1956年後，愛字從簡，滅了心，勉強塞進一個友字，大概也反映了這個民族的文化潛意識。

《易經》中有〈澤山咸〉一卦，描述幼男女兩情相悅，撫摸全身的過程，隱喻為感情投入，對不知的好奇與探索，今俗一般理解為情慾的描寫。

不知何時，中國人談愛一出手就要聖化，談的不是「愛，仁也。」(《廣雅‧釋詁》)，就是「重法愛民而霸」(《荀子‧天論》)，世傳蘇武《詩四首》有「結髮

為夫妻,恩愛兩不疑」,算是貼近人性的了。

近日熱談的木蘭故事,說軍旅同行十二年,到歸來見明堂天子,都不辨其雌,周邊的人,不是無知,就是無感。天朝大國,就是要把男女感情蓋上聖化的外衣。

中西文化,人有我有。英國有莎士比亞,我們有湯顯祖,他們有《羅密歐與茱麗葉》,我們有《梁山伯與祝英台》。1954年,周總理奉毛主席命四出外宣彩色電影《梁山伯與祝英台》,差利卓別靈看後,對天朝文化景仰不已。

如《羅密歐與茱麗葉》,《梁山伯與祝英台》亦由民間傳奇蒐集而成,並因1959年陳鋼與何占豪的《梁祝小提琴協奏曲》風行全球。只是茱麗葉不用偽裝男身,可浴魚水之情;相對於花木蘭,聖女貞德亦可女身披甲。偽裝的聖化,只是一張畫皮。

一生人道主義的差利卓別靈沒想到,協奏曲作者陳鋼的父親,天才橫溢的多產作曲家陳歌辛,1950年離開香港回到上海,會於1957年被打成右派,發配勞改,1961年餓病交迫逝世。至於學西洋古典音樂的陳鋼,文革十年,《梁祝》被視為「每個音符蘸着反黨毒汁的大毒草」,「工人聽了開不了機器,農民聽了舉不起鋤頭,解放軍聽了槍打歪了」,因此被關進了牛棚批鬥。

音樂是情感的表達、疏導和修養,我們對情感的管控缺乏自信,經常生妒。

心理學分析,強烈的嫉妒會產生憎恨,嫉妒心重的人具有強橫的攻擊性。六世紀末,教宗聖額我略一世(Sanctus Gregorius PP. I;約540至604)根據對愛的違背程

度，修訂了七宗罪（*septem peccata mortalia*；英語seven deadly sins，或稱七原罪），順次為傲慢、嫉妒、憤怒、怠惰、貪婪、暴食及色慾。缺乏情感教育的民族，充斥着這七種行為和生活形態。

不善處理男女愛情，即常因嫉妒而生綠帽症候群，港人在臺灣殺人，即因綠帽疑雲而起，牽出傾國傾城的情緒失控，捲入漩渦的人，由政客到神職，皆不見其心，只見計算。

不善處理感情的民族，則常以封閉天朝為中心，傲慢、嫉妒、憤怒、怠惰、貪婪、暴食及色慾，並因捕風捉影而盛產誣衊漢奸，離不開綠帽情結。

缺乏男女情感訓練，處理人事，會顯得不成熟、不文明。欠缺情感（passion），就阻礙了對世界好奇和諒解，所以思想貧乏，科學貧乏，音樂貧乏，人文主義精神貧乏，更遑論發展兒童文學了。愛字去其心，更讓路給仇恨教育長驅直入。

近日大家關注的搖擺賓州有一個阿米什（Amish）社區，2006年，一名精神恍惚的三十二歲男子持槍闖入小校園教室，挾持了十名六到十三歲的女學童，失控槍擊了十名女生，五死，然後自殺。之前，一名瑪麗安・費莎（Marian Fisher）的十三歲女生走到槍手面前，要槍手向她開槍，以換取釋放其他女同學。悲劇之後，瑪麗安・費莎的家庭按下悲痛，誠意邀請了槍手遺孀及其三個子女參加葬禮，共同治療兩家創傷。

愛是原諒寬恕，那是很難抄的作業。

捕手

BBC網頁版十月初報道了一個感人的故事，題為「捕獲」（The Catch），關乎勇敢與仗義。

7月21日，法國中部拉維勒納夫（La Villeneuve）市的一個社區，十歲哥哥和三歲弟弟被困於五樓家中的火焰及濃煙，從房中探身窗外呼救，三個途人奔上樓要破門而入無功，折回地面，會上另外四人，排成人牆，張開雙臂，呼喊兄弟要逐一躍下，由他們來接，說寧可摔斷腿也好過活活燒死。

驚恐與怯懦之後，哥哥終於提起了弟弟，越過窗框，略猶豫，像看清楚下面的人準備好了，才把弟弟一放而下。三歲體重經五十呎高空墜下的衝力，壓倒了三個人，都傷了，但合力接着了弟弟，平安。一人照顧幼的，六人馬上重組隊型，準備第二波五十公斤墜下的更大衝力。哥哥在窗前消失了一會又回來，大概是整頓好勇氣，爬過窗台略坐，雙腳懸空，然後一躍而下，着陸前兩腳分別踢倒兩人的頭和肩。

驚心動魄的救援過程上了BBC圖文並茂的報道。

拉維勒納夫市這社區有點像我們的天水圍，規劃的時候理想完美，設施自給自足，後來政策及經營不善，原有的中產階級逐漸離去，社區多種族聚居，也越來越複雜，治安不佳，設施開始破落。兄弟被困火場是典型的父母讓幼童自留家中的疏忽問題，可幸的是還有人性未泯並且勇毅的隣居。

救援七人組之前互不相識，救援令七人皆傷，弟弟墜下途中遇阻變成頭向下，有人挺起胸口去接，七人傷勢包括斷指、斷腕、骨折等。救人只是本能，他們對採訪者說。

勇敢與仗義的本能並非與生俱來，而是經過教育的啟蒙，內心的探索和價值的選擇。

我中學的英文老師姓麥，長年只穿一套唐裝長衫，很有辜鴻銘風味，教本用 *The Red Badge of Courage*（中譯《紅色英勇勳章》），像電影《讀書人》（*The Reader*）般一句一句的讀足整個學期；當年無知，後來才略知作者史提芬・克萊恩（Stephen Crane）要說的現代主義題材：主角亨利・法蘭明（Henry Fleming）不是完人，先是逃兵，後又羨慕同袍流血的榮譽感，復經歷過對大自然的感觸，對將領、社會大機器壓榨的質疑，由內心搜索到領悟，才確立出自己的價值觀，為同袍的生死榮辱當上護旗手。

《紅色英勇勳章》1895年出版，以美國南北戰爭為背景，1902年，英國小說家麥森（A.E.W. Mason）出版了《四根羽毛》（*The Four Feathers*），較通俗流行，背景仍是戰場，說的都是怯懦與勇敢，光榮與恥辱的故事；前後直至兩次世界大戰，陣前士兵除了要面對子彈，還有長長的刺刀，都需要懾人的勇氣。

荷里活近年多兩次大戰戲，喚醒了人的戰爭回憶，也開動了良心的再搜索。2014年有套安德魯・尼可（Andrew Niccol）導演，伊森・霍克（Ethan Hawke）主演的《巡弋狙擊手》（*Good Kill*），無人機的戰場在冷氣室操控，作戰獵

殺變得冷漠與無感，傳統的，身體力行的面戰勇氣將逐漸消逝。

操控無人機百發百中的狙擊手開始質疑任務的道德性、長官頒發命令的正當性；不論是親歷血肉橫飛的現場，還是坐控冷漠無感的巡弋，勇敢與仗義，皆不由威權鼓動，而發自良心。

我一代人都接受人道主義精神的教育成長，以啟發性的課本、小說、電影、音樂文化作成長教材，能善意質疑，反復拷問，獨立思考，從而摸索出自己的人格。

只是不知道甚麼的教育體系，可以培養出一個族群，會對倒地無助的人視若無睹，汽車撞倒了人，還要來回輾壓，貨車翻側，大家忙着搶走散落一地的貨物。

如救援七人組所說，仗義之勇原出於本能，本能源於人文主義的教育，救弱扶傷的勇敢是真勇敢，崇拜及依附威權之勇只會施虐，面對真危難便打口砲之勇。

大局當前，臺灣做了個調查，發現願入伍的人還少；至於中印邊界的強國兵哥，每餐有四餸一湯（至少宣傳片如是說），面戰的勇氣擺脫不了小確幸。

BBC報道用了The Catch做標題，大概呼應了沙林傑（J.D. Salinger）的小說《麥田捕手》（*The Catcher in the Rye*），無大成就的蹺課少年，卑微的理想只是要抓住每一個迷失方向，奔向懸崖邊的孩子，那是他整天要做的事。

捕手之勇為弱少而護，不為威權。

大開眼界

上星期寫了一篇〈眇能視〉，題出於《易》之「歸妹」卦，指有視力障礙的人，雖然能夠看得見東西，但卻不清楚，算是模模糊糊。我是有感而發的，早幾年右眼做過白內障清除手術，換上晶片，用紗布和眼罩將眼睛蓋了一天，翌日到診所覆診，由醫生把紗布眼罩除開，慢慢睜眼看世界，感覺就好像明亮了好幾級，有如除去了一度昏黃的濾鏡。

左眼仍有一點粥狀體，但不礙事，不急於清除，擱下已經好幾年了，那就多等幾年吧，暫且沉醉於期待再驚慄眼前一亮的過程。

無聊的時候總會想一些無聊的問題，究竟是矯視前看的世界真實，還是矯視後看的世界作準。步向不踰矩，仍不乏大開眼界的機會，未嘗不是福份。

以前讀岳飛，插圖只見岳母拿着繡花針在岳飛的背脊上紋上精忠報國，似扶乩。新時代來臨，我以前的印象顯然不夠清晰準確，實情係，天父或者上帝感召了岳飛，才顯靈出那遠近馳名的愛國Tattoo。設計教科書的人，思路創新得實在有文有路。基督教徒都知道，聖經是神默示的，至於扶乩，一般都請太上老君等暗中上身，由土教換上洋教，是現代化還是洋化呢？

那就產生了幾個令我很糾結的問題了，原來天父上帝不單止選了猶太人做選民，還選了漢人。我們的國教不是無神論的嗎？糾結啊！

另外，報國我理解，但精忠我就看不清了？是徽、欽二宗還是高宗呢？當朝聖上有沒有把他看作雙面人呢？聽聞岳飛的莫須有罪名不是秦檜所害的，相國只不過是當朝聖君的白手套罷了。

秦檜六十六歲病沉，距岳飛寃已十四年，好官為到最後，終前還得皇上親訪，歿後得高宗手書賜「決策元功、精忠全德」以作神道碑額；太常寺博士曹冠撰謚文還稱他有「報國之大節」，曾「光輔聖主，紹開中興，安宗社於阽危之中，恢太平於板蕩之後」，很耳熟的「疾風知勁草，板蕩識忠臣」。秦丞相精忠報國，出於太常寺「朝媒」，是官方定調，秦檜才是精忠楷模，尤適今鑑。讀文史幾十年，矯視後始稍能看真。真糾結啊！

上帝耶穌，近日紅爆教育界，繼岳飛受天父感召愛國之後，又見耶穌石頭依法捉死淫婦的故事。故事本來出於《約翰福音》第八章，說耶穌早上回到殿裏佈道，文士和法利賽人帶了一個「行淫時被拿的婦人來」（不知是否捉黃腳雞），公審之餘，還要按摩西律法將婦人用石頭捉死，眾人一陣磨磨蹭蹭後，耶穌說：「你們中間誰是沒有罪的，誰就可以先拿石頭打他」。婦人因此得寬恕，並且改過自新；以寬待人，這是膾炙人口的聖經故事。

正如《新約》是《舊約》的更新版，強國也呼應了依法治國的新思維，將這個故事更新以適合新時代。教科書中的耶穌用兩句說話「大」走了一群作賊心虛的文士和法利賽人之後，自己拿起了石頭捉死了淫婦。強國教科書教導我們子女說：耶穌也承認自己是有罪的，但說如果要等「身冇屎」的人來執法，那就肯定沒有人有資格執法了。

哎呀！我真茅塞頓開，清楚了，清楚了！思路是那麼清晰，邏輯是那麼合理，並且那麼切合時勢貼地。

即係咁，假設我係執法人員，去叫雞，唔俾錢，兼虐待隻雞，最後還是把她拘捕了，雖然我身有屎，但我係執法人員，我亦有可能搵到一個身有屎的同僚來執法，法治為重，你有罪，我有石頭，執法便無障礙了。所以，要搞甚麼獨立調查委員會，就是明張目膽破壞法治。

「歸妹」卦全名「雷澤歸妹」，當中有一些很荒謬劇式和費里尼(Federico Fellini)風格的影像場面。「歸妹」說閨女出嫁，有陪嫁，或姊妹共事一夫，有視力有問題的人，卻裝能視(眇能視)，有行動不良的人，但依然走來走去(跛能履)，有力有不逮，有延誤佳期，有婚嫁兩方身份不相稱的衣裝錯配，像個玄玄幻幻的馬戲團。最終一爻說「女承筐無實，士刲羊無血」，即女方的獻禮籃無物，男的祭羊卻不見紅。辦喜事，卻事事不協調、荒誕，也不知是喜事還是喪事了。

奇幻世界，要看得更驚慄，只等再做一次矯視手術。

　　　　　　　　　　　　　庚子 己亥 戊戌

眇能視

　　李怡兄的〈世道人生‧真心希望我看錯〉談美國大選行情，對自己的視力信心滿滿，擔心自己看準；我則擔心李先生鶴髮童心，未悉諸法皆幻！我比李兄少，卻常做矯視療程，習以為常了。

　　文中提到戰後中美幾個關鍵時刻，包括杜魯門對中國共產黨的綏靖政策，尼克遜1972年訪華等；對比今日特朗普的對華政策，無疑是一項重大矯視手術。

　　當年杜魯門主義在歐洲抗共，亞洲容共，患的不是鬥雞眼便是遠近視，可見美國人除了抗疫體弱之外，視力亦出奇地低。視力不佳，即容易出幻覺，並以之為是。

　　我記得細個的時候睇公仔書，有個飛虎將軍的人物，後來知道他叫做陳納德(Claire Lee Chennault)，是美國飛機師，幫助中國人打日本飛機，又飛越駝峰運載補給物資，還幫助重慶人建立敵機警報系統，1945年8月1日，日本投降前幾日離開中國時，據聞重慶人把他的座駕當大轎抬起來歡送他；不旋踵，經偉大黨循循善誘，矯正了我們的錯覺，原來陳納德是飛賊，專殺中國人。我前幾年去過重慶，遊過渣滓洞和香山別墅，擺的都是美國人和國民黨勾結、殘害烈士的證據，才知道之前都是錯覺。

　　偉大視光師關懷我們的視覺健康，夙夜匪懈，體貼入微。至於太平洋戰爭，美國軍艦逐島浴血推進，最後結束了大戰與抗戰，亦應如叼技精純的環時胡總所說，純屬錯覺。

偉大黨是人類的奧比斯（Orbis International），最波瀾壯闊的一個矯視項目叫做「三視教育運動」，始於1950年韓戰爆發期間，推行「仇視、鄙視、蔑視」美帝教育，以對抗當時普遍存在的「親美、崇美、恐美」情緒，運動甫始即遇上偉大舵手喪嫡之痛。

偉大民族從來都是純感性動物，激情澎湃，以牙還牙，以眼還眼，更有你好看的是，你令我一日不快樂，我便要你一世不快樂，日本人不知死，夠膽貿然侵華，戰後大多數交戰國都已貨銀兩訖，只有我們和日本仔沒完沒了，偉大民族不是吃素的。

三視之怒目直瞪不止於美帝，亦曾眸轉英殖，1968年香港《文匯報》社論，即號召以「三視運動」反擊港英的「緊急法令」（對，就係而家用緊嗰條）。

1972年我讀高中，電視播出尼克遜訪華，只道是一則國際新聞，但國內一路三視直瞪的同胞，據聞一時間O了嘴，可見矯視與政治醒覺都是不容易的事。港人昧，一朝醒來，捽捽眼，原來七二一是錯覺，三權分立是幻覺，陸續有來的還有教科書，幻影重重，宜找奧比斯。

我不懂政治，也討厭政治，句難成章，唉！還是轉談風月。

崇禎在位十六年，宰輔任免如走馬燈計達四十八數，這些下崗官宦宰輔，有些門面難以為繼的，便將嫩妾遣散，任由寄身秦淮河畔，鴇家以「宰相下堂妻」為招徠，以高身價，據聞名艷柳如是，即為當中傳奇。柳如是十三歲為妾，秦淮之後嫁了個國學大師錢謙益，清兵入關時，

錢帶着鄉眾跪迎,柳如是恥之,後夫君蒙難,如是仍傾力營救,是為佳話。

文人多敗筆,貞烈出風塵,畢竟還是少數。

古文人婚娶皆由媒妁,談情則寄於青樓。上一代的香港紳商很多都會出入風月場所,舊派歡場留古風,不似後來的直買直賣。六十年代的高檔夜總會,駐場公關不乏一些「落難公主」,如隨父母避秦調景嶺之類,稍識文墨禮儀,泣訴身世,賺人熱淚,惹人憐憫,當中有真有假,半真半假,撲朔迷離;對自己出身既有個說法,底氣就厚,亦容易令自己投入角色,昔為宰相女,難輕易答應(清朝後宮妃嬪等級排列最末兩位叫常在和答應),惹得恩客傾拜石榴裙下,如醉如痴。

有時公主病發作,對恩客恃寵生驕,亦享大愛包容。有人送鑽戒,有人送房產,有人送轎車;有些只求一親香澤,有些要求晚飯宵夜直落,有些誠意迎娶,但不論真假公主,就是容易未紅先驕,當紅更驕,就是刁蠻任性,愛罵就罵,就是甚麼都「絕不答應」。

久而久之,色衰愛弛,恩客有天宿醉醒來,捽捽眼,想起落難公主的詩詞歌賦、書畫琴棋,不外河東西施,十年一覺揚州夢,贏得青樓薄倖名,也就陸續離去,阿門!

感謝祭

　　約1978或79年夏，我如常到《號外》狹小的寫字樓整理一些音樂版的編務，打字的林太說大衛回來了，一個笑容親切、語聲輕沉的瘦削書生開場白：我是舒琪的哥哥呀。大衛之前一直都是海外傳稿過來，見面才是第一次，是我朋友中最早以地球為村的人。

　　大衛一生都在讀書教學，我有時收到他寄來的小郵件，是一兩盒卡式錄音帶，記憶大概有Steely Dan的 *Gaucho*，Steve Winwood的 *Arc of a Diver* 等，甫聽完便知將為經典。聲帶都是錄電台節目的，據大衛說，北美的電台，有新唱片的時候，經常會整隻播出，有時是播整面Side A，隔一段時間整面Side B。卡式帶傳遞，是當年音樂交流的風氣。

　　八十年代，香港逐步進入黃金而浮誇期，電視劇情誇張、色彩繽紛到荼薇，電影多歐美日橋段和風格的香港再造，街頭巷尾的Cantopop，多是歐美日流行歌曲之再嚼，我當時是這個行業中的同流，行頭燦爛得有點令人疲累，難得有個自由的音樂版，推介的都傾向於歐美日的原產。多年後我讀得陳冠中的一些回憶記錄，說當年《號外》在廣東歌如火如荼之際少談，是有點忽略了。那大概是因為我和大衛都有很強的音樂偏向，天時地勢人不和，也是常有的。

　　1988年夏，我與妻和兒女到澳洲旅行，寄住布里斯班大衛家幾天，是北美式木造民房，樸實寬敞，傍晚有涼

　　　　　　　　　　　　　庚子 己亥 戊戌

風，都不需要裝設空調，大衛到校園教學，往來徒步，經過的有小河溪湖泊、疏密有致的樹木，可作《湖濱散記》。黃昏，我們閒步遊世界博覽會，主題是「科技時代的休閒生活」，印象深刻的有一隻巨型手掌，抓着一隻巨型的新款諾基亞型手提電話，憧憬着美好的將來，和美麗的新世界。1988年，大哥大電話才剛出爐，三十二年後，公車上與大衛談日常生活，才知YouTube令很多人都耗時亡神，科技時代的生活並不休閒。

我一生任意渾噩，事不終始，但經常交上讀書做事都細緻認真的益友，都是低調薄名，自得其樂。一是丘世文，本職電視機構及專業會計師，於香港大學英國及比較文學系畢業，是我的同科學長，他四壁藏書，抽煙斗如柯南道爾或福爾摩斯，冷峻幽默，不信命卻容我試算，意在找岔。

一是大衛富強博士，專精應用社會科學，讀書聰敏，是戴着罩頭耳機，聽着Motown的Rhythm & Blues或Blue-eyed soul歌曲來讀書、寫論文的人。兩人皆能啃磚頭書如吃馬拉糕。

舒琪憶述，有名導演要開拍新戲，想瞭解原著精神，找人消化四百多頁巨著作一簡述，舒琪推椿大衛，只花了四天時間，即寫出了仔細的簡述和分析，是極稱職的說書人。當年他也是率先為我簡述Fritjof Capra、Daniel J. Boorstin等最新著作的朋友。

我怯於社交，亦少串門，惟世文與大衛家，雖串門便飯，亦不拘泥，世文早期住鑽石山，我在廣播道，一蹴即至，大衛舒琪家則要舟車過海，後來年紀大了，戀巢少

出，世文早走，大衛今年隨之，兩人都是《號外》淵源，皆古了。

疫情之前，我多傍晚在紅磡隧道車站候車過灣仔，遇上剛從理工學院下課的大衛，大家便在車上談到街上，然後各有忙碌去了。

人之離訣，有如電影場末，熟悉的身影，在一個溶鏡中煙消，剩下依然有熙來攘往的人海；我想起了1972年Elton John的*Daniel*，是一首含蓄的輓歌，歌詞意為：

丹尼爾今晚乘機而去，我目送那紅色的尾光直奔西班牙，我看見丹尼爾揮手說再見，那看似丹尼爾的，當是我眼中的雲彩。

丹尼爾兄，你比我年長，多年難以治癒的創傷還覺得痛嗎？你的眼神死了，但你看得比我多，丹尼爾是穹蒼臉上的一顆星辰。

這幾年，開始要為離去的朋友寫祭文，那可能是讀語文科的人要修的最後一個應用文學分。習作如下：

那年夏天，海關人員在教剛入職的菜鳥相人，示意說，像這些斯斯文文，瘦瘦削削，戴副眼鏡的，多數都是放暑假回來的留學生。兩人不約而同瞟了大衛一眼，目光掃過行李牌，看見了Dr. Ip字樣，腼腆莞爾一笑了。

大衛一生在地球南北西東居停和遊歷、講學，走時的富強博士，還是那斯斯文文，瘦瘦削削，戴副眼鏡的大衛，永遠年青。

是為感謝祭。

提燈女與生菓男

　　南丁格爾(Florence Nightingale)遊歷埃及時年近三十，途中給親友寫信，後集成《埃及來鴻》(*Letters from Egypt: A Journey on the Nile*, 1849–1850)，記述尼羅河見聞。

　　提燈女郎出身富裕，家庭人脈關係廣闊，英國人，因出生於意大利佛羅倫斯，故取名Florence，少而讀歷史、數學、古典文學、意大利文及哲學，在沒有手機隨拍的年代，風景、人情，都是用一字一詞，滴滴點彩而成。南丁格爾的文筆細膩而優雅，描述古墓林立，廊柱如櫛的古埃及壁雕遺址時，勾起生死大義。

　　《埃及來鴻》順尼羅河而上，抵上埃及古城底比斯(Thebes)時，值1850年元旦，新年流流，睹華麗墓殿之堂皇，就想起生死事。在她稍後的日記中，說聽到了上帝呼召，問她會否為上帝行善工而不在意立個人之名。

　　像這種蒙主呼喚的個人「超頻」經驗，早她四百年便有個法國聖女貞德(Joan of Arc)；科學唯物膠一般譴之為思覺失調、幻覺幻聽，宇宙便給他解透了。

　　南丁格爾三十歲前已經遊歷過希臘、意大利、埃及等，打後專注於建設及提升醫療衛生的專業制度及水平，困身的工作，束縛不了奔放而自由的靈魂，直至善終。1850年後在克里米亞出現的提燈女郎功績就從略了，我只順道向香港真‧忠誠勇毅的醫護人員致敬。

　　我幼時讀過一些人物小傳，如史懷哲、海倫‧凱勒等，多人道主義巨人的小故事，中了西方自由大外宣的毒。

使命的呼喚不需要幻聽，有時會直接從心出發，有時因客觀形勢擠壓出來，算是時勢造英雄，屬偶發（accidental hero），都不需刻意謀取或蓄意迴避立名，大能者能為人類行為建設標準，為行業冠上榮耀光環。

《易》有「風澤中孚」，即忠孚，即誠信，即行眾人信任擁戴之中道，上下倒裝為「澤風大過」，皆為棺槨象，大過即皮囊之大去，即生前誠信做人，對得住身後名聲，虎死留皮，人死留名，是為大過。

偉大民族不乏神異靈說，有懷龍種、斬白蛇的奇聞，就是欠一些因思覺失調而濟世的人道主義巨人。

還是談個女的，漢高祖遺孀呂后親政，匈奴單于冒頓來函求親，高后視之為性騷擾，大怒，欲起兵討伐，有樊噲請旨用十萬兵掃平匈奴，被知時勢的季布噴了一面屁，嗆他當日三十二萬大軍都救不了困於平城的高祖劉邦，卻「妄言以十萬眾橫行，是面謾也」，可見作勢戰狼，古已有之。呂后英明，認了慫，寫了封和善書，說自己年老色衰，怕倒了單于胃口，便送了「御車二乘，馬二駟」，還循高祖和親制，送美女，不在話下。

冒頓近乎約砲的性騷擾原文見《漢書‧匈奴傳》：「孤憤之君，生於沮澤之中，長於平野牛馬之域，數至邊境，願游中國。陛下獨立，孤憤獨居。兩主不樂，無以自虞，願以所有，易其所無」。

天朝之大，在多蠻夷戎狄，黃金、美女，是援兵不二法寶，夠鐘出個衛青、霍去病時，一定把你打實。「未知生、焉知死」，這個生死兩不知的偉大民族，徹底恭奉活在當下哲學，呂后的實用唯物主義思想，是偉大的文化遺

物，影響了二千幾年，今日赫然遇上經常思覺失調，經常幻聽上帝呼喚的西人，祭起了道德使命大旗征討，唯有故技重施，期許多買兩斤大豆，塞住你把口，原來唔work，即刻hang機。

知己知彼、百戰不殆，才是真戰狼，千百年來，我們真的有試圖認真知彼嗎？

幻聽的精神力量經常引爆超物理奇蹟，只是想不到會出現在香港人身上。我孤陋寡聞，一個有時慌慌張張，走路跳跳彈彈，有時又很kawaii ne的周庭，居然有那麼多的日本粉絲，蒙難時可以拍動得日本全民起哄；另一個是減了肥的黎胖子，竟然觸發了某種X-Men的特異功能，神功地令股價逆物理現象飆升，還有，原來買股票的人，竟有目的不在投資保值的，做了大半世人，今日才長見識，真·暈了，真思覺失調、幻覺幻聽了。

有出身唯物主義教育的KOL網紅文君，將牛頓的、喬布斯的和黎胖子的蘋果並稱，稱為人類歷史上的三蘋果，類比差矣。肥佬黎的蘋果涉文化的超頻經驗，較適當的類比，當是亞當夏娃的、披頭四的和肥佬黎這生菓男的。

食咗飯未

大時代無奇不有，這幾天的曠世荒謬奇景，是香港人拿着飯盒，不知道要往哪裏才可以合法吃飯。我本深深藍，安份守紀，堅守阿爺戒，不認同西方打的人權牌，贊成吃飯才是人權最高境界，兩餐一宿，於願已足，想不到這神聖權利竟然受到庸官侵擾，作孽啊！鼠年！

朋友仍用或是噏（WhatsApp，不是Signal）傳來Q圖，說鼠年人如鼠，有四項行為特徵，一躲藏如鼠，二出外只做覓食，三是拖食回巢，四是遇人懼而閃走；我附加一項，鼠輩橫行，時局一日三變，無所適從，難怪有些朋友開始有精神恍惚徵候。

地方無道，則求聖人出，這是中國人恆久的願望與希冀。果然，自孫國父、毛舵手到今上，都發了宏志以圖管好世界，上天入地，前仆後繼，未竟全功，契機還看今朝。國內網友尤其憧憬中國大夢，百多年來不斷單挑全世界，雖敗猶存，體現了民族最頑強之生命力，如今中美或終須一戰，擒賊先擒王，也許更為省事。

網友積極樂觀，正能量充盈，說贏了，去美國從此不用簽證，萬一、二萬一、三萬一輸了，成了美國的一州，也不用費神周章籌謀綠卡或簽證了，兩手皆贏，是為雙贏。

馬上得天下，還需文治天下，我稍懂超前部署，正琢磨應如何籌劃班子，徵集人才，協助今上勝後管好世界。先是經濟實惠方面，SWIFT系統肯定要牢牢抓住，自可

為所欲為，我們自古以來不乏商管奇才，由管仲到胡雪巖，幾千年錢權文化，別以為我們是吃素的。

思想文化方面，孔子學院肯定要捲土重來、遍地開花。荼毒西方多世紀的，由蘇格拉底、柏拉圖、亞里士多德，到孟德斯鳩、盧梭、約翰‧洛克，通通要到孔子學院再教育，不然就要收皮。

科學發展部份，由哥白尼、伽利略、牛頓，到愛因斯坦、費曼、霍金等，還要撥歸欽天監；至於瓦特、愛迪生、特斯拉這等工業革命後的奇技淫巧，都要為吃飯的正確方向服務，至少也得追循錢學森未完之志，論證及實踐糧食畝產萬斤是可行的。

文學就是宣傳，是意識形態的鬥爭橋頭堡，要牢牢抓緊，西方有莎士比亞，我們有湯顯祖，我們的大文人都是做官的，由李白、杜甫到紀昀，所以文藝創作，仍歸翰林院或禮部尚書管轄，今或仍稱中宣部可矣。自後，由《十日談》到卡夫卡，由莎士比亞到《犀牛》荒謬劇，由《唐‧吉訶德》到阿Q……下省三萬字……，通通下架。

至於視覺藝術的管控，同志的努力一直未停過，西人的古典、樂可可、印象派，通通要從印象中消失，改畫福祿壽、春牛圖，努力學習板畫木刻，或「農業學大寨、工業學大慶」等文革風宣傳畫，色彩大紅亮麗光明。電影則《智取威虎山》，《白毛女》，不斷重拍，為何金庸的武俠小說可，樣板戲不可？至於荷里活、萬威、Netflix……嘿嘿！

我最關心的音樂一門，要管好的工夫就更繁瑣了，西方的娓娓之音，都是由一班不受控制的自由腦袋濫產出來

的，由文藝復興的道蘭德 (John Dowland)，巴洛克的泰雷曼(Telemann)、韋瓦第(Vivaldi)，到甚麼古典、浪漫，巴赫、貝多芬、莫扎特，到現代、前衛，到流行、爵士到史汀(Sting)，都只不過是擸頭，以後要多教育洋人漢古曲《十面埋伏》，蔡文姬《胡笳十八拍》，阮籍《酒狂》，自古以來就勁過你威爾第《茶花女》的《飲酒歌》。

管好世界雖幾為不可能的任務，但「志不求易、事不避難」，「敢於亮劍」，主觀能動性戰無不勝，所以，烏坎村經驗，亦可用於管理世界金融城市，革命小闖將，當然可以修理知識分子。

這個多難仍待興邦的民族，大敵當前，贏了，即可着手處理西方自文藝復興以來霸佔世界政治文化舞台的設計及話語權，來一次大掃場，一勞永逸，高枕無憂，世界一齊只吃飯，幸福無比。

若對西方文藝復興後的文化看得眼花撩亂，化繁為簡，也可以行政命令，通通下架，或索性一把火燒掉算了，以前又不是未做過……。

不朽的表演者差利卓別靈在《大獨裁者》中有一段兩分多鐘的獨腳戲，花拳綉腿如踢毽般舞弄着個吹氣大地球彈上彈落，看見就是爽。

狗日之忙然

　　時間的速度，隨着年紀，感覺不同。細個的時候，日子很長，可能因為早起，每日全程看着太陽由東到西，日出日落，人在其中，要做的事不多，不外學習與遊戲，時間都堪可揮霍，因為來日方長。人長了，因為經歷過很多人和事的循環段落，記憶的倉庫，越積越滿，才驚嘆時間是會加速的，叫做光陰似箭、日月如梭。

　　我經歷過的所謂人和事，不過芝麻綠豆，不登大雅之堂，卻不乏感傷。最新的忙然，是看着相伴多年的小狗，在盛夏的午間，側躺着讓瘦削的肚皮卑微地起伏，在逐漸熄滅的呼吸中，悄然離去。

　　小狗就叫啤啤，是順口叫，如此這般就過了十五年，不知道卑微不卑微；本來是住在室外狗屋的，因為黐人，經常扭計要入屋行走，久而久之，變成了室內一員，儼如家人了。

　　我在新界大，自細與狗為伍，幾乎人狗無國界。有時候，母狗一胎十幾隻，令家宅喧嘩得熱鬧，餵養和照料，只辛苦了家內人。後來年紀大了，再生的真的照顧不來，便找人接收部份，但三幾隻留下，是少不了的，這幾年，就只剩下啤啤一隻，也知道應該是我們的最後一隻，過了之後，也難再養了。

　　我們的狗成員，很多都是由襁褓到墳墓，從一而終的，看他們的一生，就如縮影預示我們的生老病死。與狗

為善者流傳，狗一歲，投影人七歲，十五歲的狗，是「狗瑞」之年了。

我們守狗之善終有難忘的經驗，上一隻需照顧的叫仔仔，高齡病倒體弱，睡得不舒服會叫人，大小便也會身體語言示意，幾乎賴了三個月才走，我們也形神俱疲地耗足了三個月。狗狗不能進食，我們每天買盒裝牛奶回來餵，守住他走。幾個月後新聞報告出，我們買的三鹿奶粉含三聚氰胺，不知道是愛了還是害了，真的一臉茫然。

上星期走的啤啤也不是省油的燈，臨走前一段時間後腿不斷衰退，直至站立困難，大小二便最後要人好像從後抱住小童「屙殊殊」般侍候，然後便是清洗，放回枕席上。

以前養過一些名種狗，拉布拉多、拳師、聖班納，也有唐狗，後來雜了，都變了半唐番，卸下種姓，更近人性；見狗如見人，後生的時候短暫地穿過名牌，後來不計牌子，穿得比較隨喜踏實，是價值觀的轉變，隨喜隨意，還原樸實性格。

小狗有善終服務，來人從家中領走，行儀式、火化，塵歸塵、土歸土，入陶瓷瓶，送回家裏。接回家的已經有四五瓶了，如奉家眷，茫然中或想，將來搬家或移民，如何發落。

沒狗的日子，生活頓有所失，聲音少了，就只聽得大鐘的針臂啲嗒的過，聲滅令人感覺不安，以前夜不閉戶，這星期開始意識到門戶要上鎖。最後一隻走了之後，這幾天他的氣味開始散去，以前多毛屑，要勤洗刷地板，日子啲嗒的過，毛屑的痕跡，吸塵機越吸越少，室外園地用水

沖洗的次數亦疏落了，生活好像進入了另一種模式。

　　家人愛狗，就連外遊都放心不下，故甚少出門，現在才想不久的將來，應該到那裏走走。只是適逢疫情再發，也不知要耽誤到何時？

　　如何與動物相處，反映文明的進化程度，狗及一切動物皆為生物界，有情，構成自然景觀，要珍惜保存，才可維持自然全體。狗經豢養，野性馴化，親近人性，是人與野性大自然的中間橋樑，提醒人對靈性的愛護，是善良的中介和使者；所以，進化的文明，摒棄以狗為餐，肉食亦制約於有限品種，戒野味，亦杜絕病禍根源，不汲取教訓，疫性循環，豈能怨天災為禍。

　　多年觀察所得，狗為人類忠實朋友，狗性亦感染了人的文化和文明：好奇、積極、善良、忠誠、友善、不記仇、不惡語、不行不善；亦頑皮、活潑，他會做前哨、找路，有自己的好奇目標，不一定事事服從，有時拉也拉不住；除了能狗學習，還有悟性，觀察所得，有些臨終的狗，會不自覺地要逃離家園，好像下意識要找個棲息的地方獨自離去，善意地不想讓主人家負擔，添煩添亂。只是我們不捨，都給他們留到最後。

　　狗有人性，有些人連狗性都沒有，所以我不喜歡以狗罵人，侮辱了狗。

Before the Deluge

近日天象多異常，人心好奇，意見師(KOL)也借題發揮，不吝吹水，高談天人感應說，與眾同樂，唯未入題前，必先聲明：自己係唔信嘅！整好衣冠之後，圖文並茂，洋洋灑灑，亦多以「信不信由你」，「信則有，不信則無」終。說話政治正確，已成一技傍身。

同文邵頌雄傳來他和學者談宗教命理對話錄，促我表意見，我望之而啞言。學者要搞這個題目，便要先盤點自己對這門學科的印象如何得來，如果是從擺地攤的、照田雞的印象得來，或者是從電視下午茶節目得來，那麼憑顯學的高地來批判，就必然是先射箭、後劃靶。縱可供輯出一篇洋洋灑灑文章，卻對認識無補。

風水命理，既為國寶，亦屬長青話題，我倒佩服臺灣的電視或網台節目，談時事分析時，加插風水師插科打諢，不以為悖。

坊間對命理的印象是包山包海，凡帶預言期望的皆是，連宗教神話傳說都會踢進去大鍋煮。不過，我看宗教神話，就只直取其喻意。

古聖經有很多天降大災，以清洗人心的故事，如所多瑪與蛾摩拉的天火焚城，便因為城中連一個義人都沒有了。神話故事經常用來構建道德文化體系，如果把它解釋為地殼變動、火山爆發的純自然現象，用科學來批判，便如硬要扯脫歌女的華裳，以研究其生物體態，心態還是邪惡。意見師總有人喜歡在這些題目上扮演破惘者的角色，

以為人人看文字都只看face value，其實他們才是。

另外一則神話「挪亞方舟」談的是另一場洗滌，多行不義的地方，經洪水沖擦，才有重生的機會。《創世記》裏的大洪水醞釀了很久，挪亞方舟籌備了很久，周圍的人屢勸不善亦很久，洪水來的時候，眾人晴天霹靂、手足無措。據說大水四十日，漲退前後各150日，到能踏上乾地，計數便有370日整年有多，惡水環伺期間，人只能靜養和退修。

熱心的人會找尋亞拉臘山的遺址，對比舟內的物種與現存世界的物種，推敲大洪水漲退時間的可能性，證實還是證偽，都無助無損其勸善之寓言性。

冰凍三尺，非一日之寒，大洪水來前，也必烏鴉密雲已久。故事當從1984年始，俗稱七運破軍，走二十年到2003，《易》稱兌卦，主題為愉悅，源於口腔等原始慾望的滿足，及於聲色藝。回憶中的那段黃金年代，搵錢易，「符碌」亦可做人，黃金歲月似能天長地久。2002、2003年，羅文、梅艷芳、張國榮約定一齊走了，翌年進入八運左輔，走二十年到2023，《易》稱艮卦，主題為靜止，象寄頑固不動如山，但蠱生於蔽，蠹食而剝，當道偶像則改為投行、金融明星，權貴富二代，社會上行階梯開始堵塞，體制開始剝落。這期間美帝出了個奧巴馬，競選口號叫做"Change"，世界並沒有因一個口號而有所改變。

我託學生查核，由1984到2003，新生嬰兒達百多萬之數，這批生靈甫入世，即遇八運現象，怎無抑壓之鬱悶？

以今年計，七運兒的歲數即在17至36之間，是為求變之中堅；破軍特性能衝，求改變現狀，不怕犧牲。2024年

後入九運右弼，走二十年，《易》稱離卦，主速變和亮麗，七配九合成「澤火革」卦，主變革。變革分三種，一種叫「大人虎變」，一種叫「君子豹變」，一種叫「小人革面」。我不喜歡龍虎豹的比喻，但也理解做大事的人，要雷厲風行的質變，如虎，不大變也要中變，才是大人和君子的作為，只有小人才會裝模作樣，做門面的變，到時便要被人或時代迫變，故稱之「凶」。

傳統仕人，多以談玄說命為副藝，命理流入江湖，便要巧立實用之名，以廣招徠；顯學之士，所得印象亦多江湖傳聞，難怪抗拒。我當年七運初學習，出於好奇，歷久才漸知全屬反面教材，由語意用詞到內涵定義，皆多理解錯誤，更欠概念、結構、語意邏輯組織，遇人不淑，你我皆為同路人。

命理這些古法，只是提供一種思考模型，使用時牽涉演繹，並取決於個人的文化修養及其聯想能力，故近語言、近藝術而非科學項目，亦非數理邏輯哲學。

七運沉醉於慾樂的愉悅，欺世盜名，濫竽充數，然後尸位素餐者，就等一場大洪水。

地攤雜思

　　地攤經濟火了一會，聽說後來降溫了。驚鴻一瞥，還是勾起了一些舊時回憶。

　　擺地攤，即做小販；卑微、流動，在社會的底層謙虛無顏地討活。像我這個年紀，成長時期住過新界的，對於地攤有一種貼地的感情。

　　我六十年代住的地方走十多分鐘到達粉嶺聯和墟，逢一、四、七日墟期，圍着街市建築旁的街道擺滿了地攤，真的席地而擺，不是放在推車上；也有流動行企的，小販叫唱得好熱鬧。當中有個阿伯賣治甲由老鼠木虱藥的，半唱半Rap的歌詞，我至今還完整記得。

　　當年家中有種點菜，吃不完，收割兩籮，趁墟期挑到墟上整批交集貨分銷的，省得爭佔地攤來賣。我相信這種草根階層的經濟形態，在中國存在了好幾千年，沒有發展，也沒有衰落，是超級穩定國，就算皇帝微服出巡，見此景象，也會躊躇滿志。

　　那個時候，人口不像今日那麼稠密，輕工業還未大舉進來，沒有牛皮廠的廢料污染河流，發出惡臭。試想像夏日墟期早上起來，有涼風，太陽是溫和體貼的，空氣會甜得透明，走過的橋流水淙淙，像礦泉水模樣；年輕步伐，走過就是輕快。

　　墟上還有甚麼賣？不記得了，反正也沒有甚麼零用錢，糧油家事也不用我去操勞。早上鑽進大大的帳篷下，吃一大大碗滾滾熱辣的豬紅粥，一碟炸兩，媲美天上人

間，就不明白那時候沒有冷氣，也可以吃得那麼舒暢。

有時就圍着墟市繞一周，蹓躂也是暢快，賣菜的小姑娘有點牛王妹頭的味道，很可愛；另墟前的巴士站有車往九龍，我每天早上上學都見一個清瘦女孩同車，幾年互視都沒有交談，我也不知道孰知禮不知禮。幾十年後，兩人在我腦海中還是那女孩模樣，青春是凝止而觀。

聯和墟的營運公司始於1949年12月，由附近幾條村的鄉紳合資組成。粉嶺原是避秦地，除了有國民黨將軍徙居，還有學者如羅香林先生，專著客籍歷史，是我崇真會長老，同會的還有望族乾德門彭氏，青磚大屋，我見過吳思遠和倉田保昭在門前取景，六十年代的印象，是儒家祠堂文化和西方耶教可以糅合，相安無事。

陋巷出珍饈，邊城出人傑。聯和墟前方有培靈小學，我讀了六年，經常要去墟後「白屋仔」旁的天主堂念玫瑰經，好寧靜暖和的小聖堂，長大後客串電影《三人世界》時重遊，一草一木都是情。培靈近年出了一個仗義爆粗的林慧思老師，惹來批鬥與打壓。毗連有一間由軒轅祖祠改建而成的新農學校，古色古香，八十年代停辦了，右鄰還有一列青磚大屋，應住了多戶人家，當中出了個郭家明，1949年生，今日港人家傳戶曉。另外還有廖長城、廖長江兄弟，出身教會家庭，同屬崇真會，住則在墟後較新的五層樓房單位，小廖幼時活潑可愛，我等稱其似Bugs Bunny，今則人稱班長。

荏苒已半個世紀，人事多變，人心亦多變，星移斗換，我們也跟着天旋地轉。

這幾天看內地油管客(YouTube)的短片，報道廣州幾

個城區的小販檔滿街滿巷的擺佈，有如回到舊陣時。製作人訪問檔主，原來出身IT廣告行業，現在下海賣甜品，採訪對話流露出中國人的適應和順從，說疫情不好，時局不好，經濟不好，是可以理解的，還說美國人更差，快要完蛋了，過後世界還是我們的。我看這些短片的發佈日子多在11、12日左右，不知道這幾天地攤還是不是那麼火。另外，河南鄭州有人贈飲孟婆茶，吸引了人山人海來喝，報道說，是商圈的促銷噱頭，點中國人渴望洗淨腦袋，忘憂、忘記。我看到畫面的孟婆造相，只覺毛骨悚然。

　　我對東西文化能否糅合總不樂觀，六、七十年代free and easy的回憶，或許只能驚鴻一瞥；一百八十年前西方強行把東方的封閉大門迫開，過一段時間卻又關上了，如是者開開關關無間循環，看來我們又來到了「關口」上，要面對離鄉的艱難選擇，當內地高叫「留島不留人」，西方卻放聲氣說歡迎香港人移居，是「留人不留島」。夏蟲與冰，各在平行世界。

　　能把維也納金色大殿租來唱卡拉OK，為甚麼不能把世界金融中心拿來擺地攤？

　　灰姑娘與水晶鞋，午夜打烊。

乘桴

　　人心浮動，朋友不知我無能，卻來問我移民往哪方好？我稍具江湖閱歷，識得見人講人話，見鬼講鬼話，耍了個小聰明答：宜居文明的地方。

　　文明在人心中各有不同印象。西哲有言，特等聰明的人，左右腦可以以不同方向運轉，左右思想可以相沖而並存；我藍朋友很多，都特等聰明，對於文明的揀擇，好有《文心雕龍》feel，「馬龍神龜」，玄得不可方物；有些海歸回來的，五千年鄉土情懷還特別濃郁，所以喜歡藍，讀理工科的，祖沖之、張衡、畢升、劉徽、郭守敬唸不出來，岳飛、文天祥之類則一說即曉，又說中國人成日俾人蝦啦，五胡亂華啦，鴉片戰爭啦，八國聯軍啦，一個東方大國就是這樣俾人蝦大的，如今國際圍堵形勢，更加坐實這種想法，都是「國民教育」的功。不過，眼見社會局勢不穩定，他還是會回去美加澳紐的。反美是工作，居美是生活，明白晒。

　　我除了深深藍，還是真心膠，牆國不喜的，我也必惡之。

　　我不會移居美國，一因怕美帝有太多鬼鎗。由西部牛仔片的拓荒時代開始，男的兩翼插鎗，女的也有雙鎗黃英姑，拍意大利粉牛仔片起家的奇連伊士活（Clint Eastwood）讓我們見識過焦焦焦焦焦連環奪命鎗的架勢，後來演《辣手神探》（*Dirty Harry*），用的是Magnum。至於乘具，以前騎馬，今揸悍馬，教揸飛機的航空學校，幾多如7–11。

1791年12月15日，美國憲法第二修訂案賦給人民世世代代陀鎗的權利，迄今已229年矣。據我少少過時的數字，美國民間持鎗數量高達4.5億枝，即平均每人有1.5枝用來看門口，個別槍械迷家中隨時有個小型軍火庫。我以前有個同學每去一次美國都要過一次燒鎗癮。

　　古讀書人除了要唸書之外，還要佩劍習武，儒家禮、樂、射、御、書、數，這「古六藝、今不具」了；倒是才二百多年毛還未生齊的美帝，六藝規模頗備，「真‧禮失求諸野」。強國在海外推孔子學院而折翼，敗因即在「古六藝、今不具」；要得古風六藝全，強國人至少也要每人分得半枝鬼鎗，學而時習之，才有全民能戰的底氣，一如《上甘嶺》的《我的祖國》唱：「朋友來了有好酒。若是那豺狼來了，迎接它的有獵槍（原來是木字邊！）」，否則便只是打嘴砲講鬼話；至於傳聞買菜刀都要實名登記和上鎖，那又是另一種好自宮的民族風了。

　　二是美國的警察太柔弱，原來是會單膝跪下（間中還有雙膝），與抗爭者抱頭痛哭親敵的，枉備了充足彈藥，卻吝嗇亮劍，實在與五千年文明差好遠；我們歷來是男兒有淚不輕彈，男兒膝下有黃金；槍聲一響，黃金萬兩，雙膝一跪，榮華富貴；我營幾位藍精靈小妹，看着忠誠勇毅暴，欣慕之情，流得口水唾唾涕！美警？真的差好遠呀！

　　有些朋友還杞人憂天，擔心戰亂。我仍是見人講人話，見鬼講鬼話，就叫他們去一些文明的地方吧，最好農作物產量豐富，就算入隔離營，都可以好食好住，少受皮肉之苦。天垂異象，去年二百萬港人湧上街頭，救護車破人潮如過紅海，今年即醞釀港人的出埃及記，港式的

Nabucco，無不感傷；去國不易，留戰亦難，至於忠誠勇毅，膠到化不開的，也可留待慈母懷中，準備做岳飛、文天祥、袁崇煥，國之楷模，浩氣長存呀！

鹹魚白菜，各有所愛，我就這樣插科打諢，把不同想法的人，疏導到不同的船上。

術士KOL説今年香港着了個「地火明夷」卦，又飛鳥折翼，又傷了左股，我則以為會多出幾個黃宗羲之類，不知其互換即為「火地晉」，實情是有人辭官歸故里，有人漏夜趕科場；經這幾年，目睹官場現形記，已知見人講人話，見鬼講鬼話，已經不夠水平，晉升境界，便要懂得見人講鬼話，見鬼講人話。這部被捧為神靈的《易》，就是偉大彈弓手文化的鼻祖，「地火明夷」固然有畫如黑夜，奸人當道之意，其背亦喻麗明驟起，斥逐魑魅魍魎，故大亂後必大治，只是雙方都以為利於己方。

大時代要換日變天已屬必然，淘汰的只會是抱殘守缺，頑固貪婪不仁的既得利益者。

乘桴浮於海，是過渡中的一道美麗風景線。

中國式割禮

　　猶太人幼行割禮，說是和上帝的契約儀式。中國人不信上帝，契約只和皇帝簽，儀式更為進取，除了唱讚歌，還會淨身，一樣神聖，並多屬官貴專享；另加官威不能犯，今上偉光正，下必護上短，是為孝。

　　1975年出土《睡虎地秦墓竹簡》之「法律答問」記秦朝律例，指「子告父母，臣妾告主」為「非公室告」，不受理，如果不知好歹「而行告，告者罪」，後世因循，故上訪者必成被告，香港則受害者變被告，皆割禮精神。秦行法管，卻又鼓勵父子上下告奸篤魁，暈了！韓非子認為，「父之孝子」即「君之背臣」，則爹親娘親，又不及今上親了。

　　刁民近日鬧爆庸官、狗官，或蔑之為宦官，我本深藍，聞之不忍，視為傷口灑鹽，因凡官必有閹的五十度陰影。

　　宦官淨身朝朝有，文官自殘或被殘的歷史亦源遠流長。最早能體貼上意而集體減肥的群臣有春秋戰國時期楚靈王的「楚王好細腰，宮中多餓死」。及漢，即閹分兩層，首閹思想，再腐其身。先是董仲舒用了儒、法，定於一尊，輔以陰陽怪氣，其他的大致都閹了，武帝一朝，除了閹思想，還要閹真身，司馬遷即因李陵案「妄議中央」和「不知敬畏」罪而閹的。五代十國還有一個南漢，歐陽修《新五代史·南漢世家》說到劉鋹這個愚帝：「以謂群臣皆自有家室，顧子孫，不能盡忠，惟宦者親近

可任……，至其群臣有欲用者，皆閹然後用。」即誰想做官，便要先修《葵花寶典》。南漢蕞爾小國，祚不過五十四年，士人求官仍前仆後繼不惜身，真天地造化。據《資治通鑑》第294卷「後周紀五」載：「凡群臣有才能及進士狀頭或僧道可與談者，皆先下蠶室，然後得進，亦有自宮以求進者，亦有免死而宮者，由是宦者近二萬人。」

閹人閹出震撼性，「撞鬼」都在大小漢朝。家父為我兄弟倆改名都配個漢字，怪不得臣我一生謹慎惶恐。我客家籍人，曾務農，見人家的孩子聽教聽話，便說他「好馴」，我初頭以為純情個「純」；也養禽畜，公雞好鬥，食量大，閹了變馴變肥，肉嫩多汁。

馴國之道，是把人畜養在欄柵處，有疫情時「不會人傳人，可防可控」，也是有現實根據的。

我們拿《漢書‧藝文志》的九流十家來看，那些割出來做了下欄的有道家老莊、名家公孫龍子、還有楊朱、墨翟、雜家、農家、小說家等，如可鼓勵任由發育，幾乎可以拼回一個民族的完整人格圖，或者更易與今日的普世價值與文化接軌。

瑕不掩瑜，求官不遂乃成聖的孔子在《周易‧繫辭上》說：「形而上者謂之道，形而下者謂之器」，譯者將「形而上學」對應西哲亞里士多得(Aristotle)的 *Metaphysics*，這哲學入門必讀書開宗明義講人畜之別。要言之，人能學習，記憶長，能總結經驗；進而能夠歸納出形而上概念、系統和公理，並能教人、能創新，稱為人上人。動物則否，且易排外記仇。

庚子 己亥 戊戌

術士喜說六十甲子干支好厲害，視為國寶，KOL不察，以為江湖佬好堅，也跟舌凡庚子年必有災殃云云，不知乃因民族學習能力低，記憶周期短，經驗教訓不累積，嗜實際而惡抽象，人人日日形而下，故六十年一小錯，一百八十年一大錯，再乘三等到蚊瞓五百四十年或會出個「聖人明君」。

漢人自古擅築牆，就算牆倒了，也不會越檻。兩部印象深刻的越獄電影，有1973年的《巴比龍》（*Papillon*），和1994年的《月黑高飛》（*The Shawshank Redemption*），戲中都有相同角色：坐監久了的人，懼怕不適應外面自由世界，會寧願留在監內。

側聞萬惡美帝可在短期內推倒強國防火牆，我稍無動於衷。香港自古以來不設牆，但歷來投票所見，都有紋風不動的40–50%鐵心護主忠粉勇猛激情盡孝，阿爺實在不必過慮。

換燈泡的故事我有這個版本。三名學者在琢磨怎樣換掉壞了的燈泡，一個說：我騎在你的膊頭上，你順時針轉，我便可以扭脫壞燈泡，然後你逆時針轉，我便可以扭上新的燈泡了；另一個說：那我們先討論一下，應該是我騎在上面還是你騎在上面較好；第三個心理學家翹着郎當腿冷冷的說：那還要看燈泡真心想換才行。

前世今生

　　有儍教師及出版社編用鴉片戰爭歷史教材出了差錯，藍營檢到了槍，將趁勢推行愛國歷史教育。我藍血深深，看鴉片戰爭，和我油站老友藍叔藍嬸觀點並無二致，皆額手稱慶。

　　查百年屈辱，當以第二次鴉片戰爭(1856–60)更為大龍鳳，更當編入教材；《南京條約》後，洋貨依然滯銷，獨秀鴉片，輾轉因1856年走私船「亞羅號事件」觸爆，折騰數年，戲幕有火燒圓明園、怒殺傳教士、艦遊大沽口、砲打八里橋、咸豐一家大細北狩承德避暑山莊；南方則有「不戰、不和、不守、不死、不降、不走」的佛系總督葉名琛(本屬道教)，滅洋無力，「剿匪」則絕不手軟，傳殺七萬多人，不乏殺良冒功之數；復加塘邊鶴俄羅斯，見英法聯軍身水身汗，乃見縫插針，迫簽了《璦琿條約》等，撈走了百多萬平方公里土地；十二足本，大戲連場。

　　另有英殖軍隊左右開弓，在印度鎮壓反叛人士，單奧德土邦(Oudh State)一地，即傳殺了十五萬人，直比「南京大屠殺」。

　　百年屈辱，如陳年佳釀，愈久愈出味，晚清一代，卻無此感，1860年後親政的慈禧，見過大沽口會飛般的洋艦，不會羞怯於崇洋之名，讓洋務運動持續了三十多年。兩次鴉片戰爭期間，適逢太平天國和捻亂，西人見太平軍拜上帝，誤會是手足，後來發現是恐怖分子，倒幫起清廷來。據《清史稿》卷435列傳222載，幫清外援有華

爾（Frederick Townsend Ward，美國人）、勒伯勒東（Albert-Édouard Le Brethon de Caligny，法國人）、法爾第福（Tarding de Moidrey，法國人）、戈登（Charles George Gordon，英國人）、日意格（Prosper Marie Giquel，法國人）、德克碑（Paul-Alexandre Neveue d'Aiguebelle，法國人）、赫德（Sir Robert Hart，英國北愛爾蘭人）和帛黎（A. Théophile Piry，法國人）。

當中帛黎獲郵傳部尚書盛宣懷推薦，任郵政總辦，且一家三代都曾事中國海關職。另有港人熟悉的赫德，取字鷺賓，曾駐香港，復得清廷聘任總稅務司，兼司郵政，事華達五十年之久。他如華爾、戈登等則領過常勝軍，立功江、浙，世稱「洋將」；很多除了「受官職，易冠服」，還受過朝廷賞賜頂帶花翎。《清史稿》稱他們「皆能不負所事……食其祿者忠其事，實有足多」。

英帝作家吉卜林（Joseph Rudyard Kipling，1907得諾貝爾文學獎）1888年寫了個《幾近為王》（*The Man Who Would Be King*）的故事，約翰・侯斯頓（John Huston）於1975年拍成電影，因由辛康納利（Sean Connery）主演，港譯成《霸王鐵金剛》；背景是印度第一次革命後，東印度公司退場，維多利亞女皇君臨印度（Empress of India，與慈禧東西輝映如十九世紀絕代雙姝），英治轉行懷柔文明政策，兩個英國退役紅衫軍士官或覺有得威，乃入深山威，冒險到近阿富汗的卡菲爾斯坦（Kafiristan），陰差陽錯被土著誤認為神明，供奉成土皇帝，最後被拆穿西洋鏡，丟下萬丈深谷，粉身碎骨。

印度1869年後出了個舉世尊崇的甘地，1947年獨立，

行議會民主，七十年代，Ravi Shankar做了披頭四George Harrison的導師，近年盛產數碼人才，還有色彩繽紛燦爛的Bollywood。至於香港九龍新界，由小漁村到大都會，租客做了個BOT(build-operate-transfer，建設—經營—轉讓)工程，九七交回，今上業主顯然不認為合用，依例敕令租客還原。

我日前閱得一代宗師王亭老奇文一篇，説入定中見五千年後一眾禍港泛民轉世，謀得港獨；我這小神棍東施效顰，未入定，即見《霸王鐵金剛》三角轉世為陶輝、韋華高、莊定賢三警，得頂帶花翎，代前宗主國完成清拆還原工程，... zzZZ ...。

上期《池中舊水》提到，我們自14世紀即缺席文藝復興、工業革命等西方文明，一覺醒來，大惑不解，追功課、抄作業，實在吃力疲累，今上體恤，思閉門掩扉以蔭其民，讓大家可以再睡一回。山中方七日，世上已千年，布拉姆斯(Johannes Brahms)名曲：快快睡，小寶寶，窗外天已黑，小鳥回巢去，... zzZZ ...；藍精靈和小粉紅近年也真的都很勞累了，早上反美，中午反日，晚上反誰？尚待飯後翻牌子。

中國人行君臣父子，西人走楊朱墨翟，儒孟斥之為禽獸。或如吉卜林《東西方民謠》(*The Ballad of East and West*)説(我二次創作譯之)：東是東，西是西，老死不相往來，直到永遠，阿門。

山楂與扁桃

　　據載馬可孛羅於1292年辭元歸國，1299年完成《馬可孛羅遊記》。翌年，人類進入十四世紀，西方普遍劃定為文藝復興時期起端，且延綿到十七世紀。文藝復興運動是一場人生價值及態度的叛逆與重建，以對抗之前長達千年的中世紀(或稱黑暗時期)文化。叛逆的對象是神權政治及地主權貴的壓迫，壓迫累積久而大，抗逆力度便迅而猛，手段也必離經叛道。

　　在文藝戰線上表現勇猛的一員闖將是意大利翡冷翠(徐志摩譯Firenze)附近的喬凡尼‧薄伽丘，他寫了一本《十日談》，成書約在1349至1353年間，背景是1348年的黑死病第二波，十位年青男女下鄉避疫，約定每人每日說一則故事，積十日而成百，是為《十日談》；故事內容極盡荒誕奇情，鬧劇低俗，嘲諷辛辣，並且性愛連場，褻瀆挑戰神職人員迭起。

　　意大利導演帕索里尼(Pier Paolo Pasolini)在1971年拍成了《十日談》，幾個故事，都見陽具、陰器，或隨風搖曳，或橫陳靜息。最為人津津樂道的是原著中第三日第一話(Day Third-Novel 1)，以人慾橫流、修女尋春的故事，撕破人性的壓抑與虛偽；來自蘭波雷基奧的青年馬塞托(Masetto da Lamporecchio)，裝聾作啞混進了女修道院當園丁，直聽得年青修女們肆無忌憚的思春對話，卒因陽器雄偉被勾引為八名年輕修女輪番服務；旦旦而伐後某日，因倦在園中扁桃樹下春睡(asleep under the shade of an almond-

tree），涼風拂襠，強械乍露之際，值女院長經過……
mn...，聾啞並且霍然而癒，喻為天降神蹟；此後全院九名
神女，皆承其雨露均沾，馬塞托則納福終老。

　　薄伽丘是文藝復興時期的第一棒跑手，以後的事，讀
者見多識廣，本文不贅；緊接的是十八世紀的工業革命，
然後有第二次……然後是近代的數碼革命。我民族偉大巨
人剛甦醒，即跑步趕上新世紀，以空降姿態硬着陸於數碼
年代。文藝復興與工業革命兩場西方文化「盛宴」，促生
了自私和放縱的人性，對上不知敬畏的民主，還有貪得無
厭、邪惡不赦的資本主義，我們通通幸以身免，保存了簡
樸、純潔、正確、神聖與正能量的國情和文化。

　　偉大民族金剛身不壞，乃因有三大法寶，既有儒表法
裏，復行老莊，不吝草食，故可「雖有舟輿，無所乘之。
雖有甲兵，無所陳之。使人復結繩而用之。」

　　本插段閣下可閱後即焚：世說有三元九運，每運20
年，一大循環為180，乘4得720，減於2020，即1300，演
算出酣睡720，昏睡入定何止百年。

　　翡冷翠人下鄉逃疫，偉大民族則重九上山，始於戰
國，經年演習，處變不驚，抗疫神速，西方惑而不解，自
不待言。至於下鄉，則疑似新玩意。

　　美籍華裔演員、導演陳冲1998年拍了一套文革背景、
講述知青上山下鄉的《天浴》，囊括了第35屆金馬獎七大
獎項，但因不合國情遭禁，輸了票房，還因女主角李小璐
的裸浴鏡頭及替身之疑惹出是非，不幸實因陳冲飽受歐風
美雨薰陶所累。

　　2010年，張藝謀拍了《山楂樹之戀》，狂收1.6億，

那就對得多了。瘦弱秀氣的周冬雨演孖辮女知青靜秋，下鄉經過山楂樹，聽領導說那是英雄樹，因蘸了革命先烈的血，所以會開紅花，靜秋虔誠的記錄下來，準備編成教材；農村所見，有金黃的油菜花，慈祥和藹的父老，循循善誘的高幹子弟，愛護有加地扶助靜秋「轉正」，幸福的人民，生活在幸福的國度裏。愛護靜秋的三哥由高大帥的竇驍飾演，戀情純潔，從未真箇，有夜同床拖手，靜秋便以為自己會懷孕了。我無端浮想起造型真似七十年代的英哥與娥姐。青純、衛生、正確濃到化不開，《山楂樹之戀》被譽為歷史上最乾淨的愛情電影。美中不足的是，片末的山楂樹，並沒有開出紅花，不知是否導演疏忽了。

疫悶期間，朋友隔空相聚，年青的問何以抗悶，或答：多閱讀、多創作，或徜徉於扁桃樹下，或敬畏於山楂樹前，皆可趁此修成大器，譜寫曠世奇觀。至於港珠精英老友，則多問估計何時疫完，甚念往日觥籌交錯光景，我想起了唐杜牧詩，便只等「煙籠寒水月籠沙，夜泊秦淮近酒家」之時，仍能相聚以浮一大白。

天下無敵

世説有邏輯，另有中國邏輯，我説不然。中國人歷史悠久，故必先有中國邏輯，才有邏輯，並且老早建立好幾條定理，千萬年金槍不倒，有時實質勝，有時精神勝，天下無敵。一是因亞當、夏娃犯了罪，被逐出伊甸園，論資排輩，世界當然要由位居中土的龍人(褫奪了伊甸園的蛇)管理。另是凡世界有的，我們必然先有；還有世界能，我們更能。

我在2018年1月6日「戊戌大時代」一文説過，過去一百八十年，每六十年一次循環，我們雖據于蒺藜，卻仍無忘初心、初鬥英、法，再戰八國，復抗十七國聯軍，愈戰愈勇，至於今日單挑全世界，慷慨激昂、義薄雲天。中國人有鴻鵠志，路線圖一早有祖宗鋪設好，即為「修身、齊家、治國、平天下」，我浪費了青春，琢磨了半生才領悟其奧妙。

修身是要把人的肉身好好「修理」，齊家是人在屋蓋下當豬來養，治國是把地域用四埲牆圍起來，將來剷平了天下，天下兩字大概也要套上框框。

先説我們能。月前筆者有幸請客，得文化界朋友鄧氏夫與文氏妻賞面上座，席中談起2016年，適值洋人莎士比亞寂滅四百年紀念，東方也不寂寞，張燈結綵紀念同樣圓寂四百年的湯顯祖，有愛我華氏且認為湯氏要比莎士偉大，因為湯劇要兼顧曲譜格律，莎士則海濶天空……(一生不羈放縱愛自由)……you see！我們是習慣受綁的動

物，並且視之為成大事的難度考驗。談到創作量，莎士有劇目三十八套，湯氏零頭不及，但當中也有個說法，因湯氏全職做官，所以少產，更勁；怪不得原稱《紫簫記》的，因觸碰了朝廷主旋律，要輟筆十年後改寫成《紫釵記》。查湯氏比莎士早生十四年，遲卒三個月零六天，可見做官比創作身體健康，並且延壽。

以小擊大，以寡制眾，以不能比而賦比，擾人耳目，亂人視聽，都是上乘兵法；山不在高，有仙則靈，大衛可以打倒哥利亞，口罩可以換華為，更玄的境界是「不戰而屈人之兵」，稱之為「善之善者也」，我初頭以為是用三寸不爛之舌，曉以大義，以德服人，所以為善，太too good to be true 了；後來請學生查一查歷史，好像從來都沒有這樣一回事，有的是，兩國交鋒，拳頭打不過用銀頭，銀頭使不動用枕頭，或者三管齊下，無不勝的道理，這才叫實用唯物主義。

歐美能，我們也能，喊了幾十年，好像已經近了，做戲的說：中國人是要管的，全世界的人何嘗不是要管的，如非有人壞了好事，華為已經可以管好微軟、蘋果，瑞幸可以管好星巴克，愛奇藝可以管好荷里活，拼多多可以管好亞馬遜，蔚來汽車可以管好特斯拉汽車，信不？那我給你講個很有哲理的故事。

話說我的器官閒來無聊，比對誰最重要，頭上的眼睛說，我能給你看清楚世界，所以重要，耳朵說，我給你聽清楚訊息，所以重要，大腦最霸氣，沒有我處理訊息，你們甚麼都不是，然後還有鼻和嘴等都吵作一團，喋喋不休之際，底部幽谷深處傳來一把不耐煩的聲音說，你們以為

自己真的好巴閉嗎？跟着便把股洞關閉了十日，搞到上面頭昏腦脹求饒了。我從小就知道股洞的厲害，以及股洞多如過江之鯽！

我十幾年前倒看過卡爾‧薩根（Carl Sagan）的一些科普書，說每隔若干萬年，地球上便有一大批生物滅絕，而最具頑強生命力的，可能還是細菌和病毒，我們或許適逢其盛。有人計數，病毒作生物武器的殺傷力有效覆蓋率以一萬平方公里起計，比傳統最重量炸藥起碼超出千倍。

近期有案例發現，冠狀病毒不單只攻擊肺部，還會令人喪失味覺、嗅覺，並且會攻擊腦部細胞，令人喪失思想及記憶功能，甚至連自己的名字都記不起來，不過，對於腦殘的人，理論上是沒有甚麼影響的。

國際間的政局紛擾吵鬧口角，互相甩鍋，我這個深深藍，當然緊緊跟隨核心路線，認定冠狀病毒無可置疑是由美國洋鬼子傳入的，其心可誅，不過我們除了有制度自信之外，還有腦殘的免疫能力，奸計將難以得逞。中國人長生長有，生命力之強，不讓小強與病毒細菌；知道我們為甚麼誓要停留在口腔期，乜都食得落肚嗎？

　　　　　　　　　　庚子 己亥 戊戌

今夜星光燦爛

　　新年過後回來，順水推舟，自我隔離，宅男自己近月多，難得歲月靜好，當年紅塵中斷流了的文藝嗜養，趁此重溫新灌，以抗逆年。溫習一自古典時期起，即躊躇於巴哈的神劇（oratorio）類，聽愉悅輕爽的序曲，自由的宣敍，抒情優美的詠歎，還有萬眾一心的大合唱，猶與神交。牆人不解，見西方人為疫情祈禱，以為怪力亂神，不知道那是靈性的搜索，當俗世體系崩壞，乃與頭上三尺有神明的道德境界連結，使不欺暗室。

　　除了頌讚曲，還有俗樂歌劇與詠歎調。近年見的美顏女高音，很多都能唱跨界歌種，早幾年很喜歡看威爾斯裔的嘉芙蓮（Katherine Jenkins），大眼睛長睫毛，像芭比公仔，流年四十，風韻猶存；近期則多追蹤俄裔的愛達・嘉里富琳娜（Aida Garifullina），生於俄羅斯韃靼斯坦共和國（Tatarstan），有點中亞或東方氣質，現場表現不算穩定，但線上可見得她由村姑形態，經歐風美雨文化薰陶而蛻變得美艷不可方物。

　　女高音都氣量大，新一代的不乏大胸大肺，多接收其藝術感染，或有助抗肺炎疫。如果你玩真的，則仍可鍾情於Maria Callas那一代神人。

　　Aida近年人氣頗盛，我見她與杜明哥（Plácido Domingo）同場，合唱*Non ti scordar mai di me*時，明哥特別貼身，並常輕執Aida玉臂。不過，杜明哥的確有點唔生

性，近年親華而未習周敦頤，沒有學好「可遠觀而不可褻玩焉」的善訓，近日驚傳確診中招了。

說起杜明哥，想到中國和意大利人分屬難兄難弟，聲大、喧嘩、鹹濕、愛吃，表性各有陰陽；不過，意大利人能放歌，能思想，威爾第(Verdi)是其國光，《納布科》(Nabucco)的「飛吧，思想，乘着金色的翅膀」(Va' pensiero, sull'ali dorate)幾成國歌，亦即珍惜思想自由立國，Zucchero演唱成Rock Ballad，亦三日繞樑；威爾第1901年1月歿，普切尼(Puccini)的《托斯卡》(Tosca)於1900年1月首演，滅興無縫相繼。意大利人重思想、藝術傳承，中國人則肉身，陰陽相合，佳偶天成；兩宿各有散漫、樂觀，經常好了瘡疤忘了痛。

帕華洛帝(Pavarotti)，杜明哥(Plácido Domingo)都唱過《托斯卡》，好是理所當然，我偶然卻看上了Polish National Opera版本；波蘭這個令孫中山先生感懷身世而潸然淚下的多難之邦，出過半個*蕭邦，並且在藝術性格上依然精神抖擻，華沙劇院把托斯卡的劇情背景設於七十年代羅馬，是時政局混亂，左中右翼難以協調，警匪人鬼不分，共產主義及毛派猖獗，還有赤軍旅(Red Brigades)為患，時局的持續難題是執政的天主教民主黨應否容共，

---

* 蕭邦母親是波蘭人，看導演波蘭斯基(Roman Polanski)2002年的《鋼琴戰曲》(The Pianist)，雖說是憑猶太裔鋼琴家瓦迪斯瓦夫·斯皮爾曼(Wladyslaw Szpilman)回憶錄改編，但選曲則以蕭邦的夜曲點題，二十九歲登影帝的布洛迪(Adrien Brody)，造型亦肖蕭邦；優秀民族，苦難時仍能保持優雅氣質與精緻藝術，苦難不是民族爛讕的藉口。
OperaVision因應疫悶時勢，線上開放了很多全本的歌劇，有興趣的用關鍵字即可搜出。

與意大利共產黨組織聯合政府，導致頗多街頭衝突，爆炸點是決意消滅資產階級的赤軍旅於1978年綁架了總理阿爾多·莫羅（Aldo Moro），勒索不遂，五十五日後處決及棄屍於車廂。

波蘭版的《托斯卡》，佈景及服飾均簡約而現代時尚，戲軌則仍屬普切尼；男角藝術家卡瓦拉多希（Mario Cavaradossi）與女角歌唱家托斯卡（Floria Tosca）相愛，又因同情並掩護政治異見友人安吉羅提（Cesare Angelotti）而受牽連。秘密警察局長斯卡皮亞男爵（Baron Scarpia）陰險毒辣奸詐，典型黑警，垂涎於托斯卡，要脅談妥條件之後又反口覆舌，害死了卡瓦拉多希，釀成《羅密歐與朱麗葉》式的殉情情節。

《今夜星光燦爛》（*E lucevan le stelle*）編在第三幕卡瓦拉多希在囚禁與遇害之前，是膾炙人口的詠歎調，是男高音的考牌之作，由孤清的單簧管引導，由低迴而高吭，音域遼闊，直到呼天搶地，裂人心脾。普契尼是煽腥高手，讓卡瓦拉多希倒在高牆之下，任由筆者不滿。

人有文明進化，面臨生死，仍會檢視生命的意義，只是星光燦爛，日月糊塗，既澤蒼生，亦照野蠻，何日昭雪？只可引用歌劇俚語，It ain't over till the fat lady sings，樂觀等看誰人笑到最後。

給所有熱愛藝術的朋友，*Io amo la vita.*

發瘟

疫悶之年，難得淚中有笑，繼「臨兵鬥者皆陣列在前」之外，又有「瘟疫始於大雪、發於冬至、生於小寒、長於大寒、盛於立春、弱於雨水、衰於驚蟄。」之笑；演播者皆為舊相識，性喜娛樂，本業則久疏了。

今年驚蟄三月五日，一旬剛過，內地果傳捷奏，一如神準，只是西方疫情方興未艾，看來廿四節氣，只驗於華夏，國情果與世界不同！

Google令人博學，我查了「維基」，見有《中國瘟疫史》一篇，整理出漢朝打後的瘟疫記錄，我用手指計數：漢朝有十四次，三國時期七次，兩晉南北朝十三次，隋朝兩次，唐朝五次，宋朝六次，遼、金、蒙古期一次，元朝三次，明朝十五次有加，清朝十六次，中華民國期間未見記錄，中華人民共和國有六次（包括現疫）。以上當有漏記的。

瘟疫不盡「盛於春」，亦無「衰於驚蟄」的定律，並常見夏疫，標明記錄雖不如春瘟多，但漢朝有，見於元初六年會稽大疫；三國有，見於曹叡青龍二年夏四月大疫；兩晉南北朝有，多次見於四月、六月、八月；唐朝有，見於景龍元年夏、貞元十六年漸暑之際、廣明元年疫癘於春末；宋朝有，好幾次皆起於三至六月；元朝有，起於至正十九年春夏；明朝有，崇禎期間，兼連年瘟疫，幾無分春夏；清朝則自順治四年始，至光緒二十八年，瘟疫根本無分春夏秋冬。

　　　　　　　　　　　　　　庚子 己亥 戊戌

疫患多見於末朝期，或亂世，或見於弱主，唯清朝則頗為例外。如西漢始於漢平帝元始二年，屬西漢第十四位皇帝，末朝倒數第二；三國時建安七子因疫死其五，即陳琳、徐幹、王粲、應瑒、劉楨，時為建安二十二年，另孔融則九年前被曹操斬殺，算是死於暴政人瘟；另港人因《帝女花》而愛憐有加的崇禎皇帝則由崇禎六年到十七年，幾乎年年瘟疫，至少挹了七次「飛」。另外疫情亦多有肆虐於士卒軍旅，影響戰局的，民間則有伴隨失收，甚至易子而食的現象。

「維基」還有《中國地震史》、《中國水災史》、《中國旱災史》、《中國蝗災史》、《中國瘟疫史》結成五大瘟神，交叉折磨，觸及都是古來舊患，幾千年「智慧」，總治不好，真個多難之邦，誰説中國人懂風水？

踏踏實實開放腦袋學賽先生不做，死還要師夷之技以制夷，制度腐敗，基礎豆腐渣，疫情一來自然手忙腳亂。

關乎疫情，有識之士可憑知識體系做沙盤推演，有用傳播形態做模型演算，有考慮地域、城鄉環境、氣溫、經緯度或民族文化行為因素預估輕重，大家一般希望回暖的氣溫會有助舒緩疫情。五六月後，如疫情退卻，不管「古老智慧還是現代醫護都贏，不過，神棍會敲鑼打鼓，至於在前線搏鬥的醫護人員則只會舒一口氣，好想回家狠狠睡一覺。

但疫情不退卻呢？醫護界會再研究，江湖術士會摸摸鼻子閃人！科學會承認錯誤，神棍不會。如同文左丁山兄言，這種為舊學「衰於驚蟄」而貼金的行為經常出現，雖高學歷也經常自甘作古，穿越幽明。四大發明是中國

的，蘋果、微軟是《易經》的，這種自古以來，萬世專利（Patent）的想法，滙粹成厲害的國，所以新百倫是我的，喬丹也是我的，當然世界知識產權組織（WIPO）也應該由我來管。

我天生深深藍，常笑黃色KOL太天真，不明白為甚麼學歷高、專業海歸群中會有這麼多腦殘藍。你要知道，偉大的科舉文化是精元不滅的，我們帶着科舉出生來，帶着科舉旅行去，帶着科舉去留學，萬般帶不走，唯有科舉功名隨身。我出來做事的時候，還遇過一些趕上清末最後一場科舉考試的，主子在，功名在，守到最後一刻，樹倒猢猻散了，自會綠楊移作別家春，我們的事君文化，始於專諸、豫讓，成正果於小桂子，那才是有國情特色的普世價值，所以只有永遠的藍，沒有永遠的黃。

瘟之為疾，乃積垢而成，有食慾而沒有求知慾，知識庫便只有舊學，並且濫產山林五術，這方面我稍有涉獵，只詆其殘破，知其不足，不會因傻瓜偶中而驚艷；壞了的手錶，每日也能準兩次，何況精到甩邊的江湖混混。瘟疫年代出瘟人，發瘟！

相宅

　　中國是全球唯一風水大國，無與倫比。出來行的風水大師們著書，一談到風水起源，事必引述《詩經‧大雅‧生民》的《公劉》篇中「相其陰陽，觀其流泉」兩句，説周朝的祖師爺公劉識風水，帶領族人找到一塊寶地，安居繁殖下來。《公劉》篇涉案一段原文為「篤公劉，既溥既長，既景迺岡，相其陰陽，觀其流泉。其軍三單，度其隰原，徹田為糧。度其夕陽，豳居允荒。」

　　意思大致説：忠厚老實的劉翁啊！拿着羅庚（設計情節）平原高崗通山走，「相其陰陽，觀其流泉」之後，於是編軍隊三班當值，開始墾田種地儲糧；那個地方叫做「豳」！

　　我讀歷史總有一個問號：起源於黃河中游的華夏民族，愛好和平，篤實仁厚，如何版圖疆土越來越大？後來想通了，九成是那些匈奴、鮮卑、羯、氐、羌暨各大小蠻、夷、戎、狄，因羞愧於偉大華夏文化面前，都自行了斷了！

　　查那豳（音彬）地方，到西晉時稱豳州，即現時陝西省彬縣，是《詩經》劉翁的邑地，後為秦領，稱西秦，向東掃平了六國，種植了大統一的文化基因。江湖上有風水一派以中州或洛陽噱頭而稱，實應為豳州派，當更古雅。至於今日陝西，則為當今聖上臥龍之所，經劉翁「相其陰陽，觀其流泉」的風水寶地，難怪會出篤實仁厚如維尼，志大威武如秦師的奇人。

我們歷以朝代稱，近代才正名中國，但「中國」之意識則源遠流長。查近代大儒章太炎《中華民國解》說：「中國之名，別於四裔而為言。印度亦稱摩伽陀為中國，日本亦稱山陽為中國，此本非漢土所獨有者。」不過，佛陀活躍的摩伽陀是印度境內的活躍中心，山陽道則是日本仿唐的行政區域劃分，兩個「中國」，都在境內，是「舉土中以對邊郡」；唯「漢土之言中國者，舉領域以對異邦」，所以中國人「睥睨天下，莫非王土」，傳統所及不外蠻夷戎狄，後來得悉世界之更大，聖恩便要澤及地球自古以來都是中國領土了。

　　今上師承毛恩，矢志「管好」世界，只是文化一脈相承。我想起了這位寫一篇文章要人查幾十輪字典都讀不懂的清末民初大儒章太炎，他約1902年左右走佬到日本的時候，見了孫中山先生，談得很投契，那時距建國十劃未有一撇，便已經談到定國都及「管好」世界了(中國的國師級讀書人總有一鋪《隆中對》癮)。這段對話後來加進了再版的《訄書》(訄讀求)，為第五十三條《相宅》一篇，乃上承公劉的燮理陰陽之道矣！並爆料：「孫文曰：異撰！夫定鼎者相地而宅，發難者乘利而處。」

　　章大師分析了各定都選項，分別有古都西安，中原武昌以及新疆伊犁，他認為西安只利於管好藩屬，武昌則利於管好中國，而伊犁則利於管好全世界，就看你志願有多大了！原文「故以此三都者，謀本部則武昌，謀藩服則西安，謀大洲則伊犁，視其規摹遠近而已。」

　　章老活躍於上世紀初，地域觀念離不開騎兵步程量度思維，亦離不開國中為大的膠念(今日稱人大中華膠並

非潮語，乃章老先用）。不過，我努力思索了一下，像西都長安，東都洛陽這些古京，遇上一個董卓，一個安祿山之類，都可以因一怒夷平；至於新疆伊犁……，你懂的；至於武昌，承章老貴言：「定鼎者，南方誠莫武昌若。……夫武昌揚靈於大江。」今日已經九省通衢，高鐵樞紐……你也懂的；至於燕京……我真懷疑中國人是否真的懂風水。

近年頭，我們也真的有點做到「睥睨天下，莫非王土」的境界了：名店街是我們的、華爾街是我們的、全球科技產業是我們的、全球傳媒是我們的、世界貿易組織是我們的、世界銀行是我們的、世界衛生組織是我們的、國際PoPo是我們的、聯合國是我們的、球證、旁證、對壘兩隊球員都是我們的、一帶一路繞到全世界都是我們的，只有肺炎不是我們的。

新型冠狀病毒肺炎不能以武漢名，下一步的文宣便是因別有用心的帝國主義陰謀傳入的，他們才是真正隱瞞疫情者，中國是永遠神聖的……。有朋自遠方來，必誅之！你以為偉大民族是吃素的？

天地之疫旅

　　由東京成田機場驅車往福島縣裏磐梯約四小時，途中停站公路旁的商場小休或進食，趁機採購口罩，我和小妹A和中媽D略懂禮義廉恥，不想失禮倭國，每站都各只取三數包十枚或七枚入，不敢掃場取盡；想還有幾天，可分段而採，怎知次日醒來，各商場小店，已奉政府諭而限購。

　　這幾年多遊短程，來多了日本、臺灣，皆舒爽稱心，尤其近日牆國人事忙，疏於臨幸，令旅程更透氣通爽寧謐。幾次來日，得旅居日本多年的依華君嚮導，每次必提醒入鄉隨俗，並宜多遵守倭國文明禮儀，如入屋要換便鞋；我們入住鈴木君民房家，只設共用浴和廁，盥洗次第即為素足踏出臥室，穿上拖鞋，如上廁則再在門口換另一對，頗帶防疫意識；又強調浴廁用後必須善後，讓下手便用；不要為人添煩，不要予人不便，此為國民教育。

　　倭人師華夏始於古，史載曹魏時代即有交往。西晉陳壽《三國志》卷三十記東夷部有倭人傳條目，或稱《魏志倭人傳》，說「今倭水人好沉沒捕魚蛤，文身亦以厭大魚水禽，後稍以為飾。」即說日本人一早就喜歡潛水捕水產魚生，並紋身以威嚇大魚水禽，乃效法夏朝「少康之子封於會稽，斷髮文身以避蛟龍之害。」

　　臣服華夏文明，據西晉時期的陳壽稱，乃「自古以來，其使詣中國，皆自稱大夫。」《倭人傳》篇章不長，卻記錄了微細瑣碎的倭人風俗，如說「其風俗不淫，男子

皆露紒，以木綿招頭。」此淫非今通俗理解的「性淫」，而指淫奢，不淫即簡樸；談婚俗而涉女性，則「國大人皆四五婦，下戶或二三婦。婦人不淫，不妒忌。不盜竊，少爭訟。」此風源遠流長，保存至今，此謂國民傳統，文化傳承之不壞。

倭國有女主歷史，《倭人傳》記：「倭國亂，相攻伐歷年，乃共立一女子為王，名曰卑彌呼。」到卑彌呼歿，「更立男王，國中不服，更相誅殺，當時殺千餘人。復立卑彌呼宗女壹與，年十三為王，國中遂定。」外人以為日本人只奉男尊女卑，顯然錯覺。

日本島國，向外擴張歷史其實不多，我們中學歷史教明朝有倭寇之亂，今學者（包括內地）考據，多「老屈」之嫌；維新之後，軍國主義逐漸抬頭，昭和初，已達挾持文人政府，掀起侵略擴張，犯了滔天大罪，香港今日軍警狀況，如掠其縮影，想起即背脊陰寒。侵華期間，與國共關係千絲萬縷，瓜葛糾纏不清，戰敗後亦負荊無門，今則被我牆國用民族主義消費，神劇抗日，殲滅人頭雪恨何止百千倍？

倭人居火山板盪之地，常因不安而思生死無常，以櫻花之短暫脆弱為戒，反鍛鍊出謹慎認真做事的性格。由我出世那年開始（1954），日本電影出現了一隻身高50公尺的怪獸哥斯拉（Godzilla），因海域受輻射污染驚動而冒起摧毀城市，電影及劇集拍了幾十年，千禧後才由荷里活接力。評述認為哥斯拉投射了日本人對大自然有神明般的畏懼與不安，出細微謹慎亦表現於如廁板設計之細緻精巧。

福島出過核洩漏，縣雖大，去裏磐梯之前還是查考了

一下輻射指數。幾天都凌晨四點多起床，然後冒寒踏雪到過秋元湖，檜原湖，小野川湖，挨着敷雪的禿樹，枕着雪披的石頭，持一部萊卡守着天際逐點泛出的微光，一草一木一石，皆見神明，落葉枯枝，春暖向榮，文明應是生生不息。

五號星期三，立春翌日回程，天剛曉即聞日本電視台全皆報導郵輪染疫新聞，氣氛緊張。回港後深居簡出，又七日，有內地開廠學生傳來村委告示：「各位父老鄉親，疫情依然嚴重，防控期間嚴禁出門，嚴守規矩，我們這沒有雷神山，沒有火神山，沒有鍾南山，只有抬上山。大家盡量別出去，別出去，別出去！別讓大家的努力前功盡棄！！！」田豐村村委會2020.2.12蓋章。

血濃於水，我又開始同情牆國同胞了，先是資訊封鎖，然後是疫情，然後是更嚴峻的資訊封鎖。

我想起了印裔導演奈·沙馬蘭（M. Night Shyamalan，港人熟悉作品有《鬼眼》 *The Sixth Sense*）2004年的一套電影 *The Village*，港譯《森魔》。我想說甚麼？你懂的，如果你看過這套電影的話。

庚子 己亥 戊戌

預言

寫稿時是出門前夕，獻世時應處日本福島附近，早大半年訂好的攝影行程，時機有點不合，彷彿一回頭，背面即是索多瑪（Sodom）與「娥魔拉」（Gomorrah），唯有與各人互祝平安。

《舊約聖經》有很多篇章提及天火焚城，有《創世記》、《申命記》、《耶利米書》、《猶大書》等，還有先知《以西結書》說：「你妹妹所多瑪的罪孽是這樣：她和她的女兒們都驕傲自大，糧食豐足，生活安逸，卻沒有幫助困苦和貧窮的人。」

據《申命記》載，耶和華忿怒中摧毀的不只索多瑪、蛾摩拉兩城，至少還有押瑪（Admah）和洗扁（Zeboim），可推想作惡是當時廣泛流行的風尚，本身便是一場瘟疫。

《耶利米書》定當時的罪行為「他們行姦淫，做事虛妄，又堅固惡人的手，甚至無人回頭離開他的惡。」並且站大邊暴力欺凌少數或唯一善人羅得（Lot）一家。

此即馬丁·路德·金（Martin Luther King, Jr.）說的：「最大的悲劇，不僅壞人的囂張跋扈，而是好人的過度沉默。」或如漢娜·鄂蘭（Hannah Arendt）所說的《平庸之惡》（*Eichmann in Jerusalem: A Report on the Banality of Evil*）。

當壞人成行成市，好人沉默，平庸之人甘作無面無目，無是無非的操刀手，便距天火焚城不遠矣。庸官當道，賢人隱退，威權指鹿為馬，做事疏狂顛倒，眾生麻

木，謊言充斥，謠言當道，是為國亡之徵；至於天災，只是送君一程。

亡國之兆，有幾條據聞是曾國藩說的，意為：

一，社會黑白不分。

二，善良的人，越來越退讓客氣；無用之人，越來越猖狂胡為。

三，出了嚴重問題，卻可合理化，凡事虛應。

追溯起來，可能還是《易經》的「智慧」，《文言》說：「天地變化，草木蕃；天地閉，賢人隱。易曰：『括囊，無咎，無譽。』蓋言謹也。」

我用廣東小人之音翻譯：「好世界呀！有得發圍啊！天昏地暗啦！叻人都閃晒啦！揪實個荷包啊！無衰㗎！雖然都有乜着數。講少啲嘢唔使死㗎！」所以就算局面爛透，也沒有「賢人」出來接燙手山芋。

近年車公很靈，《地母經》很靈，《春牛圖》也很靈，簡單愚昧的民族只憑原始欲念與行為安命齊家治國，招式不多，幾十支籤，幾行詩，一張圖，重重複複，足以囊括說完，所以很靈；用於文明而體系複雜的民族行為則經常不靈。西方文明體制，每天都有人走馬上任，鞠躬下台，給能者機會，讓能者居之，新陳代謝，生機蓬勃，何來揮淚斬馬謖，大意失荊州的悲情。牆國人就算有預知能力，卻無自省能力，永遠學不懂的民族，重複犯錯也不外那幾套式樣。「未知生、焉知死、只知吃」的民族，你認為會複雜到哪裏？

世間之所以有預言，是因為人類死性不改，作惡多端，逆生橫禍，都只是predictable。我有些文化界的朋

友，雖不認同共產主義，但卻擁抱唯物主義，視之為科學共生，視宗教神話荒誕無據，不知神話語言，不在乎事相，而在於教義高低，望導人對神明(divinity)崇敬，補足物質世界的貧乏，致人格之盡美。中國人重物質，所以與「唯物主義」一拍即合，西方的上帝創造世界，說要有光就有光，我們的女媧煉石補青天，勞役於技工手作，專接維修工程，過度「唯物」，即幾無高尚宗教情操，經常精神空虛。番邦憐憫，送來佛教、耶教、伊斯蘭等，任其點選，所遭不是借之斂財宣淫，藏污納垢，上下其手，便是常遭掃場踢館迫害，信其天譴有期。

重閱大學時要讀的《魂斷威尼斯》(Death in Venice)，托馬斯‧曼(Thomas Mann)1912年出版，並重溫了維斯康堤(Luchino Visconti)1971年的電影畫像，如見魅影。劇中的威尼斯陷於霍亂肆虐之年，政府為保旅遊，隱瞞事實，虛報太平；當年飾演十四歲少年達秋 (Tadzio)的瑞典演員伯恩‧安德森 (Bjorn Andresen)被譽為具有希臘雕像般秀美的形態，吸引了身繫功名的遲暮中年奧森巴哈(Gustav von Aschenbach)苦苦遠觀；任其塗脂抹粉，臉色只更蒼白，少年只是偶爾投以似嘲弄，似輕蔑的目光，最後揚長而去，讓面無血色的奧森巴哈暴卒於消毒的煙霧氣味當中。青春無敵，貴乎率性，任何塗脂抹粉，都只會變得更加醜陋。

預言大時代多悲劇和可歌可泣的事，也充滿了烈火重生的希望。

己亥

油菜花季

約好了一月要再去池上鄉一趟，看看秋收後的油菜花田，照些相片；應朋友邀，旅期遷就到月中，順道遊歷一下大選之節日情景。起程前，學生多口，說要見波特王，我孤陋寡聞，以為是白龍王之類；原來是少帥網紅，很受臺灣的年青人歡迎。我看了一遍他衰強國小粉紅的一條短片，說的只是常識話，卻是針針到肉，激盪共鳴，這個年代，做正常人真的這麼難嗎？

短片的一個焦點衰強國人財大氣粗，好像全世界都要看他們的面口吃飯，要你表態過關，否則禁吃，他反問強國做了美國人生意幾十年貿易順差，要不要你表態過關？這種自我膨脹，以為可以睥睨天下，在全世界撩事鬥非的德性，的確令人煩厭。幾天在街頭蹓躂，身邊強國口音的遊人不多，原因是你懂的，碰上更多的是歐美日韓人，更多的是廣東話港人，華洋雜處是港人習慣的城市風景，想不到可以在臺北市找回。

下機日到忠孝東路四段吃日本餐，舖面寬敞，簡約風，客坐八成滿，主客皆舒適悠閒，在我們面前以細膩刀法切奉魚生的是二十來歲年青伙子，同行好問，問他有沒有看過林青霞、王祖賢的電影，小伙子說未曾，反問，是港星嗎？曾幾何時，香港是華語流行文化的中心熔爐，是時尚，臺星過港，久之也港化了，變成港星；臺北少年遇之，倒要「笑問客從何處來」了！

隔日到新生南路一段中正區午膳，又是日菜，當地友

人紫薇姐名媛談起陸臺文化相齟，非一日之寒；強國人自以為很醒，稱臺胞為呆包（音Dai Bou），臺灣人憋着氣，也回應一句「四二六」，是意會詞，四是Dead，二是含糊音，也嘲你不是大是二，至於六，你懂的。不同的文化應當互相包容，但面對着屢犯的落後野蠻，包容遲早到臨界點，尤其遇上心火盛的年青人。

「四二六」經常拿臺灣大學生畢業後只有22K，如活在地獄，要等強國解救。事實上，臺灣生活成本不高，樓房價格還是可以接受，食品安全，空氣正常，市面秩序良好，大學生鬧事仍得合理包容，並且鄉郊亦宜居。

我在臺東縣池上鄉所住的民宿，年輕的老闆娘說難熬臺北的繁囂，一家跑來這近四小時火車程的鄉鎮辦民宿，幾座白平房，現代、優雅、簡約，店面有通告連繫附近的文藝講座，或手工藝活動，生活快樂無倫；火車站附近有間買咖喱飯的小館，很文創feel，男店主在店前做甜品，他告訴我原住臺北，做水電工程，老遠跑來，也是要"Far from the Madding Crowd"，這些都是自發「上山下鄉」的青年。由城市自發跑進鄉村，先決條件是鄉村有一定程度的文明，環境宜居，而非視之為磨煉或懲罰。

兩個陰天後的早上八時多到火車站準備回臺北，陽光燦爛，空氣透明清爽，月台上一個結實的青年主動搭話：你們有去過車站後面靠山那邊嗎？風景很美啊，還有漂亮的瀑布，那邊有個退休的記者開了間民宿，下次應該去那邊看看啊！不要像遊客般老在前面的伯朗大道跑，這幾年很多臺北人都搬了進來，鎮上你看到做麵包的，做蛋糕

的，賣甜品的，其實都是臺北人來開的，我也是臺北搬過來的啊……！

池上鄉仍有很多老人，但已有年青人陸續搬進的兆頭，有宜居的地方，年青人便有希望；不知是誰說的，要放棄一兩代年青人，聽起來便不似是人說的話。

路經臺北，見蔡英文的競選團隊用的都是娃娃兵，其中一個接待各地媒體朋友，解答得體的少將叫連翊婷，瘦削，溫文，努力，今年才二十五歲，團隊贏了大選，關鍵便在於承擔還是放棄了年青一代。

池上鄉的油菜花偏小偏瘦，一月中已經凋落，莊稼開始犁田，蓄水，並且陸續插秧，準備迎接另一個四季循環。《維基百科》給你解釋：「在臺灣，每年入冬前第二期水稻收割之後，有些稻農會在稻田灑油菜的種子，使稻田長滿油菜、進而開花，次年水稻插秧前再打入土壤裏做為綠肥。」唸起來，便很有龔自珍《己亥雜詩·其五》的「落紅不是無情物，化作春泥更護花」味道，我們還記得詩的前兩句：「浩蕩離愁白日斜，吟鞭東指即天涯」。

昆蟲記

優秀的文學藝術家都有前瞻和預言能力，無需學算命。

卡夫卡(Franz Kafka)的《變形記》，一譯《蛻變》(*The Metamorphosis*)於1915年發表，荏苒已過百年；我在七十年代中因功課讀過，憑記憶投射到當下情景，始發現卡夫卡洞燭之見，直透世紀。

《蛻變》是小小說；作活養家的男子漢格里高爾‧薩姆莎(Gregor Samsa)本業推銷，一朝醒來，發現自己變成了一隻巨大昆蟲(德語原為ungeheures Ungeziefer，英譯monstrous verminous bug，我查《劍橋英語‧漢語(繁體)詞典》，vermin指害蟲，包括蒼蠅、蝨子和即甲由的蟑螂)，初頭他不在乎樣衰，仍想着怎樣上班多賺點薪水，又以為這個衰樣，可能過幾日便可回復正常上班，有時還有點自得其樂地在四埲牆及天花板上爬來爬去。公司經理來查訪他，和妹妹在房門外和他對話，只聽見他口齒不靈，語意不清；迫不得已開門見人，衰樣嚇跑了公司經理，也令家人難堪。

初頭妹妹(Greta)也有盡力照顧他，給他牛奶和發霉麵包，漸漸他喜歡吃腐爛的食物，大概還喜歡醬油重口的海底撈，再來就性情都變了，緊張、驚惶，情緒容易失控。

長貧難顧，久病難醫，妹妹開始有微言，且漸見假情假意，父母以他為羞，也嚇得親友疏離；大蟑螂活在隔絕

庚子 己亥 戊戌

的世界，亦對外在世界懷有敵意：唔知自己樣衰，唔知自己嚇死人，唔知自己發出惡臭，唔知自己神憎鬼厭，唔知自己再無正面價值；如活在丁蟹式的情緒「邏輯」中，並且由本來保護家人的角色，變成了眾人的負累。大蟑螂最後枯餓孤絕而歿。

小小說的末段活潑飛揚，家人如釋重負，舉家旅行，陽光燦爛，妹妹待嫁，文字中嗅得縷縷的自由空氣。

卡夫卡德語人，蕭穆，不苟言笑，可行孤獨，不婚，才會想出四埲牆中只有一隻蟑螂的荒誕情境。Google令人博學，我查得蟑螂屬雜食性昆蟲，有一億年演化歷史，與人類的食性重疊，部份成為「家棲蟑螂」，繁殖力強，可長期生活在污染的環境中。

我青春期遇上秉承中國傳統文化的師友，諄諄教誨，經常說西人淫賤，像北歐的國家風行性開放，隨便搞嘢，我們讀聖賢書的當謹戒慎入。

小弟愚魯，惶恐撫炙博大精深的中國文化幾十年，有些問題就是不懂。譬如說，中國禮義之邦，講名分，守儀節，男女授受不親，要講節制，就是不明白為甚麼會生出了世界上最多的人口，照道理說，周公之禮，甚為隆重，要大量生產，殊不容易，尤其是我們苦難之邦，戰亂，自相殘殺，動輒斬降卒數萬到數十百萬到餓死鬥死幾千萬不等，生命力卻仍然那麼旺盛，真的要比小強更強！

我今天稍開竅，才明白西人搞嘢多，繁殖少，人口房屋寬鬆，便因為缺乏「長期生活在污染環境中」的條件，又喜歡環境自由，也不執着於家棲而食，我想起自己的青春似是有點辜負了！

我識華夏盛產玄學，文字間已見玄妙，國語四聲，強、牆同音，故強國必牆；明朝長鎖國，民間一隻舢舨不得下海，清朝把外商禁足於幾個口岸，以為鎖別人，其實牆自己，幾百年牆慣了，便很有斯德哥爾摩feel了。粵音九聲，強、牆不能混為一談，這點我們並不苟且，我只擔心，新一代的年輕人，雞蛋掟了出去，四牆卻越起越高，越收越窄。

　　不過，四牆不愁家棲而食之客，不乏魚貫而入之夫，天花地板四牆足可上下環迴遊走，鄰地如此，本地如此，構成命運共同體，牆內並不孤單！

　　可憐的卡夫卡！可憐的薩姆莎！

　　近日讀得離職前線警披露舊同袍當下心理狀態感覺孤立、情緒躁動難安，我本深深藍，聽之而動容。觀其每日四點把棍談心，雖口齒不靈，語意不清，卻已竭盡所能，「誠意溝通」；稱抗爭者為甲由，實為不忌己諱，並誤讀追求甲級自由的「甲由」為同路，以攀親切。不知道香港很多年青人，胸懷世界，早已蛻變。

　　還是昆蟲的故事，孔子的學生和人辯論不休，夫子不耐煩，插嘴奉承唯諾把對方打發了，學生不解，問老師做人不是要據理力爭，真理愈辯愈明嗎？夫子智慧地說，看不見嗎？這個全身綠衣，像隻草蜢的物體，一年只生三季，怎可以語冰？

聖誕的生與死

　　唐伯父內姪女郭佳怡的六分鐘短片是一首演說詩，敲問威權，為抗爭的殉難者站立打氣；郭聲音形貌豐富如能繪畫，節奏徐疾收放有策，起伏如見光暗流影，語言鬱蔥而凸顯稜角，說事點題如詩精煉。郭小妹系出耶魯，工於舞台，自幼投入西方美藝(fine art)，經長期浸養才能得此神韻。我不禁聯想起20世紀初法國天才作曲家德布西(Achille-Claude Debussy)及其配曲的《聖塞巴斯蒂安的殉難》(*Le Martyre de Saint Sebastien*)，劇中情景，與當下何其相似。

　　《聖塞巴斯蒂安的殉難》記羅馬皇帝戴克里先(Diocletian)迫害基督徒的事，聖塞巴斯蒂安是早期基督教史上的殉道者，曾從軍，後被戴克里先納為侍衛長，被發現信奉基督教及播道，被處綑綁樹上給亂箭穿射，大難不死，癒後仍堅持向皇帝勸善，終被亂棍打死殉難；死後還被信徒供奉為善除瘟疫之聖人，本為男身，《聖塞巴斯蒂安的殉難》1911年首演時，俄裔插畫家Leon Bakst將綑綁樹上受箭的殉難者繪作年輕女身，如勇武的女抗爭者。

　　郭小姐開題即談及死亡，"I fantasize a lot about dying"，那是西方文學常見的主題，能談生論死，才有探討生命價值的哲學能力。儒家文化腳踏實地，「未知生，焉知死」，視之為「大吉利是」，腦袋功能先自閹一半，五千年缺乏想像力，營營役役還在解決溫飽為基本人權的問

題，停留在「海底撈」的層次，卻經常妄想天朝文化偉大，要「管好」全世界。

中國人其實不乏創意和幻想（曾經），后羿嫦娥的故事古已有之，幾千年來卻腳不離地，躺在塵土上望着月桂意淫，讓開國不過二百年的美國人，捷足長驅直入那圓圓的八月十五。我們總要嘲笑人立國短，沒有文化，不識他們的開國精英都是承接歐洲文化而來，從藝術、知識、思想精神到建築式樣，都試圖建立新的羅馬帝國氣象。中西的發展過程相比真的大異其趣；西方也經歷過人類苦難，不乏暴君、焚書、迫害等情節，但一步步的學會了珍惜文物、尊敬知識、保護學者，放任思考，建立人道主義精神，一步步廢除帝制。我們則焚書不亦樂乎，坑害讀書人其樂無窮，不吝嗇砸毀文物，只留一大堆爛文化，至今則仍在鞏固帝制。

近日常說一個笑話，美帝這麼囂張，奧巴馬和川普都曾大喇喇地向全世界展示過自己的出世紙，有分秒不差的時辰八字，為甚麼佔地球四分一人口的華裔就沒有一個高人，給他們兩個混蛋落降頭，裝風水。

大時代總有昧於天地時勢的老殘，早幾年白頭律政詩已經說要「放棄」一代的年青人了，美心婆婆只是前仆後繼；她們大概沒有意識到，強國民族正面臨嚴峻的人口老化，耆英那頭近了，後生仔給你滅了，這個民族也就不要活了。這種情景，恍似清末慈禧太后和光緒，行將就木的人，對不合我意的後生，便你也別想活，亡朝的徵兆，由1908到1911，前後不出四年。

聰穎對抗頑愚，公義對抗邪惡，識見對抗無知，文明

對抗野蠻。2019年，互聯網文化搭建完備，屬於這一代的年輕人，如彗星般閃亮登場；香港的年青領袖出現於世界舞台，郭小姐六分鐘的演說詩脫穎而出，還有瑞典的格蕾塔·桑伯格(Greta Thunberg)，都令人耳目一新。

黎明前的黑暗總有悲壯的犧牲，令後人敘事和追思，黯然傷神。羅馬皇帝戴克里先在位時於鞏固政權有點功績，包括軍事改革；行為則狂妄，古羅馬帝多謙稱為第一公民，戴克里先則自奉為君，復稱為神，為君神合體(Dominus et deus)，既焚書，又大規模迫害基督教人士，炮製出一大批殉道者，是羅馬帝國最後也是最大的一次教難，後繼的君士坦丁大帝 (Constantine the Great)信奉了基督教，於313年頒發了《米蘭詔令》 (Edict of Milan)，容納了基督教，開啟了西方文化政教合一的一頁(雖然後來還要經歷政教分離的慘痛經驗)。

德布西還有一套六步組曲*Children's Corner*，寫給三歲，性格活潑友善的女兒Emma，發表於1908，配器足本(orchestration)於 1911年首演；靈活飛快，流水行雲般的鋼琴鍵，動靜得宜，充滿活力和跳躍感。

聖誕來了，除了節日歡騰和禮贈的愉悅，還有生與死的沉思，希望的信念和鼓舞，祝大家聖誕快樂！

煙花三月事

　　十二月二日星期一早上，學生傳來兩圖，是他朋友叮囑：「阿七叫我代佢轉給你留念」。一張是我和小田合照，另一張是圓餐桌前十人，除了我還有阿七、何文匯和O記大狀等。才半年有多，人說走就走，兩袖不帶走一片雲彩。再對上那次碰面，想起來也有年多了，在萬邦行高醫生處，高醫生是薛家燕的姐夫，心臟科，小田剛剛通完波仔，手術今日來說是小卡，還見他紅粉緋緋，談笑自如。

　　吃飯那次由阿七約局，小田說想將自己寫過的歌，選出心愛的，重新編排，或配新詞，做一套專集以留紀念。我這個草草退役的音樂人，閒雲野鶴，無甚建樹，拙見只提議小田兄的歌曲比較古典，雅俗共賞，並多抒情，重編或可取法Nelson Riddle，用華麗而鬱鬱蔥蔥之弦樂，配以減聲（mute）吹口（brass instrument），足以重現香港十里洋場的黃金年代，以及紙醉金迷的繁華光景。

　　筆者出道的時候，家燕與小田已經家傳戶曉，我們有好幾次的音樂合作，有時要趕產，通一個電話，二話不說即成局，沒有甚麼繁文縟節；匆匆再聚，原來已近追逝之時，想起這些客途上遇過的朋友，便想起了香港有過free and easy的年代。

　　流年似火，多遇故人來。Q爺寓居溫哥華，心繫香港，過境往遊布吉，約了一班舊友飯聚於灣仔鈺膳，我晚上有些教學，提早收舖，稍遲赴會，旨不在吃；座中女史

皆大學同學，當年都是學運闖將，今耆而未廢，風骨仍在，或只稍遜今日抗爭前線之年青烈女而矣。

另一局設於灣仔生記，吳錫輝牽頭，座中五六人皆英華舊友，有些一別以數十年計。我依稀記得1981年，曾入伊利沙伯醫院急性割除膽石，有一個實習醫生特地跑來看我，也不記得問是否就是當晚請客的同學楊日華醫生。那年我在樓下做手術，長子在樓上誕生，說起來有點戲劇性，但沒有這些敘舊的飯局觸發，逐漸的腦殘可還記不起來；那年出院後幾天，便到港台上班，開始了傳媒工作，不覺已是近四十年前的事。

在座另一中學同窗Stephen黃，學了法律，入了政府，黑色幽默地告訴我們他驚心動魄的手術；他有天打球感覺不適，經檢查後，醫生說塞了一條血管，再查，不是一條，是三條。好吧，通波仔已是純熟技術，應該風險不大；料不到，血管是脆弱的，鈣化得太厲害，還是會有風險，熟手醫生也不敢貿然去冒，問他可不可以等？個多月後，會有國際名醫團隊過境，可安排為他操刀。真的是開玩笑，結果還是決定要做搭橋，要像琵琶鴨般破胸來做，開膛之後，又發覺情況複雜，要把整個心臟切出，暫換一個人造心臟，手術成功後再駁回真心。他事後問，如果手術不成功怎辦？答案是，那個人做心臟就會免費送給他長留體內，那是價值不菲的。

人身「化學」，如夢幻泡影，這輪多見舊友，也少了談立場政見，免傷和氣，感悟人生哲學，像已經簡化為吃、治療、痊癒和感恩。散席後，和左永然兄站在軒尼詩道旁，談的都是樂壇舊事。他以前經營過《音樂一週》，

推介搖滾樂；Rock是一種態度，一種型格，是倔強、吶喊、不妥協；廉頗老矣，尚能搖滾否？這些超齡Rock友如左兄、如吳錫輝，仍樂此不疲的聽Jeff Beck，偶爾瞥上他新進靚女的澳洲女低音結他手Tal Wilkenfeld，保持陽氣亢奮；我則比較軟綿，說不定明年11月，會去倫敦聽Katie Melua那脆弱得像隨時會斷掉下來的聲線。

談着談着，對面的修頓球場還有幾個人在練球，軒尼詩道的汽車、行人如常往來，有種如處平行空間式的平靜。我想起六、七十年代，這裏是香港最早夾band人像泰迪羅賓等出沒的地頭，由鵝頸橋到大佛口一帶，連後一條街的駱克道，曾經酒吧、夜總會、的士高、中西式酒樓餐館林立，提供了場所讓小伙子唱出頭來，有些做了巨星，有些做了樂隊領班，掌握了編曲，八十年代唱片業興旺，都登堂入室的走進了錄音室，製作了一張張膾炙人口的唱片，唱的都是香港人的歌。

路邊欄杆拆剩直柱，有心人繫上的薄膠帶，在秋月涼風中飄動；黃鶴樓空，我們在路邊談的，都只是煙花三月事。

　　　　　　　　　　　　庚子 己亥 戊戌

焚書坑

　　以前到九龍上學，除了坐會噴氣的火車，也有坐單層巴士，吐露港公路未建成之前，巴士取道舊路，途經中文大學，屬馬料水區，今日地圖上標為大埔公路大埔滘段。大學入口側叫赤泥坪，巴士站旁有一小得寒酸的白色平頂屋，早上鑽出一個鬼佬趕上我的巴士一起回校，他是我英華書院的校長艾禮士。七十年代的香港，簡樸而自由，充滿希望和動力，甚少階級的藩籬，也沒有與學生隔絕的老師。一位畢業於中大未「正身」前的老師很有幽默感，自嘲母校搬去了沙田：沙上之田，難生草木！

　　世間總有愚公移山的善人，沙石之田還是可以瓢水溺耕的澆灌而沃，萌芽先後，草木青葱，不枉培養出如左丁山愛中大如命的「校痴」。中大是由歷史學家錢穆先生創建而成的，自然承載了歷史的記憶和傷痕。我八十年代後生活偶得舒閒，驅車上大學對面的雍雅山房下午茶，看着跌宕有序的校園，只想「借來的時間、借來的空間」，仍可營造瞬間的樂土。

　　我預科時修秦漢史，要讀錢穆先生的《國史大綱》、《中國歷代政治得失》，亦因而延伸閱讀其他同期文史之家，一堆隨遇而識的名字，胡適、傅斯年、呂思勉、傅樂成、吳晗、翦伯贊、范文瀾……等，略涉他們的經歷，讀之無不驚心動魄。當中有幸者如胡適、傅樂成，悲催者吳晗、翦伯贊，餘下的多自嘆花果飄零。

　　錢穆先生著作繁多，我大概只看一頭一尾，頭是《國

史大綱》，尾是《晚學盲言》，錢著用今日流行語說，用心非常「大中華膠」，死心塌地，這種情操，父親和師友輩比比皆是。我後來讀了比較文學，想拓闊自己的思想空間，下意識努力避免過早「膠化」，殊不知思想即犯了中華文化的禁忌，我相信今日的大學同學也犯了。

教育培育思考、促進概念演繹，誘發創新向前的意識和動力，保守中探索、吸納外援，螺旋向上。不過，我們不知着了甚麼咒，千百年來，行的經常還要是「逆教育」。出身早年中大的錢穆高足余英時先生，是港產的國際學人，捨棄了「膠」的包袱，不步錢師「一生為中國文化招魂」的足印，自成面貌。他年前寫過一篇《反智論與中國政治傳統》，透析中國人的反智傳統，令人感同身受。

我六歲後在新界鄉村成長，祠堂文化於我黐纏煩擾。我少讀書的近親知我大學畢業，所賺與開食店無大分別，視之為愚，確信讀書無用，如讀屎片；我油站藍叔朋友，說現在的大學老師，通通教壞學生。讀書重功名，如果不合祠堂鄉親期望，便會用鞭笞奪回「教育」責任，導回功名「正軌」。學子就算真有緣入現代大學受教，只要功名基因挑動，一切仍歸祠堂。社工科本於人道主義精神，是西來產物，今日重砲攻打港理大、中大的，卻還是社工系出身的功名酷吏。

反智使愚，不論儒、道、法，皆不謀而合。

老子《道德經》第六十五章有：「古之善說道者，非以明民，將以愚之。民之難治，以其智多。故以智治國，國之賊；不以智治國，國之福。」

《論語·泰伯》有子曰：「民可使由之，不可使知之。」

後世讀書人，民間讀者，總會對你說：你解錯了，聖賢的原意不是這樣，怪你斷章取義；讀書人既然能夠把聖賢的說話詮釋得完美無瑕，隨之供奉於廟堂，自然也無需改善。但現實世界的民族德性，則極大落差，於事無補。

後世皆依秦法，賈誼的《過秦論》：「於是廢先王之道，焚百家之言，以愚黔首；⋯⋯以弱天下之民。」

1945年7月，教育家、學者如章伯鈞、傅斯年、黃炎培等六人赴延安，「觀訪」毛澤東、周恩來等人，憧憬新中國景象。歸來後，毛贈墨寶書晚唐詩人章碣詩與傅斯年，名為《焚書坑》：

竹帛煙銷帝業虛，關河空鎖祖龍居。

坑灰未冷山東亂，劉項原來不讀書。

千百年的「中國夢」，始終離不開成王霸業，「劉項原來不讀書」。

不論中大還是理大的同學，激烈頑抗，不是出於甚麼激進，勇武，更多是出於對頑愚文化的心靈陰影和恐懼。

面具小記

　　藍叔是關心社會的人，也上YouTube，看的都是與他很有共鳴的視頻。譬如說，外國也有蒙面法，示威會死很多人，警察還會開槍，我們的已經很仁慈、很小兒科了。在藍叔的世界，我們的偉大文化不是最壞，世界還有更壞。我受教了，知道他們生活在最和諧、最幸福的平行空間。

　　我生活圈子跨越幾個平行時空，很迷惘。這幾天，身邊一些朋友隱然患了一種假日焦慮症，除了憂慮週末之外，還因一個蒙面法，掃了哈囉喂的興，擔心今年的聖誕、年宵、新春、上元節、情人節，還有沒有節日的幸福和歡愉。不用帶面具，已經木無表情了。

　　流行文化中，蒙面是民間專利，帶面具的角色，經常還是正氣的。由青蜂俠到超人（有分鹹蛋不鹹蛋）、蜘蛛俠、蝙蝠俠、鐵甲奇俠，還有V煞，日系的假面騎士等，都有面具造型；角色在日常生活中，不是上班族，就是行業精英，形象都幾正面。執法者蒙面，則實在有違社會文化倫理。

　　這些蒙面俠的故事，都有共通的主題，就是對抗邪惡權貴。西方民間傳奇中最膾炙人口的，要數俠盜羅賓漢；從雜書及電影的印象中，好漢有時蒙面，有時不蒙，視乎技術及場合需要。羅賓漢對付的對象是為非作歹，魚肉百姓的諾定咸警官（Sheriff of Nottingham），還有他保護包庇終日想謀朝篡位的約翰王子（Prince John），據聞這位約

　　　　　　　　　　　　　庚子 己亥 戊戌

翰很窩囊，1199年成王後喪權辱國，丟失了諾曼第大量土地，後世的英皇，都不會以約翰為名，只讓其長釘於恥辱柱上。

同是對抗權貴，中國版的綠林好漢便很世俗，被迫上梁山，落草為寇的多因個人義利。未定名之前，《水滸傳》有稱《江湖豪客傳》或《忠義水滸全傳》，多了個「豪客」、「忠義」，江湖味濃；中國人的人倫價值，在祠堂，在宗廟，不在大社會，要兄弟「義氣」行先，街外錢，齊齊搵，食大茶飯，喝大碗酒，吃大塊肉，進而劃地為王；其實也是「又唔讀書」，「又唔做嘢」之輩，所以後世稱其「誨淫誨盜」，要「少不讀水滸」。我看一〇八個好漢，個個公仔紙地形象生動，不怎麼帶面具，大喇喇縱橫江湖；我傾向相信，當年官府裏的繪畫手很低能，畫通緝頭像都很失真，豪客、好漢根本無需帶面具。

面具掛在面上，分有形及無形的。有些人每天素顏見人，掛的已是面無血氣的假面，行屍走肉，甚至身體也是假的，似被奪了舍。香港人近月來在官方的發佈場合，經常看見一群木無表情、面無血色的演員，迷惘到不知道他們在演甚麼戲，自己在看甚麼戲。人有血氣，就算遮蓋了臉容，亦遮掩不了背後的心靈澎湃。愛德華諾頓（Edward Norton）在列尼‧史葛（Ridley Scott）2005年的《天國王朝》（*Kingdom of Heaven*，港譯《天國驕雄》）電影中，由頭到尾都帶着面具出場，幾乎只用聲演，卻仍能表達出那種悲天憫人的人道主義心性，血性是有心靈感應的。

本民族有內鬥的性格，管治手段粗暴，對權力有病態的執緊，經常殘人殘己，鬥到魚死網破，精神繃緊到難以

收拾，成為了宮廷政治的風土病；小危機會變作大危機，大危機變成大災難，皆因小題大做，手法粗暴，引發出壞文化的基因突變。傳奇中的羅賓漢、梁山泊，亦因結構鬆散，缺乏持久能力，中間還有小人篤灰，受朝廷分化，招安之後逐一擊破，是傳奇好漢的悲劇，亦現實之寫照。但就算朝廷得階段性勝利，稍後亦因內部腐朽而導致衰敗，兩方都輸，是名副其實的「攬炒」。

來年流行病疫有山雨欲來之勢，今年貿然禁帶面具、口罩，若還病態執權，不懂適時寬鬆，只怕會作孽更大的人禍。我另一些平行空間的朋友，聞得文革風來，更擔心人性的基因突變，子女墮入篤灰文化，學會了人與人之間互不信任，扭曲到人人都是一副面具；有能力的已考慮早點將子女送到海外升學，赴學前或許還可以趁春節繞道一遊威尼斯，在華麗的面具節中嗅嗅人性的自由空氣。不過，其他人呢？

有形的面具是苦惱群眾的寄情，是宣洩的投影，當這個卑微的權利都給剝奪的時候，只會激起人人都是斯巴達克斯（Spartacus）。

池上禾穗

　　由臺北車站乘火車到臺東縣池上鄉，早上九點班次，要走三個半鐘頭，買了紙盒裝的便當上車吃，沿途小睡了，記不起風景，偶然甦醒看的印象，有點南亞風情。

　　慕名而來池上，因去年綺娜來過，給我看林懷民的雲門舞集在禾稻間起舞的照片，驚為仙境。甫下月台，有如重歷四五十年前我常遊粉嶺火車站的記憶。不同的是，池上站室多木造，還有飄揚的古典曲目，我剛巧碰上了馬斯康尼的《鄉間騎士間奏曲》（*Mascagni, Intermezzo Cavalleria Rusticana*），瞬間勾起濃到化不開的對中學時期音樂生活的惦念。

　　池上有一個和風的名字，大概是日治時代確定的，相對於松下、山口。亦因如此，整條鄉井井有條，潔淨如畫，空氣清甜，不會聞到國情常有的，人的、動物的排泄物氣味。一時間，我以為回到幾年前，從札幌乘舊火車去了江部乙小鎮看油菜花的情景。池上還有有心人多年經營，培養禾穗聽古典音樂，孕育出一粒粒飽滿如珠的稻米，建造出有文化、有藝術的農鄉。我入住的民宿，是一間樸實的現代平房，接待間的海報，展示一連串藝術活動，居民有禮如古風。

　　《維基百科》數字說2016年這裏有八千多人住，但司機說現在不過三四千，年青人都不留下耕種。大概耕種收割都不一定要用密集人手，半機械化足矣，餘暇可以發展

文化藝術、生活情趣。山不在高，有仙則靈，駐村還有藝術家蔣勳添潤靈氣。

池上是經過修飾而不損靈氣的農鄉，可以迎納遊人，廣茂的農田，鋪設了柏油小道，不給外來行車，只容單車或四輪車瀏覽，遊玩於田野，人變得渺小，始知寄居於天地穹蒼之間。抵埗次日早起，田間升起一輪霧氣，有點蒼茫，到日白，山巔上的藍天白雲，像一球球的棉絮，飄逸其中，遠離塵囂回到大自然，才知日夜四季。

秋收過後，聽說田野會換裝成一望無際的油菜花，十二月，大概還會再來。天大地大，人多偶然，旅途上常有狹路相逢，遇上了邱誠武和陳耀華，原來竟是近四十年前的港台同事，當時兩人做時事，我做生活節目，重逢卻不談政事局勢，只談音樂，原來比我更投入和熟悉。今年池上秋收藝術節，齊豫是演唱嘉賓，每一首歌，他們都能聽聲而知曲名，反而我這個所謂expert倒健忘了。

今年演唱日十月廿六、廿七，為週末，我們趕上了星期六場。暖場的有本鄉土長的民歌手陳建年，鄉土加島國風情的輕搖滾節奏，唱給來會者聽，也轉身唱給大地聽。齊豫出場，據陳耀華記錄，依次為《夢田》、《船歌》、《橄欖樹》、《走在雨中》、《你是我所有的回憶》、《歡顏》、《最愛》、《鄉間小路》、《九月的高跟鞋》、《Angel》、《夢》、《一條日光大道》，以《Amazing Grace》安哥，獨尋一闋校園民歌Medley，那裏卻有我專屬的記憶。

1978年，我任職香港CBS新力唱片有限公司，做製作及推廣音樂產品工作，臺灣的姊妹公司寄來一系列的唱

片，叫做《金韻獎》，衍生自「……1977年至1984年間由臺灣家電製造商新力股份有限公司主辦的青年校園民歌大賽的大獎名稱；每屆通過全國範圍內的評選，評選出冠軍歌手一名、優勝歌手若干名」（維基百科），以「新格唱片」為品牌問世。

金韻獎捲起了一陣的校園民歌風，出了很多高手，曲風新穎，卻不乏清新鄉土情懷，名錄不詳列了，港人熟悉的便包括了第三屆的李宗盛。齊豫是1978年，第二屆冠軍歌手，唱了《Diamonds & Rust》，1979年，第一張個人專輯《橄欖樹》發行，標題曲因為不成熟的政治、文化禁忌，被禁公開演播達八年之久，反而在香港得以無禁忌地風行，那是香港人最海闊天空的黃金年代。

民歌風吹來，我們雖欠鄉土，卻有城市情懷，我和香港電台合辦了「城市民歌」活動，出了張《香港城市民歌》，製作甫完，我也加入了港台工作；離開前，我對要好的公司同事說，要簽歌集中的一名女孩，她雖是首次錄音，卻已經氣定神閒，聲調醇和且揮灑自如，她是後來如港人鄰家女兒般的林志美，歌集中唱的叫《望鄉》，是劉家昌的曲目。《香港城市民歌》還有一首港人熟悉的《昨夜的渡輪上》，李炳文唱，是最早的本土情懷歌曲。

齊豫在台上說，出道幾十年，人生多變，在思想、在情懷、在感悟，也在感恩，上天賜給她美麗的聲線，也是時候要對人神多作回饋。如果她偶然抬頭，瞥見一名大叔，拿着一支300焦距的鏡頭對她獵影，可能還會聽得見我說：彼此彼此，願互勉。

怎樣回饋？我只是至今仍苦無良策。

祝身體健康

幾個月來，香港人體會了前所未有的震盪經驗，有文化、價值觀的思想衝擊，也有考驗體能和體質狀況的，近期一項功課是調整生活節奏，早睡早起，祝身體健康。

我是夜鬼，有夜食的習慣，經常凌晨兩三點駕車出動，只見街道燈火通明，夜班工人聚在點心舖、魚蛋粉麵家、潮州打冷檔等聚腳點，熱氣騰騰，喜見燈火不滅的不夜城。不過，自從元朗白衣加黑警黑白無常肆虐之後，我如今也懶得駕車出壢了，就去附近油站便利店買即食微波爐點心，那天卻見凍櫃全空，嚇了我一跳，市民在廣積糧嗎？近期唯有多去超級市場，買些韓國日本餃子，放入電飯煲慢煮，倒也有一番風味。

賊佬試沙煲，鬼祟扮戒嚴，黨鐵經常提早收工，求仁得仁，我常出入的灣仔區夜市靜過鬼。抗爭者說，順勢早睡早起，養精蓄銳；週末排節目，公餘課餘抗爭活動變成規律化，香港人也好像習慣了，反正PoPo也要休息，明白嘅！

有朋友在群組轉寄一些黃色訊息過來，說：仆街啦，今次俾七婆攬炒返轉頭添！……你做初一、我做十五，你搞破壞，我搞更破壞，鬥氣螺旋升級，冤冤相報，難怪武俠小說才是我們的文壇瑰寶，思想精髓。搞到咁，像我們一些深藍人，都要聯合不同陣線，一齊炮轟林鄭無能。

這種提油救火的措施，擴散開來，就連日間營商意欲都被波及，有些人未見風浪之前已經辛苦經營，如今就可

能索性趁勢摺埋。一位長春藤海龜(歸)回來的朋友近年長住京城，上星期回來問我「點解香港突然間會變成咁？」你問我，我問邊個？冰封三尺，非一日之寒，大小積怨其實大大話話已經二十年。

政治不講，就只講民生，以前元朗，是有各式各樣特色的風味鎮，幾年間，全條大馬路排滿金舖和藥妝店，大馬路其實不大，行人道十分狹窄，水貨客、內地客擠到出馬路，其他食水淺的店舖則被擠走。內子經常要入鎮買日常用品、藥膏之類，走入藥妝店，職員眼尾不瞄，只應酬大批量水客。以前吃開的雲吞麵店，由小舖吃起，食味不錯，後來改了客路，闊了，粗製濫造，反正水貨客要求低，好不好吃沒得和以前比較。其他就連茶餐廳也每下愈況了。

這些只像蹙起眉頭的點點滴滴不滿聚成民怨，久了便借傷成毒，一決崩堤。海龜(歸)變了強國思維不了解港情還說得過去，但本地庸官離民離地則難辭其咎了。

庸官長期當道，終局便是禍國殃民。庸官的定義，便是在職者貪圖富貴，玩忽職守，貪腐私利，或不作為，或走精面，喜便宜行事；以為權力可以壓出超級穩定，對於社會危機，市民的觸覺遠比他們敏銳，卻難以呼喚得醒。對於制度傾斜，長期掉以輕心，對於民間不滿，以為順民永遠會逆來順受；遇事敷衍忽悠，得過且過，文過飾非；從未想過會有洪水滔天一日。

庸官名為管治精英，以前有大師腦袋(Mastermind)作主，大師包攬了深思熟慮的藝術，簡約擲下交「精英」推行，其中一項思想訓練，叫做不妥協(not budge)，所以要

表現強硬、打得；其實大師袖裏還藏一條鬆緊尺，見機行事，出鞘時力度到位，鬆緊得宜。不過，這班「精英」當家作主之後，得其形而忘其神，只懂得強硬，不懂得寬鬆的藝術，所以便叫做死硬。

我年紀不少，近年深居簡出，很多東西都是道聽塗説。有位姓「黃」的朋友對我説，早幾個月，他還想過要移民，後來想通了，就是要留下來看你還可以再荒謬到甚麼地步。七二一、八三一、新屋嶺事件等，一日未能説服人心，則仍要討回一個公道，《秋菊打官司》，求的就只是一個説法。他説自己不論年紀或者工作崗位都不便亦無力衝衝衝，但卻絕對可以資助；腦殘的才會説有外國勢力在派錢，他説「使鬼佢哋派呀！我們冇錢咩？」甚麼題目一眾籌，永遠都是短期內超額完成的。香港人不是強國暴發戶所以為的「窮B」，中產階級的人均入息及持控能力（holding power）還是遠超於強國人的。

我聽後無語良久，唯有稍附庸一句，對的，真的要保持體格壯健，精力充沛，百戰不殆，好人一世好運，祝大家身體健康！

在學藍叔歷史隨筆

　　吾友舊同事曾展章兄磨劍十年，做了175萬字，編寫成《華夏歷史年表筆記》，厚逾舊時差館常見之黃頁分類電話簿。上起盤古，歷三皇五帝，神話了幾數十萬年，迄至公元前2205，起干支遞嬗於丙子，啟夏朝，為信史始，故稱華夏；《筆記》多以古典及「正史」為經，下至《清史稿》，旁及近代歷史名家論著。筆記則止於中華民國十四年(1925)，「段祺瑞任臨時執政」，未知後續如何。

　　我曾稍獵中西歷史，近日因多向藍叔學習，重興涉趣，略得印象，難言心得。得閱曾兄《筆記》，遂萌溫習之意。

　　通史多記朝代興替，爭戰及版圖更迭，華夏歷史尤然；記的都是帝王家事，如弒殺、叛逆、登位，討伐、破賊、平亂；對外則是開疆闢土、喪地賠款、媾和征戰、降敵納貢，並且經常滅族等，中間亦有苦命皇帝落荒而逃的故事；就算貌似「和理非」的宋代，除了每與契丹遼、党項夏、安南、青唐羌、女真金等周旋之外，還滅過盤踞河湟一帶的唃廝囉政權。硬的不成，便來軟的，送銀両、美女和蕃(唯宋少見)，幾乎是自古以來的中國模式、不二法門。

　　平民角色，則跡近隱形。

　　讀史能鑒古知今，《筆記》厚重沉澱，宜偶翻及因需而查閱，細讀則易成瞽叟。「池中舊水如懸鏡」，偶然揭至唐朝段，忽見偶像韓愈公如面，適唐德宗李适貞元

十九年，「十二月，監察御史韓愈上疏：以『京畿百姓窮困，應今年稅錢及草粟等徵未得者，請俟來年蠶麥（蠶成麥熟時再徵收）。』韓愈因而獲罪，貶為陽山令（廣東清遠市陽山縣）。」不要以為唐朝出了個魏徵，其他人也可東施效顰。文人晉身朝廷，如果看不通、想不開，仕途多蹇，幾為定律。

我重炙了韓師言行一遍，恍如眇而能視。蘇軾稱讚他「文起八代之衰，而道濟天下之溺；忠犯人主之怒，而勇奪三軍之帥。」讀之如沾浩然之氣！果然？原來文衰了東漢、魏、晉、宋、齊、梁、陳、隋（公元25–619年），幾六百年，有冇誇張D啊？

我想起了高中時讀過韓公的諫唐憲宗《諫迎佛骨表》，令他貶官潮州，還寫了一篇《祭鱷魚文》，讀之已覺「騎呢」；他自述以一豬一羊祭鱷，輔以頌唸，施如「神打」，據聞鱷魚就此絕跡。不過後世踢爆，其實鱷「死」鱷還在。

好戲常在後頭，原來韓愈在潮州耐不過八個月，便給皇帝寫了「悔過書」——《潮州刺史謝上表》，讀之涕淚交潸，恍如電視認罪，我節頭節尾，以窺管豹：頭段「臣以狂妄戇愚，不識禮度，陳佛骨事，言涉不恭，正名定罪，萬死莫塞。陛下哀臣愚忠，恕臣狂直，謂言雖可罪，心亦無它，特屈刑章，以臣為潮州刺史。既免刑誅，又獲祿食，聖恩寬大，天地莫量，破腦刳心，豈足為謝！……」尾段「……而臣負罪嬰釁，自拘海島，戚戚嗟嗟，日與死迫，曾不得奏薄技於從官之內、隸禦之間，窮思畢精，以贖罪過，懷痛窮天，死不閉目，瞻望宸極，魂

神飛去。伏惟皇帝陛下，天地父母，哀而憐之，無任感恩
戀闕慚惶懇迫之至。」

　　肯悔改認錯，堅定不移緊跟聖上，一抓就靈。果然，
表進，即得敕令改任袁州（今江西宜春）。穆宗即位後更奉
旨回京，歷任國子監祭酒、兵部侍郎、吏部侍郎、京兆尹
兼御史大夫等職，死後贈為禮部尚書，諡為文，仕途幾近
完勝，垂範擁護建制之美。

　　西人讀華夏史難，皆因虛則實之、實則虛之、撲朔迷
離、真假難辯、疑幻疑真。我一位於長春藤學府讀商管
及科技資訊工程畢業回來的朋友，是藍絲精英，熱愛祖
國，曉說我們「經常俾人蝦啦，五胡亂華啦，鴉片戰爭
啦……」諸如此類。我想起了美帝在第二次世界大戰期
間，戰爭部（War Department）為了鼓勵士氣，並且讓參戰
軍員認識中國盟友的文化，製作了宣傳片 *Why We Fight*，
系列共七套（A Series of 7 Information Films），載大量黑
白影像紀錄，其中一條叫做 *The Battle of China*，長1小時3
分，片頭用上了《義勇軍進行曲》，相信還是由美國佬的
Army Air Force Orchestra奏的。旁白說仰慕我們五千年文
化，稱許我們喜愛和平，發明了火藥，也只用來燒炮仗、
放煙花。大概是把我們的「勇武」聽錯成「絨帽」（又是
Google語音輸入法的錯）了。影片約五分鐘時有旁白說：
「……四千多年連綿不絕的歷史，他們從未發動過侵略別
人的戰爭……」，er... er... 對！對！對！電影還教育觀眾
雞精地緊記華夏三件事：

Three facts must never be forgotten:

China is History.

China is Land.

China is People...

　　曾兄的《華夏歷史年表筆記》義賣捐助之「心晴行動慈善基金」，乃由其妻林建明姐創辦，協助精神或情緒病人；以書養志，導人多讀歷史，以理性看世界，亦有助於診斷及治癒病源，功德無量。

向藍叔學歷史

　　平日晨昏顛倒，凌晨會去油站便利店買零食汽水，與守店人混得很熟。今日如常，甫入內，熟悉的兩個大叔、一個大媽（輕瘦形），正自走砲地談起時事來。大媽說：「我哋喺大陸有讀歷史㗎，鴉片戰爭一路讀落嚟，而家啲後生仔唔識㗎啦！」坐櫃大叔接嘴：「依家啲學生俾啲先生教壞晒啦，成日教佢哋示威，話第日世界就屬於佢哋嗰喎！俾人利用啫，係人都睇到係美帝搞鬼啦！」

　　我出身藍血，成份深藍，幼承偉大領袖教導，要下鄉多向工農兵學習，所以邊細心聆聽，邊和另一阿叔數花生、朱古力、冷凍蝦餃、燒賣。

　　我得暮鼓晨鐘，回家搜索枯腸，將歷史印象重新整理一遍。

　　先說以前灣仔有間夜總會，公關姐姐多具姿色，故此身價特高，難以即買即賣，要哟，要獻金；亦不乏廠商巨賈、衙差伶人，熱捧追求，甘作火山孝子。當中遇上嬌嗔悵雞性格姐，倍增挑戰誘惑，追追逐逐，其樂無窮，與近兩個世紀中西交流史倒有點像。

　　西方人對東方的神秘充滿幻想與思慕，原因可能來自元朝《馬可孛羅遊記》及明朝利瑪竇書簡。近代英使來華，不計第一次意外未成行，當始於1793年，是為乾隆58年，戰艦五艘，隨員七百多人，有學者、工程師、生物學家、植物學家、醫生、畫家，樂師等，手信有天文儀、地理儀、圖書、工藝品、軍用品、車輛、船隻模型等共六百

箱。過程風風雨雨，坊間有很多論述，略過。第二次來使是嘉慶年間，到道光二十年1840鴉片戰爭，共經約五十年，難保就是因媾不遂而發爛渣。

至於美帝，頴頴⋯⋯，一個幾千年都行帝制的民族，稱呼一個才兩百多年歷史，由一班費城精英決定以憲法立國的國家為美帝，的確有點頴頭。不過叫順了口，就很難改口。

相對於英帝，美帝簡直就是癡漢。我查了一下歷史，美帝似乎未曾侵略或佔領過我們神聖的領土，義和團期間的確耍了點強，後來又唔好意思，歸還「收多了的」庚子賠款，並且幫手興醫辦學，國共內戰期間又不知好歹做了和事佬，大戰期間幫手打殘了日本頭；有緣無份的機關在韓戰，我們偉大領袖名花有主，跟定了蘇聯大佬，大佬的敵人就是我們的仇人，叫做同仇敵愾。中國人忠孝行先，幾千年祠堂文化，就是嫁雞隨雞、嫁狗隨狗，黑社會有愛國的，歡場也有忠烈女。美帝不識貞烈，冤冤氣氣近百多年，當然自討苦吃。

數數來媾的火山孝子及其手信，計有惡名昭彰的偷聽狂尼克遜帶乒乓外交，傻傻戀戀的花生卡特帶棄臺親中；前仆後繼的還有兩代布殊父子帶寬宏六四與世貿組織，中間插了個雪茄癖的克林頓帶最惠國待遇，還有個一表斯文的奧巴馬帶華爾街，難怪紅牌阿姐身價越追越高。到得這個「商人重利輕別離」的川普，原來那麼不解風情，不單止不帶手信，還要追貴利，真的豬年反轉豬肚。

戊戌年開啟了大時代，己亥續之，「十年一覺揚州夢，贏得青樓薄倖名」，因誤解而結合，因了解而分開，

何況從來有緣無份，只是未曾真箇已銷魂，痴男怨女，總有夢醒時分。有識之士曾經致力東西融合調和，到頭來還是陰陽阻隔。嬌嗔俍雞姐，皆因歷盡滄桑，久久難以走出歷史陰影，旁人亦無可奈何。

歷史上的鬼佬來華，的確都「不懷好意」，明朝來華的利瑪竇，一生慈眉善目，死後的回憶錄，還是要衰一下這個東方偉大民族。至於馬戛爾尼的來華《紀實》衰我中華，也是死後才出版：「清朝是一個神權專制帝國，它翻來覆去只是一座雄偉的廢墟。人們生活在最為卑鄙的暴政之下，生活在怕挨竹板的恐懼之中。他們給婦女裹腳，殘殺嬰兒，統治者殘酷卻膽怯。它最終將重新墮落到野蠻和貧困的狀態。」

一句「統治者殘酷卻膽怯」，我想起了1968年布拉格之春的一首搖滾歌：

> 他們害怕老人的記憶
> 害怕年輕人的思想
> 害怕墓地的鮮花
> 害怕工人
> 害怕教堂
> 害怕所有的快樂時光
> 他們害怕電影
> 害怕畫家
> 害怕音樂家
> 害怕石塊和雕塑
> 他們害怕電台
> 害怕技術

害怕信息自由流動
害怕所有的波長
那麼我們為甚麼要怕他們？

庚子 己亥 戊戌

書債

　　早幾年因為白內障，常流眼水，看字模糊，幾乎放棄了紙書，單靠看網和視像過日辰。年前做了次晶片手術，恍如重見光明，真的多謝葛量洪一班醫護人員，治理過程有條不紊，效率準繩，彰顯多年建立的優良醫療系統；醫學昌明，除了建基於技術，還建基於仁心和人道主義文化教養，缺一不可。

　　重光後仍是少看書，朋友以為我還在看，依舊熱誠送來，令我積了一堆書債。

　　先是李歐梵和邵頌雄的《諸神的黃昏》，副題「晚期風格的跨學科對談」，對談即筆談、對寫，一人一篇，描的都是有神一般造詣和靈魂的音樂巨人，或談風格神髓，或談掌故逸事、跨科聯想，趣味盎然。

　　神級的音樂巨人，有自由無限的想像空間，也具備內斂約制的驚人耐力。我着迷拉赫曼尼諾夫（Rachmaninoff）的幾套鋼琴協奏曲，由簡潔的旋律Motif開演，進而鋪排開展如漫山遍野的聲容面貌，洶湧澎湃，收放如神。這位張指輕越十二度鍵距的俄裔作曲家晚年長居瑞士琉森湖畔，邵頌雄的「生不逢時的拉赫曼尼諾夫」篇記述，他「依足故居風格來佈置，起居奉行俄式習俗傳統，且僱用俄籍傭人，說的也是俄語，甚至病重時也堅持只看俄國醫生，一切都讓他沉醉於已消失的昔日俄國風情。」寄居異鄉，保存民俗傳統，仍不失世界公民身份，貢獻普世音樂語言，這是我們漂泊外地時當努力學習的。

二是沉甸甸紅底金字封面，李龍鑣的《穿越歷史長河的驚濤駭浪》。李老是歷史迷，尤善國共史，因與孔家後人稔熟，研究孔祥熙家族有貼身史料；年逾古稀，仍聲如洪鐘，體健如牛，皆因早年肄業軍官學校；今則常周遊列國，走訪歷史現場。朋友有時隨緣成團，路經傳說名人故地，總要稍偏行程而順道一遊，可見着迷史傳，如醉如痴；我等只得奉陪，蒞臨才知滄海桑田、面目全非。賜書日我們稍稍交流心得，觀點各有不同。李老心懷華夏，古道熱腸，繼承傳統讀書人胸懷；我則感慨中華歷史幾千年，政治體制幾乎「皆依秦法」，沉醉於天朝大國，烈士忠臣，遏世界知性與識見為從屬或末節，難怪經常驚濤駭浪，幾乎每六十甲子，即無間輪迴。《穿越》一書，夾敍夾議，佐以遊歷、考證，琳琅滿目，涵蓋近代國共歷史，如歷風雷雨電奇觀。

　　1976年秋，我在香港大學讀第三年，剛開學，校園一如過往火紅，毛派學生如常積極吸納新同學，如傳道團契般做思想工作。10月6日（後），傳來拘捕文革四人幫消息，那一夜我印象深刻，整個明原堂宿舍，由走廊到飯堂空無一人，鴉雀無聲。我意識到這些積極分子正經歷一次思想震盪，不知所措，需要寧靜時刻，重新整理思想和說詞。

　　我想起了北島的詩〈回答〉，創作於1976年天安門「四五運動」期間，「是作者對『無產階級文化大革命』年代裏種種罪惡歷史所作的控訴和『回答』」，當中混沌而有力的四句是：

　　　　我不相信天是藍的，

> 我不相信雷的回聲，
>
> 我不相信夢是假的，
>
> 我不相信死無報應。

在只要信、不要問的腦殘文化中，本來很容易的事會變得很難，還需要勇氣，例如說「不相信」。

北島祖籍浙江，四九年生於北平，生日則早我兩天；做過紅衛兵，受過「再教育」。〈回答〉孕育於七六年的天安門，時年還算幸運。八九年的聲援天安門學生聯署上書便觸牆，之後流居外地凡二十年，近年才定居香港。

積壓的還有北島兄今年愚人節送我的《城門開》散文集，《守夜》詩集，幾套《今天》雜誌的結集，還有北島夫人甘琦送贈，沈志華教授著的《最後的「天朝」：毛澤東、金日成與中朝關係》，另日本當代詩人高橋睦郎著，田原、劉沐暘中譯的《晚霞與少年》，都只能斷斷續續的挑讀。

今年逢九，又適多事之秋，一眾朋友廢老，不乏鬱鬱者，只道中華民族只宜太平盛世，不宜患難，一臨界，種種陰暗即傾巢而出。現象即如〈回答〉所言：

> 卑鄙是卑鄙者的通行證，
>
> 高尚是高尚者的墓誌銘。

腦殘文化底下，本來容易的事依然很難，北島的另一首〈宣言〉：

> 在沒有英雄的年代裏，
>
> 我只想做一個人。
>
> 寧靜的地平線，
>
> 分開了生者和死者的行列，

我只能選擇天空；

絕不跪在地下，

以顯出劊子手們的高大……

大時代蒞臨，我們大概還是要「經歷一次思想震盪，不知所措，需要寧靜時刻，重新整理思想和說詞」。

高橋睦郎的《晚霞與少年》，有〈少年們〉一首：

僵立在坡道上

少年們的飢餓

神像一般閃耀

眼前是他們僵直不動的悽慘城鎮

和他們在同一高度

向着想呼喊出聲凍傷的天空擴散

他們遠去的母親

像魔鬼一樣大

垂下眼簾

篤信善行

　　母校英華書院現行學生，因不滿有舊生坐館港鐵，措施偏幫政權，發聲明抗議。另有舊生校友則發聲明撐警，各抒己見。兩邊都搬出校訓「篤信善行」，以表高尚，一個神主牌兩邊用，也無不可。我就這祖宗明訓查了查典，顏值最近的來自《論語‧泰伯》：「篤信好學，守死善道。」

　　典故不要知得太多，知得多會容易反水。〈泰伯〉原文多談君臣及管治之道，孔子因為是聖人，所以常各打五十大板。一打勇武無禮：「恭而無禮則勞，慎而無禮則葸，勇而無禮則亂，直而無禮則絞。」後兜一踢統治者無道：「君子篤於親，則民興於仁；故舊不遺，則民不偷。」

　　〈泰伯〉篤信善道整條是：「篤信好學，守死善道。危邦不入，亂邦不居。天下有道則見，無道則隱。邦有道，貧且賤焉，恥也；邦無道，富且貴焉，恥也。」

　　三打邦無道，仍想撈富貴油水的庸貪官吏。

　　英華書院是香港歷史悠久的英文書院，原名Anglo-Chinese College，後用廣東音譯成Ying Wa College，想當有貼地本土生根之意。學校由十九世紀初來華的倫敦傳道會傳教士馬禮遜（Robert Morrison）創辦，專長於印刷、出版、漢學、翻譯、教育和傳道。我1967年入讀中一，歷七年而入港大，當中除了在早會例唱聖詩，便沒有其他強制性的宣教活動，學習氣氛相當自由，校風平民化，取錄很多草根階層子弟，我是其一。當年升中試沒有分區派位限

制，只填第一第二志願，我從粉嶺崇謙堂村派到這所九龍塘學校，每天步行及火車來回花近四小時，勞而不苦，憶苦思甜。

當年社會流動性及上行階梯暢通，草根子弟只要努力讀書，不難出頭。英華培養出來的學生多務實，選科也傾向實際，出了很多專業人才。我前後幾屆，盛產律師、醫生和經貿人士，高官則似乎較少，我幾個同學有未能入大學者，則初入警察學堂，後轉攻法律，仍現役者大有人在。由草根循御道進入體制，成專業人才，擺脫飢餓，很多都成為了天然的建制派；太平盛世的建制派，價值觀比較保守，也是社會穩定的棟樑，若非風雲變色，安等收成期的心態亦理所當然。舊生校友所出的聲明，大概反映了我前後幾屆那些同學的意識形態。我印象中的英華同學並不熱衷於政治，幾個因緣涉入的，亦不過「課外活動」形態，無甚足觀，得知新學弟竟有踴躍參與抗爭者，的確有點意外，亦嘆世代之爭明矣。

舊生聲明還錄了一套對聯：「承英華之傳統，振大漢之天聲」，如無記錯，當出自當年陳耀南老師手筆。英華既按下Anglo-Chinese不表，想必另有典出，近者當屬唐·韓愈《進學解》之：「沉浸濃郁，含英咀華。」韓愈好為人師，談學習與教育的文章也不入時俗，而敢於逆言。《進學解》的「含英咀華」，除了勸學子要多沈浸於濃郁典籍，仔細咀嚼其精華外，亦鼓勵「少始知學，勇於敢為」。對於坐享其成的收成期廢佬，還是斥其：「……學雖勤而不繇其統，言雖多而不要其中，文雖奇而不濟于用，行雖修而不顯于眾。猶且月費俸錢，歲靡廩粟；子不

知耕，婦不知織；乘馬從徒，安坐而食。踵常途之役役，窺陳編以盜竊。然而聖主不加誅，宰臣不見斥，茲非其幸歟？」多麼現實寫照。

陳老師當年的對聯，有氣勢磅礡的大中華膠味，很得大家歡心。他風趣幽默，教學用心，著有《典籍英華》，是中文教科書精品，形似雞精，實為上湯，我隨之學得駢儷四六，亦從中始識佛教東傳，佛教十宗概略。後來得知他棄釋道而歸主，移居澳洲，致力傳道，一身經歷儒、釋、基督，皆公元前巨哲，應該是有福之人。我讀書不勤，止於無意亂翻書，近年感悟，基督教義的原罪感如下罪己詔，使人謙和，博愛驅逐自私，犧牲與傳道精神敦促使命感，這些品質，歷劫艱辛，構成了當今普世價值，此為華夏、釋迦所疲弱者。

我讀《論語・泰伯》為謎面：「篤信好學，守死善道，危邦不入，亂邦不居。」謎底即見：「獨善其身」。讀《易經・文言》：「天地變化，草木蕃。天地閉，賢人隱。《易》曰：『括囊，無咎，無譽。』蓋言謹也。」謎底即為：「明哲保身」。

我非虔誠信徒，或一如羅素，仍受耶教影響，得以隨心做人，大概亦因當年母校聖詩氛圍的潛移默化。

時窮節乃見，（語音輸入法先出了個「時窮節奶現」，蠱惑的PAD！）茲引中文大學《二十一世紀》雙月刊・慶祝創刊十周年論叢，余英時教授寫《「天地閉、賢人隱」的十年》一文作結：「中國史上已經歷過多次『天地閉，賢人隱』的遭遇，但都阻止不住下一個『天地變化，草木蕃』時期的必然降臨。」

救救孩子

八十年代中，一代笑匠初成，內地初行改革開放，笑匠過河實地考察，以求戲劇素材。一日逛食街，店舖林立，山珍海錯，野味珍禽，目不暇給，店家攜活蛇一二，擾攘於其眼前，促銷進補，又說還有其他林林總總選擇，笑匠不勝其煩，晦氣諧謔：「有冇BB仔呀？」店家稍稍一怔：「你係咪講真㗎？」笑匠背後一涼，落荒而逃。我與笑匠識而不稔，故事從他的同班同學得知。

我查中國吃子編年史，分上中下三段取樣，食相各有不同。

先說上的，出於孔孟齊魯之家，齊桓公有個廚神叫易牙，是飲食業祖師爺，有次齊桓公若有所思說：「惟烝嬰兒之未嘗」，意思是說遺憾未吃過孩子肉。易牙媚主費煞思量，終想出把自己三歲孩子宰了熬湯，獻給皇上以取寵。

柏楊問：中國人，你受了甚麼詛咒！查其因，或源於食神祖師。

與易牙同期事齊的還有管仲、鮑叔牙（不明白為甚麼那麼多牙），兩人經歷過軍旅患難，世稱管鮑之交。管仲拜相，是招商高手，傳說曾在京師設中國城、大富豪之類，供商旅洗塵滌垢，為「紫藤之父」。管鮑之交，相信亦與今日鐵桿兄弟驗證詞同：「一起同過窗，一起扛過槍；一起喝過酒，一起嫖過娼。」孔子既譏其器小，又「補飛」讚他經濟民生做得好。管仲說「民以食為天」，子曰「食、色，性也」，當中自有最大公因數。

中國文化重物質，出土文物多砂煲罌罐，刀刀劍劍，金縷玉衣，少思想藝術，所以，唯物主義一來即落地生根，養兒防老，亦以防飢，媚主獻上，不外一件物體；到禮崩樂壞，一杯水主義盛行，亦不外視之為兩團碳水化合物黏合活動。

中段接力有李賢《黃台瓜辭》之「黃台之瓜、何堪再摘」，是武則天得天下後所幹的陰騭事，但未上位前，奪寵爭嬌，吃親兒以嫁禍於人則早有前科。

至於近代的「易子而食」，見於「三年自然災害」，或稱「三年困難時期」及至「艱難探索」時期，也不消提了！我只引用魯迅的《狂人日記》說：「我翻開歷史一查，這歷史沒有年代，歪歪斜斜的每頁上都寫着『仁義道德』幾個字，我橫豎睡不着，仔細看了半夜，才從字縫裏看出字來，滿本都寫着兩個字是『吃人』！」

源於齊魯的儒家倫理，本說父慈子孝，是慈在先、孝在後，後來簡約化，便只強調孝道，並且經常孝得血肉橫飛，削骨還父、削肉還母；目連救母本應以功德感化，漢化後的目連則以佛祖禪杖，破地獄強力救母。

讀書人談狐說仙是「高尚」課餘活動，大概也羨慕修練神仙不成便作妖，吃嫩進補，長生不老。

幾千年封建王朝，除了崇拜威權，還姑息老人治國或干政，所以民族欠缺鮮活生氣發展，經常退潮鎖國。

過去我對港人重利營商的價值觀不滿，但這幾個月來，港人的勇敢和堅毅，的確令舉世刮目相看。那天太子道有年青人過馬路時，被急於湊數的暴警抓着，小媽(以區分大媽)見義勇為，以血肉之軀護衛少年，與為數不多

的街坊喝退暴警，極為感動。香港人畢竟見過外面世界，沾染過文明社會的人道主義精神，又或仍保留着中國傳統的優秀一面，是為禮失求諸野。至於那位西人警司視穿着黃色背心守護孩子的義工為黃色物體，相信他只是徹底「漢化」了。

「扶老攜幼」、「濟弱扶傾」，四字真言古已有之，但只是標題黨。文明社會，老弱福利盡力而為，尤重教育啟發，雖疲勞而不棄，是為人道主義精神。若迫於二選其一，則各有所好。

早日於網上碰上金村昌平的《楢山節考》高清版，重看不勝唏噓。電影據深澤七郎著小説，描述古代信濃國(今長野縣)窮鄉寒村的山林內有棄老傳説，「六十九歲的阿玲婆為了讓孫子多一口飯吃，忍痛拿起石頭敲掉自己的牙齒」，讓自己可以提早上山。日本明治維新始於十九世紀中葉，重心是決意放棄舊的、長久以來的以漢為師，重新整理思想價值，建立現代政制與及追求新科技的能力，並且脱亞入歐，是為棄老。

電影，《楢山節考》見於1983年，次年家父歿，才稍過甲子，念之甚憾。

Moonstruck

寫稿時迎月，稿出當為追月矣，但願人長久，只是今年明月不一樣。

毓民兄中秋傳短訊問候朋友，以蘇軾《水調歌頭》起首，是熟悉的「明月幾時有，把酒問青天，不知天上宮闕，今夕是何年。」細躊躇，即轉寄意於《陽關曲‧中秋月》，亦東坡詞，謂「今天讀來更是心有戚戚焉」，是為美極而傷，詞云：

> 暮雲收盡溢清寒，銀漢無聲轉玉盤。
>
> 此生此夜不長好，明月明年何處看。

我看中國節日，背後也多悲涼故事。五月屈原，七夕銀河強渡，盂蘭青面獠牙，八月廣寒宮，中秋起義，實喜慶為表，感傷為裏，以誌多難之邦乎！

蘇東坡「但願人長久」是中秋詞之絕唱，傳頌千古！然不論《水調歌頭》還是《陽關曲》，皆感懷身世之作。我們看古時讀書人寫悲歡離合，固信有詠兒女私情，但不可忽略，千百年來的讀書人都視功名如命，妻眷如衣，倚聲填詞，憑歌寄意，離不開官場酬酢；離離合合，除了至親，少不了惦念官場兄弟，仕道同袍，亦不缺思君（王）不得，輾轉反側，辭藻華麗，聲調婉約，亦可疑為嘻嘻（hehe）之情。

蘇軾政治生涯，數度起落，值王安石變法期間，陷於新舊黨爭。所謂新舊黨，新以王安石為首，舊以司馬光為令，是改革派與保守派之爭，是左右之爭，亦即黃藍之

爭。蘇軾既贊成又反對王安石變法，又與司馬光為首的舊黨相左，以為君子不群，遺世獨立，卻落得兩面不是人；仕途起伏，甚至一度加貶謫儋州（海南島），做過一回嶺南人。這位詞聖才子鴻儒，嘉佑二年（1057）值二十歲，與弟蘇轍一同進京會考，才華驚動主考官歐陽修，以為是自己弟子手筆，因避嫌而將蘇軾屈居榜眼，糊塗地讓親弟子曾鞏躍居第一。今日看所謂考第一，也許只是陰差陽錯，得以沐猴而冠。

蘇軾震驚考官的考狀元論文叫做《刑賞忠厚之至論》，鴻文論刑賞，言忠厚，才簡約六百多字，我節錄幾段借古鑒今。論文一開頭就是「中國文化、博大精深」的大中華膠feel，曰：「堯、舜、禹、湯、文、武、成、康之際，何其愛民之深，憂民之切，而待天下以君子長者之道也。」中段：《書》曰：「罪疑惟輕，功疑惟重，與其殺不辜，寧失不經。」結尾：「《春秋》之義，立法貴嚴，而責人貴寬。因其褒貶之義以制賞罰，亦忠厚之至也。」

東坡居士生於宋，算是讀書人幸福時期，雖屬封建王朝，卻幸遇皇帝秉承祖訓，寬待仕人，讓讀書人少受皮肉之苦，人格摧殘；宋辭華麗，商貿活躍，文化藝術活潑多姿。迨唐宋以後，元明清迄今，酷刑治國，總欠寬仁，已是禮崩樂壞。

雖說「崖山之後無華夏」為外族勢力抹黑，然反躬自省，崖山之後，的確難復仁道之政。

中國人若有人文精神，人道主義精神，皆是萌芽既

久，只欠發展，遑論成熟。仁道不外普世價值，這樣不講，那樣不講，出口便只剩下暴，節日只剩下惶恐與悲傷。近日經土瓜灣，仍見宋王臺址，想起遺民南渡，華夏衣冠，或仍僅存於香港彈丸之地，想起港人雖重利營商，卻不失斯文慷慨，樂善好施，渴求仁政，力保文明，崇尚自由活潑生活情懷，實不失華夏文化之傳承矣。

今年七夕到中秋，皆為廣寒宮蟲禍肆虐之時。新生一代，對古詩詞未必稔熟，或也聽過鄧麗君溫婉而唱的《水調歌頭》，對中國古文化，也許仍有點思慕和眷戀，然己亥之後，佳節添愁，從今看月不一樣。

所謂幾千年文化，不外宮庭詭異，官場殺戮，耗而不思改進，是一部文明退步史。讀書人以功名為重，纏陷常至因貪功歿身。到得「我欲乘風歸去」，已是「又恐瓊樓玉宇，高處不勝寒」；終或天堂無門，只剩廣寒宮虛待。

蘇軾、蘇轍兄弟皆曾倚《水調歌頭》填詞，有《徐州中秋》一首，記「兄弟爬山」，各有散失，很是傷感。詞云：

> 離別一何久，七度過中秋。
> 去年東武今夕，明月不勝愁。

今年己亥，佼佼殘月，邦蠱驕娥，只害新生一代背離中國文化，越走越遠。

際此月圓之夜，力拒月擊（Moonstruck）之癲狂，仍祝至愛友儕，「但願人長久，千里共嬋娟」。

風雲群英

公元前73年至71年間，意大利南部那不勒斯（Napoli）北的卡普阿（Capua）發生了大規模動亂，由斯巴達克斯（Spartacus）帶領大規模的角鬥士奴隸起義，史稱「第三次奴隸戰爭」（Third Servile War），是一場反抗奴顏婢膝，反抗奴役，和為生存自由之戰。結局悲壯慘烈，反抗軍遭殘暴羅馬軍團追剿，至全軍覆沒，歷史傳聞被俘者五六千人，判釘十字架，沿路直排到羅馬。傳說（其實應是電影場面）羅馬軍團要俘虜供出斯巴達克斯時，眾人齊聲高喊，「我就是斯巴達克斯」（I am Spartacus），是最早的「不篤灰、不割席」的激昂場面。

這故事於1960年拍成電影，港譯《風雲群英會》，以霍華德·法斯特（Howard Fast）同名小説為藍本，由已故天才導演史丹利·寇比力克（Stanley Kubrick）執導，卻·得格拉斯（Kirk Douglas）主演。我在Netflix重看，留意到編劇道爾頓·特朗勃（Dalton Trumbo）的一些故事。

特朗勃是四五十年代的出色編劇，1947年他被美國「眾議院非美活動調查委員會」（House Un-American Activities Committee，簡稱HUAC，或稱非美會）傳召，因拒絕提供證詞協助調查共產主義對電影行業的影響而被控藐視國會罪，判囚近一年，是「荷里活十君子」之一。這場荷里活風波，是四五十年代麥卡錫主義橫行時期的一環，也是對抗共產主義滲透運動的一部份。大量電影工作者被傳召作供，並且要求提供有共產主義傾向的

　　　　　　　　　　　庚子 己亥 戊戌

行家名字給委員會調查，鼓勵互相「篤灰」。結果是，大批電影工作者被列入黑名單，荷里活的電影公司受壓而不予聘用；拒絕為委員會作供者則控以藐視國會罪判刑。我看過那張黑名單，有導演、製片、演員……，很大部份都是編劇者。據《維基》粵語版釋義：「麥卡錫主義（McCarthyism）係指無足夠證據就指控人謀反，典故係一九五〇年代美國政治人物麥卡錫為咗反共，老屈好多人同共產黨有關連。」

老屈，要人人表態過關，否則冇飯吃，看來非強國獨有。

前美國總統朗奴‧列根於時為「美國演員工會」主席（President of the Screen Actors Guild），是他從政的萌生期。他於1947年10月23日在聽證會作供記錄末段節譯如下：

「主席先生，我厭惡他們，我憎惡他們的哲學，但我更痛恨他們的手段，那些第五縱隊，是不誠實的……」（Sir, I detest, I abhor their philosophy, but I detest more than that their tactics, which are those of the fifth column, and are dishonest...），並且矢志滅共。四十四年後（1991），蘇聯解體，一般認為拜他所賜。

美國的電影工作者還是比較幸運，麥卡錫主義期間，黑名單中人，有些移師歐洲發展，很多編劇用別名做幕後寫手，有些繼續抗爭，引用憲法第一修正案和政府周旋。最大功勞，還是有賴業內良知的堅持，把惡法逐步衝破。到了1960年《斯巴達克斯》上映時，特朗勃已經可以名正言順出編劇排頭，亦讓世人知道他是膾炙人口，電影《羅

馬假期》的寫手。

　　正義、抗爭之名經常亂掛，又如易服，人盡可衣，因時而裝，因地而卸，撲朔迷離。斯巴達克斯這個上古英雄人物，一度被馬克思主義者奉為抗暴英雄，供奉於前蘇聯及一些東歐共產主義國家。非美時期的荷里活，也確實出現了大量的左翼藝術工作者或共產主義的慕道者，宛如時尚，相信是美國三十年代經濟大蕭條之後的社會現象產物。今日時移世易，斯巴達克斯則反過來對抗專制獨裁政府。世事真莫「如夢幻泡影，如露亦如電」！

　　近日讀中國通、美國前國防政策顧問白邦瑞(Michael Pillsbury)的《百年馬拉松》(*The Hundred Year Marathon*)，恍如讀他的懺情錄。白邦瑞早年猶如當年荷里活紅潮中的知識分子，對中國充滿憧憬，不諱言是「擁抱熊貓派」鼻祖，但時間讓人消磨，事實令人驚醒，對於曾獻策或參與、支持對華施行「參與政策」(Engagement Policy)失效而感到懊惱，《百年馬拉松》乃為易服之作。

　　西方社會，由斯巴達克斯的古羅馬帝國起，經歷公元兩個千禧世紀，歷劫艱辛，才發展出近代較為文明的開放社會，讓人可以自由思想、啟發反思、自省的能力，建立及發展出體制錯誤可以有機修正的機制，稍有所成。斯巴達克斯公元前一百年生，若穿越則我國西漢，遊歷上下幾千年，秦王漢武，唐宗宋祖，有哪一個朝代，不是軍閥流氓更迭交替的歷史，暴力管治宛如鐵的定律，斯巴達克斯得知，亦不得不英雄氣短。

　　　　　　　　　　　　　　　　　庚子 己亥 戊戌

《秋決》舊水談

　　《秋決》是李行導演1970年開拍，1972年上映的經典電影，我在預科年間在大銀幕看過一兩次，近日在YouTube上看了一回低像素版，重溫了一些片段，此時此地，勾起了一些想法。

　　故事說，由歐威飾演的不肖子裴剛因色慾糾紛，狂躁連殺三人，被關進大牢，等候判刑。傅碧輝飾演的老奶奶自幼溺愛三代單傳孫子，不惜傾家蕩產營救。到確證殺人填命，等待秋後處決，老奶奶心願則要安排唐寶雲飾演的養女蓮兒入牢與裴剛成親，以留香火。後來不肖子逐漸感悟而性格變得馴良，到期時從容就刑，留下母子揮送。

　　《秋決》是一套經典電影，香港電影金像獎選為華語片百大之一。我看之為電影化的一套話劇，風格獨特，編導演出色，當年影評許之為探討傳統中國人倫理與現世社會價值衝突的藝術作品，並能對傳統倫理觀念諷刺與鞭笞，陳義頗高。近半個世紀之後重看，另一個時空，便只剩感觸。

　　電影設時空於漢朝，即介於公元前202年至公元後220年間，經歷兩個千禧年，我們的司法觀念、環境、文化，至今似乎還沒有甚麼改變。至少在我印象中，及於我父親那代，仍然死守「生不入官門，死不入地獄」觀念，亦即惹不起司法體制。電影中的老奶奶竭力營救孫子，程序一啟動，中間自有說客遊走說項，包括衙門師爺，遠近親戚，都會說自己有人脈、公職關係。衙門師爺會教你在公

庭上看眼色見機反應，親戚會聲稱朝裏有高官人脈，到頭來，首飾銀両、田地賣了，家傳之寶也豁出去了，普通人還是脫不了身。

歷代衙門，又稱牙門，下設差役，亦即衙差、警察，做蒐證及逮捕工作，典型的三權合作，警法一家。這種衙門體制，於二十世紀初形式上廢除，但衙門式的刑法觀念則仍然殘留不去，且有復辟跡象。驚人的，是我們的警隊，大剌剌的表達了這種復辟意識。

內地來蒐集輿情的人問我們反送中事鬧得那麼大，究竟你們想要甚麼？朋友答也無力，第一，各地的法律文化、環境不同，幾如夏蟲語冰。第二，就算談出點理解與同情，報告層層上繳五六重，未到天庭，中間難免走樣，或已面目全非。那是香港人目下的悲情。

《秋決》還被稱具有探討中國傳統道德倫理的議題，並含有中國特色的人道主義精神。我只看見，這二千多年後，很多人仍把自己釘在狹窄的鄉土、倫理框架上，經常非人性地委屈了一大批人；為了仔呀仔，老奶奶寵溺得裴剛任意妄為、人格障礙、蠻不講理，終因之傾家蕩產，令養女蓮兒犧牲了一生的婚姻幸福。也不想想單為了祖宗祠堂，後繼香燈，生出來的後代，會不會只是另一個狂躁的裴剛；保家衛族，香火丁財，凌駕於人品質素的價值追求，只會世世代代生狂躁、愚魯和鄉愿；並與寬大的世界隔絕，常生仇外。

傳統的所謂儒家倫理，因循苟且、久不更新，經常滋生逆向教育，傳統讀書人難辭其咎；我們幾千年都未想過要普及教育，上世紀初的高等學府還要有勞西人來協助建

立，並且毫不領情，至於逆向教育的現象則幾乎層出不窮。這幾十年，我見過文革的傷痕，一代人斷送了讀書、知識和教育的黃金歲月，捱過的，供奉了叢林法則，並且上了位，所以我們看見壞人惡人變老了。下一波要面對的，可能便是一孩政策或少子化環境下，因受寵溺而養成狂躁、任意妄為、蠻不講理、人格障礙的一代。接力的可能還有悉心培養，陣容龐大，鋪天蓋地而來的五毛和小粉紅。

中國人是一個大民族，延綿幾千年，雖然經常捱餓、受壓，天災人禍，也鬥不過鄉愿愚魯如螻蟻的超強生命力，能得過且過，還經常超級穩定，故不畏逆向、不怕退潮。行兩步，退三步，穿越回到大漢王朝，戀戀盛世。

一篇隔了半個世紀的舊水影後談，只是記憶猶新。

音樂與權色

後輩友人近年長住內地，來「或是噏」說近日研讀音樂治療法，發現中國人在周朝便已經把五音十二律定好了，成之比《黃帝內經》和《易經》更早！與我分享。

我不清楚她的治療法實質內容，估計大概根源自《靈樞‧邪客》黃帝問於伯高談到人與天的關係，說到「天有五音，人有五臟；天有六律，人有六腑」。據釋五音即宮、商、角、徵、羽，與五臟相配則為「脾應宮，其聲漫而緩；肺應商，其聲促以清；肝應角，其聲呼以長；心應徵，其聲雄以明；腎應羽，其聲沉以細，此為五臟正音。」相信是近年民間流行的五音療法基礎。

這些自古以來厲害了的古老文化，例子多不勝數。例如四大發明，又例如電腦來自《易經》等等。若以今日科學來分類，五音應入音樂系，療法則醫學系。由周朝至今，要做一個階段性總結，我們的音樂和醫療兩源發展，真的就是「唔湯唔水」。我不否認音樂有舒緩神經、調理心機的寧神作用，但卻脫不開另類療法歸類，暫難登堂入室。

中國文化有悠久的歷史，經常有橫空出世的聰明人，但也經常逝如流星。不要說醫，就說上古訂出的五音十二律者，音樂發展潛質可說遙遙領先，但卻感慨後繼無力、後繼無人。說起叻人，其實還有明朝萬曆年間的朱載堉，準確訂定了十二平均律，由來華的傳教士傳回西方，發揚光大，才有巴赫，可稱是鋼琴、巴赫之父，厲害了當之無

　　　　　　　　庚子 己亥 戊戌

愧。不過我們到了今天，就算識做，也做不好一隻出色的鋼琴。

中國人不知着了甚麼咒，聰明的靈氣會經常自我糟蹋。讀書人做得一點精到學問，總像怕人學識徒弟無師傅，記述文字能有多繁就多繁，好像從來沒想過要普及。今日網上還可以找到朱載堉的《樂律全書》、《律呂正論》、《律呂精義》等原文，不過讀之有如風水天書。至於記譜法，不知是精是蠢，用的是文字譜，減字譜，都是「與民為敵」的發明。另外一條由《維基百科》查得的記述更令人傷感，說：「古琴譜……到一九六〇年代為止，查阜西(1895-1976)已發現超過一百三十部琴譜曾經出版，包含超過3360首琴曲，其中有很多在明朝前失傳，很多流傳下來的作品也已經有幾百年無人演奏了。」幾千年的文明古國，音樂文化就是那麼零星落索。

我們經常以龜兔賽跑的心態競賽，各路文化發展經常被人反超前。消息說，有中國軍方背景的凱文教育企業試圖以四千萬美元收購位於美國新澤西普林斯頓(Princeton, New Jersey)的百年音樂名校西敏合唱學院(Westminster Choir College)，遭到教職員和校友反對，交易暫緩或不果。

我們有將音樂藝術置於權力之下的悠久歷史，遠有帝王將相，近有大軍閥，幫會頭目相中了歌姬，將其私有化者，至於把歌唱家授以少將軍銜，則是近日國情體制。這種文化，與西方崇尚創作自由，尊重、景仰、保護音樂家，與及愛護、保存藝術文化的風氣大相逕庭，收購遭反對也屬必然。正因自由開放的藝術風氣，十二平均律於西

方才有深化發展，建設出複雜綿密的音樂架構和體系，並以易於推廣的豆豉符五線記譜，造就人才輩出，由古典、巴羅克至現代、實驗、前衛，由巴赫到貝多芬、莫札特，個個都是境界超脫而傲視人群的自由心靈。反對收購，就是怕藝術遭權力及低音樂文化水平來話事、管制。

　　合唱團還會唱大量的聖頌曲目，牽涉了宗教信仰自由，那是另一個驚恐區。新儒家有人認為中國人不需要宗教信仰治國，大概也是自我感覺良好，又是厲害了的想法。我們長期以之為師的老大哥鼻祖俄羅斯，文化其實更近西方，他們至少還有一個東正教，還有柴可夫斯基、托爾斯泰，都是跨國界時代視野的自由心靈。

　　自大、自滿、思路狹窄、小器，能用的便只剩下權、色、金錢和暴力這些粗糙的處事手法。難怪網上有人反映：我們有錢了，買起了他們的貝加爾湖，睡了他們的女人，為甚麼俄國佬還是看不起我們？

庚子 己亥 戊戌

鄉愿與大盜

我成長於新界圍村，七十年代有幸讀港大，畢業後幾年，家中有人以為我已「自有黃金屋」，後查實不然，譏我讀屎片，嘥米飯。這是鄉土價值，大概還是民族價值。

中國傳統只有讀書人，少知識分子。讀書人角色，離不開升官發財，衣錦還鄉，光耀門楣，讓鄉人可仗其勢，多圈幾塊土地，多佔幾成鹽鐵漕運，捨此途而不為，即視為大逆不道。讀書人得鄉親栽培，考得個秀才、舉人，狀元、榜眼之類，與村民識字水平或許各有高低，但價值觀之原始簡陋，則沆瀣一氣。實用主義掛帥的價值觀底下，讀書人不惜自貶，説「書讀得越多越蠢、越壞」，常自甘下移，棄陽春白雪，以下里巴市井為師。

低知識水平人士才是國人的教育沙皇，所以一整代讀書人、知識分子，都給偉大舵手送了下鄉，好好跟工農兵學習。一如毅進員佐，雖錯別字百出，亦可大義凜然，發文教育外國領事，點批法官、立法會主席、高官議員，三司及各界專業人士，全世界皆錯，鄉下人冇錯，白衣打人，與五毛遠誅世界，乃一脈相承。

社會學家費孝通説，我們以農立國，幾乎一出世就要把下半身插入泥土之中，頑固不拔，劃地為牢。生活景觀狹窄，訊息活動不流通，學習能力便很低，性情亦容易暴戾。養過狗的人都知道，唐狗多豢養，對陌生人事多惶恐而敵視，洋狗多散步，一般多友善。鄉土雖有樸素善良，

亦誠多蠻直慓悍，因資訊及理性工具貧乏，故辦事多激情動武。

晉・陶淵明《桃花源記》：「先世避秦時亂，率妻子邑人，來此絕境，不復出焉，遂與外人間隔。問今是何世，乃不知有漢，無論魏晉。」陶潛所寫，或純粹創作，或不過時運高，遇上純樸村民，能入村，亦能全身而退，否則，未到村口，或已遭棒打。然而，世代隔絕，平行空間，老死不相往來，鴻溝相隔，何止「不知有漢，無論魏晉」。

如阿媽係女人，鄉村既有惡人，亦有好人。但基於資訊閉塞，教化廢弛，好人往往有限。《論語・陽貨》有：「子曰：『鄉愿，德之賊也。』」幾字，坊間一般延申演繹指那些鄉紳雖外表忠厚老好人，實則認知胡塗，善惡、好壞、是非難分，且常同流合污，根本就道德敗壞。

反送中之爭，是老幼兩代恍如隔世的價值觀之爭。早輪有通識科害人之辯，老人以為通識科老師會教一些像校際常識問答比賽那種TVB式的內容，誰不知世界已因互聯網而全面開放，不論師生，對全球思維全面接觸，認識而景仰的人物，不會只是岳飛、文天祥，還有甘地、曼德拉、馬丁路德金加公民抗命等等，鄉愿大有悔不當初之意。中國人缺自省基因，遇事諉過於人，隔世真的難以connect，斥天真理想的後生仔為廢青，而不自覺為廢老。

那麼，亡羊補牢，再推國教，棄通識科普世價值毒草，多讀偉大民族歷史，可乎？

吾生有幸，我讀歷史的時候，雖有考試及讀本範圍，但無豢養圈讀之制，雖互聯網未行，但能自由取材閱讀，

取態無拘束於識古及今，居中涉外，亦無書禁之憂。

我讀歷史，通盤只見是由專制皇朝及一群無骨讀書人「領導」一國愚民相通勾結寫成。此非我獨見，珠玉一早在前。

一見晚清譚嗣同《仁學》書：「故常以為二千年來之政，秦政也，皆大盜也；二千年來之學，荀學也，皆鄉愿也。」

二見中國共產黨創始人李大釗1919年一篇短文《鄉愿與大盜》說：「中國一部歷史，是鄉愿與大盜結合的紀錄。大盜不結合鄉愿，作不成皇帝；鄉愿不結合大盜，做不成聖人。所以我說皇帝是大盜的代表，聖人是鄉愿的代表。到了現在，那些皇帝與聖人的靈魂，搞復辟尊孔的鬼，自不用提，就是這些跋扈的武人，無聊的政客，那個不是大盜與鄉愿的化身呢？」

多麼的此情此景啊！

近日心情鬱悶，相信朋友們亦是。我居鄉郊逾甲子，見鄉愿而習以為常，以為不足為患，今年己亥，卻驚見官商鄉警黑五星聯珠，經數十年而復辟，並已修成魔境，香港人怎能不揪心！

己亥雜思

　　歲次己亥，多憂，找清末詩人龔自珍《己亥雜詩》通讀一遍，以鑒時勢。《己亥雜詩》成於1839，即清道光十九年，距今一百八十年，整整三元九運，彷見世道循環。《雜詩》錄三一五首七言絕句體。

　　第一二三首詠：「不論鹽鐵不籌河，獨倚東南涕淚多。國賦三升民一斗，屠牛那不勝栽禾？」説鹽鐵與河運都是國家着重治理的實業工作，但卻荒廢了，只靠東南沿海剛興起的貿易稅收，農民如何轉型？稅賦本來三升，層層壓榨到了國民那裏變成一斗，大家迫得把牛賣了，怎種禾呢？意為政制不修，正業不務，民生困迫，道出了清末官民的生活狀態。這年，龔自珍的老友林則徐領了道光皇帝聖旨推行禁煙，雷厲風行，觸發了1840年的中英之戰，史稱鴉片戰爭。

　　查清朝早於雍正七年，歲次己酉，合西元1729年即推行禁煙，然後歷乾隆、嘉慶、道光皆言禁，唯禁之不絕，原因不外國之頑疾：官商勾結，走私猖獗。英商大舉輸入，當為稍後之事。

　　從林則徐書發現幾條歷史線索，一為1833年《會奏查議銀昂錢賤除弊便民事宜》有：「以臣所聞內地之所謂葵漿等種者，不甚行銷，而必以來自外洋方為適口。」另外便是1847年寫給學生、江西撫州「署知府」文海的信函：「鄙意亦以內地栽種罌粟於事無妨。所恨者內地之嗜洋煙而不嗜土煙……」所以，鴉片戰爭便內含「愛祖國、用國

貨」，「減少進口、刺激內需」，防止白銀流出的經濟策略因素。

另一條戰爭的導火線同在己亥年七月的尖沙嘴林維喜事件(己亥年真多姓林的！)兩英商船五名水手上岸酗酒，與尖沙嘴村民發生衝突鬥毆，村民林維喜重傷不治，時英國駐華商務總監義律同意賠償死者家屬，但拒絕交出涉事水手，並自行審判，判監和罰金，後送回英本土監獄服刑，乃揭起鴉片戰爭序幕，亦為史上首次「反送中」事件。

林則徐是中國近代重要人物，後世歷史學家雖有評其缺失，如行事手法粗糙，缺乏外交手腕，對中外形勢缺乏認識，對洋人有騎呢可笑的印象，他的老友魏源倡「師夷長技以制夷」，他身體力行，經民間眾籌私募以購買英國艦艇來跟英國佬打，偶然小勝，但也常謊報奏捷，這都是鎖國體制下官員陋習和認知不足的表現，但仍不失忠肝義膽。不過，忠臣在封建王朝體制下經常都是悲劇英雄，朝廷政制不修，人事鬥爭齷齪，英雄經常成為犧牲品。林則徐經鴉片戰爭一役而遭譴，被遣戍新疆伊犁，墾發南疆，治水利，修荒田，皆有政績；而朝中則任人唯親，先琦善，後奕山，皆買官鬻國之徒。若小人當道是老生常談，君主昏庸則是常態。以章回體入史的近代作家蔡東藩之《清史演義》形容這段時期為：「忠憤者徒自捐軀，狡黠者專圖倖免。」清史大家孟森批評：「宣宗之庸暗，亦為清朝入關以來所未有。」

龔自珍《己亥雜詩》成於1839，證鴉片戰爭前已亂象

紛呈，詩人冇眼睇，1841年即仙遊歸去。1844年打後稱九運二十年，啟洪楊之亂，要到1872年始定。

詩人感應靈敏，知道世界將會變得翻天覆地，詩一二五：「九州生氣恃風雷，萬馬齊喑究可哀。我勸天公重抖擻，不拘一格降人才。」詩一二八：「黃河女直徙南東，我道神功勝禹功。安用迂儒談故道，犁然天地劃民風。」自註「渡黃河而南，天異色，地異氣，民異情。」

無奈亂世，勉失落或犧牲者有詩第五：「浩蕩離愁白日斜，吟鞭東指即天涯。落紅不是無情物，化作春泥更護花。」

另有二九五和一九三，一說用人當用福將，不可用剛愎自用好打得，但卻「做嘢打爛嘢」令老細焦頭爛額的不祥人，云：「古人用兵重福將，小說家名因果狀。不信古書愎用知，水厄淋漓黑貂喪。」自註「或薦僕至，其相不吉，自言事十主皆失官，予不信，使庀物，物過手輒敗；使雇車，車覆者寺。……」

另「小婢口齧蠻復蠻，秋衫紅淚漕復漕。眉痕約略彎復彎，婢如夫人難復難。」

應景得無須演繹。

恐懼

六月至今，中外，特別是香港人，經歷了一場很大的認知震盪。有別於過往的社運，一群年青學生，在沒有黨派旌旗的領導下，組織了一波又一波的「反送中」抗爭，過程波譎雲詭、匪夷所思。憑記者錄得，佔據立法會議事廳的學生說，他們其實很驚、很恐懼，撤退的時候，一群人又冒險返回，強行拖走幾個堅持留守的同伴，雖雞手鴨腳亦如雷霆救兵般驚心動魄。大難臨頭各自飛，是世故的人的座右銘；人恐懼生命威脅，但更恐懼人性泯滅，此心大概只有赤子還可以稍見保留。他們的行為不會受到保守的社會人士認同，也無需歌頌為偉大，他們只是發揮了即場的自然人性。

只有經過特殊處理的動物，才可以泯滅人性，才可以石頭鑽不出血。四條人命死諫，連官方的、社會福利署式的呼籲珍惜生命、惋惜和勸導都沒有，生怕會被問罪敵我立場不夠堅定，烏紗不保，這是成年人世界才有的惡質，是社會悲情的根源。

恐懼的還有媽媽，集會申訴是最微力亦是別無選擇的支援。港媽的訴求很卑微，世雖禮崩樂壞，但仍得堅持一些永恆的基本價值，教孩子不要說謊，不要顛倒是非，指鹿為馬，貪婪無道，不要以怨報德，修不成慈悲也不要墮落為殘忍，來日方長，將來如真的學出老奸巨滑，也只能各安天命了。港媽未必想或者也暫時沒有能力帶子女移民，也不希望兒女學出口是心非，精神分裂，口言愛國，

卻舉家外籍，眼見當今得勢的社會權貴長官幾無一可作楷模，這是她們的另一層恐懼。

香港人的恐懼歷程有跡可尋，並且時鬆時緊地累積。四九年打後的幾波大逃港，都是panic run，從略不須多言。回歸後賊佬試沙煲，阿爺送了個慈眉善目的董伯伯來，幾年政績不彰，有其客觀環境因素，伯伯處事顢頇，市民埋怨他，但也不致於憎恨（後來的印象另計），多少還當他是隻啤啤熊看，後來換了個香港仔當奴，算是隻金毛尋回犬，社會氣氛相對祥和，市民對中央也較有好感。然後動物園換了戲碼，來了隻狼，再後更來隻吊睛白額虎。

老實說，很多保守的香港人，多少還殘留着中國皇朝文化的特徵，對於民主普選這類東西渴求也未必真的那麼急切。順着五毛的邏輯，英國人百五年都沒有完全地推行過民選（歷史因素極多），要求甚麼？我們以往民主體制雖不完整，但香港人的生活大致還是安好的，皆因還有可信的法治和寬容的自由。如今則是醜聞纏身，知法犯法的婦人掌律政，言論及參政自由處於負隅頑抗境地，張力自然會導向轉戰爭取真普選，難道我們還會爭取委派一個明皇聖君來管不成？

歷史總是出人意表，也常失驚無神出英雄（Accidental Heroes），繼狼英被奉為港獨之父後，虎媽亦有機會問鼎臺獨之母，若再發宏願，大鬧國際，迫出個民選政制的形勢來，則民主女神之后冠當之無愧，天堂一席也必預留。連登仔似已不太理會她下台否，大概也是策略智慧。

來說點玄的，這批青年生於七運破軍，即1984至2003，由香港富裕期中產人士所生，2003沙士後的2004是

滯悶的八運始，阿公動用了大量資源做青年工作，整個大運將過，竟「一事無成」，阿公應該追究錢落何方？何人瀆職？何人將錢落了格？這批年青人於今年的歲數由16至35，抗爭現場所見即此景象。破軍是前卒，有前無後，恐懼而又摸索犯險，有犧牲的心理準備，早熟而活力充沛，機動而各自執生，正因經過滯悶八運，期望的"Change"從未到來，只有自尋新路，建立新價值，至二十四年後逐漸成熟成形。行將就木的權貴，若僵化及窮得只剩下暴權，面對閃電流水的隔代行為，面對認知震盪，當然會手足無措。

遊慈山寺

　　五月尾，有緣走了一趟慈山寺，位於新界大埔普門路八十八號。是日陰晴不定，驟雨中有陽光，照起濕漉的地面，車輪過時，偶爾濺起零星的水花。走汀角路，想起了新娘潭。我細個的時候，幾乎每星期都隨教堂的長老及幾個堂友行山，其中一條路徑便是新娘潭、鹿頸、沙頭角繞着八仙嶺這一帶，轉眼已逾半個世紀了。這一帶以前是名副其實的村落，後來發展了工業區，近年還遷進了豪宅，滄海桑田，經雨電風雷，如夢幻泡影。車由洞梓路入，右轉普門路達寺。

　　都說佛門清淨地，但穿起袈裟事更多，其建寺過程頗多新聞，報道散見於網上舊檔，我就不多說了。寺院由李氏首富斥資興建，其中爭論，是公眾質疑寺院究竟是公的還是私的，擾攘聲中，還是成事了，並且對外開放，已是一椿善事。

　　我對佛教的認識，止於鱗光片羽，表面視覺，但已夠目不暇給了。從接待處出門，迎來遠眺吐露港一片開揚景象，好其道者呼名喝穴，說有風水名堂，亦必言背靠八仙靈氣，前案頭，左右砂手吉祥之類，我則木宰羊了。

　　慈山寺可遊之處在力求寧謐之境，不設香火擾攘求福，而設康樂禪修。我經過一個堂室，只見參加者席地而坐，正聚精會神，按桌用心抄寫《心經》。抄寫用的是麥克筆或自來墨筆，大概是為了方便從眾，若能設磨墨筆

硯，當更禪意溢然。寺中還有其他節目，導人靜坐靈修，此與其他逐香火鼎盛的廟宇不同。

寺中焦點為一座七十六米高的瀝水觀音像，青銅、合金製，鬆白，為全球第二高，僅次於一〇八米高的海南南山海上觀音。觀音法相為左持瀝水瓶，右拈寶明珠，表慈悲普濟法寶，俯瞰大地衆生。其右為十八米高，佔地約一〇二七平方米大雄寶殿，供奉釋迦牟尼佛、藥師佛及阿彌陀佛。

寺院寶藏存於慈山寺佛教藝術博物館，計一百尊佛菩薩藏品，另輪流展出43卷敦煌手抄經。參觀過程，有專人解說故事，就算對佛教歷史無深厚認識，聽起來也饒富趣味。以下是我的門外聯想。

參觀博物館是心靈的穿越過程，身為現代人，意識潛行到古代。博物館的展品多殘片，於佛教文物尤多。中國歷史上，佛教興盛時期，寺院、佛像藝術紅紅火火地興建，世局動盪，則又成批砸毀。稍讀過北魏楊衒之的《洛陽伽藍記》，見其歷數北魏洛陽城佛寺(即伽藍)的緣起變遷，建制規模及有關名人軼事，奇談異聞，記載詳核，娓娓道來，洋洋灑灑。不出數十年，即對比出「城郭崩毀，宮室傾覆，寺觀灰燼，廟塔丘墟，牆被蒿艾，巷羅荊棘」，人世間亦不過「眼看他起朱樓，眼看他宴賓客，眼看他樓塌了」！佛門說「成住壞空」四劫，自身亦難免受此規律。

人總要在劫難中成長，從繽紛世界中透悟，練就從殘缺中也看得出完美。藏館中廣納了歷朝佛像工藝，由南北

朝至清，成一串連，支及南傳，有完整金身，亦有殘缺不全，皆顯三千大千世界之緣起緣滅色相。藏品多從世界各地，幸得悉心保存而薈萃歸來，免劫於多難之邦。

　　佛教為舶來品，於印度傳入，漢化後的佛像，唐味甚濃；原產地多修身相，漢化了則多呈福相，少不免多了點中間肥胖，此其趣味。筆者最合眼緣的一尊為淨飯王子像，正名為《釋迦牟尼佛立像》，高79.5公分，片岩，古典時期犍陀羅，貴霜王朝，二至三世紀虜製。佛相為高加索人種輪廓，呈希臘雕塑之美，透出年青秀發動人氣色，可見悟道不必老年。雕像因右手殘缺，其美直可比西元前130到100年之間，大理石雕成，現藏巴黎羅浮宮的《米洛的維納斯》（*Venus de Milo*）。

　　際此分崩離析之世，寓閒遊一則，竊其寧謐之情，祝大家平安。

傾城傾國

在YouTube上偶然碰上艾敬，她1990年的作品《我的
1997》，是自傳體，歌詞很長，簡說為：她的音樂細胞乃
受父母之傳，由北方唱到南方⋯⋯「我留在廣州的日子
比較長，因為我的那個他在香港，（甚麼時候有了香港？
香港人又是怎麼樣？）他可以來瀋陽，我不能去香港⋯⋯
小侯說應該出去闖一闖⋯⋯聽說那是老崔的重要市場，
讓我去花花世界吧，給我蓋上大紅章。1997快些到吧，
八佰伴究竟是甚麼樣？1997快些到吧，我就可以去Hong
Kong⋯⋯」

我幾十年前做音樂工作時禮節性接待過艾敬，她詞中
提到自己在北京進過女高音歌唱家王昆的東方歌舞團，小
侯應指侯德健，老崔則當為崔健了。除了八佰伴，詞中還
提到了紅磡體育館和午夜場。幾十年，成住壞空，俱往
矣！午夜場式微，至於香港八佰伴則於1999年清盤了。

九十年代，艾敬，侯德健和崔健都常出入香港。王昆
雖然是唱女高音的，但卻有胸襟迎接搖滾樂，並且推助崔
健成為中國第一個知名的搖滾歌手，至於侯德健，六四後
也常來港，他有一支紅色的電結他，經常留在朋友的錄音
室中，後來因為錄音室搬動，我暫且拿了回家，交給了孩
子，現在也不了了之了。

改革開放前後，中港交流充滿了活力和希望，大家也
很快舒緩了六四的創傷。我們喜見內地來的朋友才氣橫

溢，是可切磋交流的對象，也以為政治氣候會逐漸走向寬和，對未來充滿了憧憬。

香港沒有甚麼了不起，只不過是樂於提供一扇能通往外在世界之門罷了。

不是每個進入這道通往世界之門的都會像王艾侯崔般精英。強國崛起之後，不論來港還是散溢到世界各地的強國人，很多都陷於理性系統失序的狀態，原因不外是長期生活在鐵桶中，建立不起能與外在世界接軌的思想體系。看見世界先進城市沒有高樓大廈，即以為自己更先進，看見北歐人踩單車上班，便覺得別人比自己窮。對於西方的民主自由體制更難理解，協商冗長、機制複雜、程序繁瑣、效率從容，乃進一步鞏固對專制體制的孽戀。中國文化歷來都一切從簡，自我梏桎，音樂文化從來不發達，至今不出一件複雜精良的樂器，畫畫題材及技法狹窄，所以設計總是土，不如人，典型的耳不聰、目不明。法律則仍在法家，停在皇法律例時期。這種文化貧乏基因，感染到香港一些文化層次較低的人，合流起來，仍是聲勢浩大。

我有限的社交群組成份良莠不齊，像平行空間，當中不乏高學歷低文化的自乾五毛，傳來的內容無知是無敵，仍在說送中條例要伸張正義、繩之於法之類，好像那百多萬遊行的人都是集體埋沒了良心的。套餐當然包括了批評美帝邪惡，慎防讓別有用心的人利用了。如果真聽進了他們的說話，不知道又會是給誰利用了呢？可幸我們尚存一點思想自由的空間，趁未封閉之前多用一點，免得身後仍留下一個九成新的腦袋。

百多萬人雖或各有思維，集中起來，也只不過一兩點

庚子 己亥 戊戌

簡單的切身要求，就是希望能保存一些我們用慣了，並且是大家信任的法律權利，託付予信任的體制執行，例如有代表性的《米蘭達警告》（*Miranda Warning*），有不被強迫自證其罪的權利，有行使沉默的權利，有得到律師協助的權利。亦即免於老屈，免於迫供，免於無援的權利。

封閉令人智昏，智昏則修養歿，對一些自己沒有耐性去理解、屢試不獲的複雜東西，老羞成怒便是砸爛，砸爛自己的傳統文化，砸毀自己不熟識的世界秩序，搞到天翻地覆、神憎鬼厭。智昏而具野心，叫做利令智昏，剩下便只有行為殘暴。殘暴的人，為了要令受害人鬆懈，所以經常先現慈悲相。

考試必第一的慈母能者多勞，身兼了從缺的新聞統籌專員職，特編於十二日應中央無綫電視之邀，粉墨受訪，侃侃而談鶼蝶鴛鴦之情，育嬰之道，濺己熱淚。節目早上錄，傍晚播，我偶然瞥之，只覺節目取景悠閒，與訪問主持對答，強調刻意輕鬆，恍如「下午茶」、「婦女新知」，斯時也，平行世界則已煙硝瀰漫，恍如戰場上的快樂聖誕。無綫用心，我懷疑有點坑爹坑娘高級黑。

好一個好打得的慈母，如哪吒大鬧天宮，見場就掃，掃低香港，掃低臺灣韓流，震波及於主上，使躊躇於峰會之途。側聞慈母宏志於名留史冊，今一哭傾城、二鬧傾國，六一二寫進史冊，必當如願。

歷史會記下，主曆二〇一九年六月十二日星期三，天陰，有人幽幽而談母愛，有人感感於生命安危。謹點播一曲 *Gloomy Sunday – A Song of Love and Death*，以誌。

哀嘆中，要支持及讚揚在場唱聖詩的兄弟姊妹，他們

祥和寧謐的歌聲和勇敢無懼的身影，照亮了黑暗，照出了善良和邪惡的比對。趁宗教自由一息尚存，佛教朋友也許亦應考慮不甘後人，延請高僧現場或誦經，或超渡頑愚，善哉。

教難

　　網上流傳很多假新聞，發放人各有用心，實情不外想擾亂視聽，令人煩厭，繼而放棄接收資訊的胃口。假標題、假內容，看得多了便知道那些可以嗤之以鼻。不過，有些聳人聽聞的新聞，你倒真希望是假的。

　　中外媒體，陸陸續續報道了一些內地拆寺廟、毀佛像的消息，附影像視頻，望之毛骨悚然，心裏嘀咕，怎麼又來了？拆毀的佛像、廟宇，看來似乎亦多是新造的，所見多在河南、河北，號稱漢文化的搖籃、發源地。聽說其他的省份也有類似的行動，看來另一場的壓抑宗教運動，繼拆教堂、十字架之後又另起了波瀾。

　　中國人是一個不太懂得處理宗教問題的民族，土產宗教不成氣候，仍停留在拜神求福庇的原始階段，心態則停在「靈則信、不靈不信」的實用主義，沒有追求更高教義層次的野心。教義含量較多及層次較高的宗教多為舶來品，一是佛教，一是基督教。相對於佛教，基督教的紅鬚綠眼形象較顯，滲透力便相對地低，佛教源產地好歹近東，得地利，便比較容易打入中國人的文化。

　　我經常懷疑，中國人究竟有沒有宗教靈性的基因，還是我們的實用主義價值太強，掩蓋了靈性的發揮。幾大宗教傳入，都有所謂漢化，也經常變得庸俗化。我人生幾個階段都受過宗教文化的影響，包括基督教、天主教和佛教，現在則多睡覺，不過，這幾大宗教的教義都曾給我很好的影響，今雖非信徒，靈性也不高，但總算知道一點是

非，努力保留一點良知。我不知道，現在的行政長官、高官名流、保皇黨等聲稱是基督徒的不在少數，我真懷疑，他們拿的聖經和我的版本是否不同，教義不一樣？

中國人在宗教歷史上常有不愉快經歷（bad trip），由於庸俗化、缺乏追求靈性層次的野心，泛濫起來，便是難以收拾的災劫。以前考歷史科，趕不切溫書，遇上考題問，某朝代覆亡的原因是甚麼？我老作說：不外皇帝遠君子、近小人，輕信讒言，荒淫無道，倒行逆施，貪污腐敗，天災人禍，人心背向等，若記憶稍有把握，便可加點黃巢、白蓮教、五斗米道、太平軍、義和拳這些民間迷信夾雜民變的描述，答題一定中，除非唔中。中國人民亂多帶檔次不高的宗教色彩而捲起，對政權、統治者來說都是焦慮和惡夢的根源。皇帝發惡夢，百姓準遭殃。歷史上三武滅佛，一為北魏太武帝，二為北周武帝，三為唐武宗。《舊唐書・武宗本紀》記：「天下所拆寺四千六百餘所，還俗僧尼二十六萬五百人，收充兩稅戶；拆招提、蘭若四萬餘所，收膏腴上田數千萬頃，收奴婢為兩稅戶十五萬人。」可謂大時代、大場面。

唐武宗是個典型的皇帝悲劇，初登基時曾稍有作為，但不耐久。正因為皇權無人能制，故必引來小人依附，灌以封閉而單邊資訊，閉塞其耳目。滅佛運動後世或稱有整頓社會及經濟秩序的需要，但過程中便藏有典型的君主與媚上小人的故事。促皇上力推滅佛者是道士趙歸真等一伙，是宗教上的競爭對手。紅紅火火的武宗在位六年逝世，即傳為吃了道士為他炮製的長壽丹後中毒而死，享年31歲。

西方社會用上很長的時間和心力，將政教分離，把宗教導入人民的心靈活動文化範圍，任其自由發揮，教義也不斷於論述中昇華，啟迪了很多充滿使命感，行公義博愛的人道主義者。我真希望國人終有日能達致這樣的宗教層次。

根據內地國務院令於2014年公佈，2017年修訂的《宗教事務條例》第二條條文稱「公民有宗教信仰自由。任何組織或者個人不得強制公民信仰宗教或者不信仰宗教，不得歧視信仰宗教的公民(以下稱信教公民)或者不信仰宗教的公民(以下稱不信教公民)」。

不過，魔鬼不在細節，而在其他條文中現出真身。第四條稱「……宗教團體、宗教院校、宗教活動場所和信教公民應當遵守憲法、法律、法規和規章，踐行社會主義核心價值觀，維護國家統一、民族團結、宗教和睦與社會穩定。」

我們幾時才可以擺脫宗教亂政的焦慮和惡夢。

戀戀舊懷（英倫假期一）

人長大了，會回想過去。以前沒有做過的事，會趁有心力的時候去做一次，又或以前做過的事，想又再做一次，管他是幼稚和無聊的。

趁復活節假期和一個藉口，和家人朋友重訪了英倫，我安排了幾項音樂節目，希望老少咸宜。到埗第二日是4月17日，本來想訂Ronnie Scott's的席子，聽John Mayall的演出，查行程，原來臨時撞上了一個飯局，其他幾天的演出，也撞了原本行程，無奈，只好訂17日的半夜場，看新進爵士樂手的演出，以解解饞，聽的是四人組合Nim Quartet，以色列裔低音結他手Nim Sadot領隊，配琴鍵、小號和鼓，演奏fusion，是後起之秀。入場費很便宜，每人十英鎊。Ronnie Scott's的午夜場經常因為上場超時演出，而推遲午夜後進場時間，縱是如此，門口還是經常排滿了耐心等候的捧場粉絲。

朗尼史葛爵士樂俱樂部（Ronnie Scott's Jazz Club）由已故色士風爵士樂手Ronnie Scott創辦，於1959年10月30日開幕，今年是花甲子六十周年紀念，是所有音樂人、爵士樂迷的朝聖地。後生的不知情，問我俱樂部出過甚麼知名樂手，我無從說起，創辦人本身就是知名樂手，在這裏演出過的人，都是六十年來的歷代高手，堪稱所有人或「任何人」。我久違英倫，近年只能在YouTube上遙觀俱樂部為紀念結他設計及製作人Les Paul而眾星致意的演奏會，由Jeff Beck主打，唱的還有愛爾蘭裔的女歌手Imelda May，演

奏Rockabilly，精彩。另外，俱樂部未來五六月都有老練高手的演出項目，各位同好如近期到訪英倫，不妨先網上一查。訂座要先登記做會員，付入場費，到時在接待處說出姓名即可進場。

第二晚訂了老少咸宜的項目，到西區的諾維羅劇院 (Novello Theatre) 看 *Mamma Mia*。這劇目以瑞典流行樂隊ABBA膾炙人口的流行曲為主軸、為串連，搬上過大銀幕，我買了光碟，沒有一次看得完。我以前聽的都是較重口味的現代音樂，不太在意像ABBA這樣的流行樂隊，因為街頭巷尾都聽得到，變成被耳熟能詳、被琅琅上口，覺得煩，冇性格，今次看，是因為湊熱鬧、補遺童真。劇目非常「歡樂今宵」feel，樂而不淫。諾維羅劇院的建築令我想起了拆卸了的利舞台，來看戲的，有很多伯伯和「阿嬋」，坐我們前面的相信是一家人，上了年紀的都是大尺碼水桶身形，隨熟悉的旋律節奏曳曳搖搖，樂在其中，ABBA創作力豐富、旋律渾然天成、產量驚人，為一代代的人帶來了簡樸率真的歡樂，只是我當年忽略了。

倫敦的歌舞劇都是天長地久的，四十年前初訪，見《孤星淚》(*Les Miserables*) 的大型廣告看板，那個孤星小孩的頭像，至今未變，長青的劇目，有發人深省的，也有歡樂今宵式的，演員換了幾代，觀眾也幾代更新。國際都會，需要有一群文明的、熱愛藝術的優秀公民和遊客，才可以保留到地老天荒的歡樂情懷。像諾維羅這種建築，才不會受地產發展而拆卸。

19日是復活節星期五，訂了皇家阿爾伯特音樂廳 (Royal Albert Hall) 的周年演唱會，由Royal Choral Society

及Royal Philharmonic Orchestra演出。Good Friday 的音樂會午後二時半開始，唱德國作曲家韓德爾(Handel)的彌賽亞(Messiah)劇目，始於1876年，有個半世紀的歷史，是堅守不移的音樂傳統，復活節假期，座無虛席，我們早訂票，選了大堂中座的中價票，一窺音樂廳正貌，一眾人趁假期做些洗滌心靈活動。彌賽亞是我由初中年代始聽的劇目，甚至識唱部份歌曲，至於現場全套聽完，還是第一次，中場唱到Hallelujah時，全場起立致敬。皇家阿爾伯特音樂廳屬意大利建築，鄰近學院、博物館林立，本身就是一件精雕細琢的藝術品。

今次英倫之旅，托參加世姪婚禮之便，得以重溫舊懷，如尋故人而故人在，尋故事則故事全，算是人生的一種快樂和幸福。

鄉村文明（英倫假期二）

　　今次來英，趁復活節假期過後，租車自駕朝西北坎布里亞郡（Cumbria）湖區國家公園走。

　　租的是韓國旅行車款，頭轆帶動，有點搶軚和飄，開得有點戰戰兢兢，儘管如此，出了倫敦，駕駛仍是一種享受。英國的公路網完善，加上Google指引，固然不會迷路，甚至時間掌握也幾乎不差分毫。說在英駕駛是一種享受，不在於期待風馳電掣的爽，而在於體驗文明駕駛的愉悅。由倫敦去湖區，可走M6超級公路，再轉A591公路，然後再轉鄉鎮小路，到達個別目的地。M字頭的超級公路，多四線左向行車，大多數駕駛者的快慢線意識非常明確，幾乎都是守住一二三線，跟着時速限制和能力行駛，留空第四線給有需要爬頭的車輛使用，車輛爬頭之後，都會撤回第三線，不會像我常走的吐露港公路，各路英雄都在第四線上飄。幾天的經驗，在公路上打燈切線，幾乎都必然得到禮讓，不會有人給你坐包廂，也不會對你咘咘得震天價響。這種禮儀，比我有限駕駛過的北美、澳紐都要斯文。

　　來英兩個星期，難得大部份時間都陽光充沛，確是幸運。一日放膽行山，微寒只穿風褸，未帶雨具，遇上乍晴乍雨，也只是雨粉飛飛，不掃興而行畢一條短程。英國人愛行山，行山路徑超多，資訊也豐富，同好絡繹不絕。登山常見石塊堆疊的矮牆，連綿不絕，都說是羅馬年代的遺跡，英國人就任憑他靜靜的躺在那裏，引發思古之幽情。

湖區還有小石陣，小說都是五千年前的遺址，只差博大精深。英國人思鄉，在香港開發了麥理浩徑，使行山文化成為了普及港人的康樂活動。

湖區風光之美不需要筆者細表，讀者可自網上查找。令人羨慕的不單是自然的湖光山色，而是小鎮的井井有條和商住皆窗明几淨，與大自然為善，謙虛地點綴在大幅的翠綠山丘和羊群當中。幾年前在網上看過尼古拉斯·雷(Nicholas Ray)導演，1963年上映的《危城五十五日》(55 Days at Peking)，背景是1900年義和團觸發的八國聯軍事件，片中的大衛尼雲(David Niven)和查路登希斯頓(Charlton Heston)在坐困愁城等待救援的時候，閒聊事完之後想做甚麼，大衛尼雲說，會返鄉下寫本書，得閒在鄉間走走諸如此類。中國人最怕俾人叫返鄉下耕田，歷來或許只有陶淵明可以「晨興理荒穢，帶月荷鋤歸」，在鄉下仍活得那麼爽。

湖區分屬鄉下，但卻有文化，出了湖畔詩人威廉·華茲渥斯(William Wordsworth)，還有海倫·碧雅翠絲·波特(Helen Beatrix Potter)，是童話家、插畫家、自然科學家和保育運動人士，得富而買下大批農場予以保育，構成了現時湖區國家公園的很大部份面貌。英國演員大衛尼雲也不弱，本身便是傳記作家和小說家，電影中的對白和心聲，亦算是有所本。

信步湖區，見的都是天鵝、水鴨、鴛鴦，我拍照把鏡頭推到面前，也不懼我擄薩變成燒鵝；狗不吠人，更不噬人，好與人為善，並與人酒吧同坐。英郊為宜居地，兩屆

特首都流露過思慕之情，一曰振英，可顧名思義，一曰蔭權，明言望退休後可安逸於英國鄉郊，可惜生不逢地，時不我與。

　　一個假期，芝麻綠豆地反省了一些小事，再次體驗文明不是高樓大廈，不是發展是硬道理。文明一詞，有很多解釋和定義，讀者博學，可各自界定和選取。英語文明（Civilization），或出於拉丁文（civilis）、或法文（civilisé）順接衍生的有公民（citizen）和城市（city），所以，文明需要有一定的城市化，合乎情理的有效管治和遵守禮儀的成熟公民。所以，文明亦相對於粗暴和無禮。

　　下了飛機，矚目的還是高樓大廈，入耳的還是議會的喧嘩吵鬧，眼見的官員越來越五毛化，這幾天才真的感覺到回歸了現實生活。

對抗滅絕（英倫假期三）

　　地球暖化，環保議題，擾擾攘攘好多年，賣座電影也拍了好多部，驚嘆特技勾劃出來的場面震撼壯觀，散場之後，有些人或許會沉思幾秒，然後各自歸家，明天早上起來還是要繼續工作，不得已又要再糟蹋自己，糟蹋地球。以前看卡爾‧薩根（Carl Sagan）的書，好像是成於1997年的《億萬又億萬》（*Billions and Billions*），說地球久不久便會出現某些生物大滅絕，人類也許不能倖免，只是時辰未到，好不驚人。不過言者諄諄、聽者藐藐。

　　香港對近期倫敦及西方社會搞得熱熱鬧鬧的「對抗滅絕」運動（Extinction Rebellion）有些零星的報道，不過，傳媒對倫敦的注意力，當然還是集中於脫歐及經濟問題比較實際。「對抗滅絕」運動的主題今日看起來老生常談，不外呼籲政府多處理生態環境問題，努力落實減排工作，達到零排放效果。大規模的行動始於4月15日，形式是佔領倫敦市中心（也呼籲世界其他地方的同路人響應），採取的是「和理非非」策略，是公民抗命式的非暴力抵抗運動，是名副其實的佔中，我倫敦之行一落機就碰上了。

　　此一時、彼一時，地不同，風俗也不一樣。我中學時期，看的是《草莓報告書》（*The Strawberry Statement*，港譯《烈火暴潮》1970），校園中的反越戰示威者被美國警察打到飛起。時移勢易，抗爭者成熟了，管治者也隨之成熟，暴力鎮壓實在不合時宜，不過，當然要看身在何處，有些地方，群眾成熟了，傻B政府不一定跟得上。倫敦是

　　　　　　　　　　　　　　庚子 己亥 戊戌

國際金融中心，於「紐倫港」排第二，國際名牌則經常以London、New York、Paris排序，成熟的管治，經常能夠把壞事變好事。倫敦是國際遊客中心，「對抗滅絕」運動被處理得更像嘉年華、風俗節。BBC電視台於佔領運動前走訪了策劃者羅傑‧哈勒姆（Roger Hallam）團隊及參與者，直擊大本營，對話氣氛輕鬆祥和，也拍攝了參加者面對警察拘捕的應對訓練，不外扮小狗投降，扮軟腳蟹，任抬任搬。

落機那天我坐的士去酒店，便遇上了塞車，的士司機沒有甚麼怨言，有講有笑，大家看Google Maps，知道那條街道標示紅色表示塞車，有機會便兜路行，沒有甚麼大不了。佔領區處於中心地帶，遊客觀光取地鐵及步行，秩序良好，沒有怨聲載道、呼天搶地。我們回程的時候，乘夜散步到大理石拱門（Marble Arch），地鐵站附近的街道變成了行人區，拱門後的公園搭滿了帳幕，佔領者閒着踢踢足球，看看書，開討論會，日間大概還有唱唱歌、演演講、有時還有銀樂隊助興。同行小妹好奇，走進營中與佔領者交談，議題不言而喻，幸福的是，與會者表示政府好醜也派過人入營，瞭解他們的議題和訴求，後來也做了一些回應，應承投放多些資源於環保工作。運動中少不免要拘捕一些人，我離開的時候聽說有幾百，後來又說近千，數字不重要，大多數都是警戒，從輕處理，幾如處理輕微的球迷騷動，沒有拼命的必要。

下筆前幾天，他們去了哈克尼倫敦自治市議廳（Hackney Town Hall）呼籲停用可能致癌的草甘膦（Glyphosate）除草劑於公園及遊樂設施，新聞照片所見，

「示威者」多的是一家大細，老少同樂。同樣佔中，議題不同，文明程度不同，同人唔同命，局面就是不一樣。

社會運動經常要觀察民意走勢，「對抗滅絕」初發起的時候，民意調查及輿論支持度超過五十巴仙，近則降至四十多左右，也有人批評理想宏大，但不切實際。像這些議題偉大的社會運動，過了一段時間便會淡化，社會人士的支持熱度也會退卻，要等下一個時節，下一個時機，才可以再次申訴。

本文只是旅遊隨筆，沒有詳細介紹「對抗滅絕」運動的內容，有關資料，讀者打關鍵字Extinction Rebellion便可找到官方網頁及其他報道。

再教育營

葉德嫻為運輸署拍了條宣傳片,教大人、小人乘公車的禮儀,我認為是一條感化片,將香港人編入再教育營。教育項目包括不要衝閘、不要搶人座位、不要玩手機、不要罵司機、不要不拉扶手;還有練武功、食嘢、霸兩個座位、放腳上座位、煲劇唔記得落車、攬扶手柱、不用耳筒,通通都是不要這、不要那。太理想了,個個被訓的演員都面有愧色,聽Deanie姐教。我可不這麼樂觀,多幾個像Deanie姐這麼古道熱腸的人,尤其是男的,每天必然多幾單血案。

這些公眾禮儀,應該是自小培養的,七老八十才學,只反映整個社會冇家教。一點都不能做的東西還多着哩,不要隨地吐痰、不要隨處大小二便等等,「隨地吐痰乞人憎、罰款二千有可能」,幾十年前教過了,再教便有如敗部復活、有輪迴不死身。

有些人以為這條宣傳片影射大陸人,我才不這樣認為,香港人首先是中國人,有些行為是不分港陸的。早陣子在港澳碼頭的士站輪候,看見有對外國夫婦協助坐輪椅的婆婆上車,旁邊一對內地來的年青女遊客對話說:「我們中國以前是禮義之邦,現在好像沒有這個傳統了」,好像禮貌這東西是鬼佬向我們學習的。這對陸客姑娘說話溫文得體,但對中國文化,港陸一家,印象恐怕都只是表面。

儒家談禮,但相信大部份都被扭曲成為形式主義的禮

節、繁文縟節了；貪官也知禮，所以送禮，並且經常禮尚往來。《禮記‧大學》有頗近人性的教誨：「所謂治國必先齊其家者，其家不可教而能教人者，無之。故君子不出家而成教於國：孝者，所以事君也……」最後還是露出馬腳，說就算有家教，知孝禮，終極目標還是「事君」。

中國人生育能力特強，華裔佔世界人口四分一有多，就只欠幾本啟發誘導兒童天真善良本性的童話。我們唯恐小孩將來爭不到功名，自幼便要急不及待填鴨。明代西昌人程允升的《幼學瓊林》，是國粹人士津津樂道的兒童啟蒙讀物，卷次第一便說天文、地輿、歲時、朝廷、文臣、武職，下來才說祖孫、父子、兄弟、夫婦、叔姪等人倫事情。另外一本名字改得很牛的《龍文鞭影》，由明人蕭良有編撰，劈頭幾行便是：「粗成四字，誨爾童蒙。經書暇日，子史須通。重華大孝，武穆精忠。堯眉八彩，舜目重瞳。」

中國人缺乏宗教道德的訓育，人性模型不是虛無飄渺的聖賢明君，就是悲壯的忠貞烈士，難以跟隨之餘，貼地的生活價值便只剩吃喝私欲。如羅素所言，不管你信不信耶穌，無可否認，因基督教義而孕育出的犧牲、使命感和寬恕等人民素質，是我們少有的；多的則是自利、畏縮、懷疑和報仇雪恨等情素，也少有世界公民日常生活中對陌生人的信任、禮貌和友善的態度。

1999年上映，張藝謀導演的《一個都不能少》改編自施祥生1997年的小說《天上有個太陽》，反映農村、貧窮及文盲的問題。據影評人心得，電影中的小孩不懂笑、受

人幫助不懂說謝謝，就像生活在一個懷疑、惶恐、無禮的世界。

文明的日常禮儀訓練，應從娃娃時期做起，才可以培養出優質的公民。我們幾千年文化，普及教育已經比人發展得遲鈍，近代普及教育的形式雖然具備了，要由娃娃做起的，心念還是在於先教忠君愛國，將之凌駕於知識和德育等人文價值。要我們不隨地吐痰，隨處大小二便，便要稍等到七老八十，靠Deanie姐再感化了。

上古《易經》常說「利見大人」，我們小時候學毛筆字寫「上大人孔乙己」，叫做描紅寫字。內容說的是甚麼不甚了了，正如內地姑娘的印象，我們就是禮儀之邦、泱泱大國。不過，我們或許還一如魯迅小說集《吶喊》中的《孔乙己》，雖然識字，質素則仍在文盲。

港人對世界文明接觸較早，公車行為還不至於會和司機打架搞到成架車跌落河，相信還是有點質素的。

雀斑美

世界真係咁蹺，西方時裝界不約而同地辱華，繼微絲細細矇豬眼之後，還有雀斑面、阿凡達面，傷了小強的心，鬧了好一陣子。還是阿爺英明，一眼看穿五毛心懷不軌，搞低級紅，誤阿爺大事，大概已透過黨媒暫且喝停胡鬧了。

這裏只想談談我們民族的審美眼光是怎樣練成的。

人要培養審美能力，其中一項重要條件，是要對自然界事物提得起興趣、要有勇於自由探索的精神和理解事物肌理的觀察耐性。歸納起來，審美歸根究底還是要靠認真研究學問的態度做修養底子。不過，我們將讀書這項做學問的主要活動之一，一早導入了科舉官僚選拔體制，求學問便被求功名徹底凌駕。這風氣至今仍在，也不多說了。

審美的對象多關視覺與聽覺(所謂Sight & Sound)。我民族的音樂文化發展得疲弱，之前本欄已說過，再說自有點覥腆。打個例，我們用卡拉OK唱流行曲，配樂都會另軌加一條導唱旋律(Guide Melody)，因為配樂多採用西方的和弦結構，主旋律不多浮面，要由唱歌者單獨發揮，不識旋律便唱無門。我家人喜歡用卡拉OK唱粵劇的折子戲，於此導唱旋律便顯得多餘，因為配器部份，不論二胡揚琴，或許只差一點鑼鼓，幾乎都跟人拉着同一調子，真是啞的都可以唱得出旋律來。我們對音樂的認識，長期側重於主旋律的「悅耳動聽」，難究音樂的其他內容和複雜豐富綿密的「深層結構」，似距離《詩經》年代的唱山歌

庚子 己亥 戊戌

行為不遠，所以我們那麼習慣聽主旋律、大合唱、一錘定音。有八部樣板戲給大家操曲娛樂，足矣。

說到視覺藝術更騎呢。我看了很多中國畫，有山水、花鳥蟲魚、有仕女圖，有皇上的馬上英姿等。某日時運低赫然想起，為甚麼我們少有反映民間疾苦、描述戰爭影響民生之類的寫實畫？傳閱的，不是歌頌繁華的《清明上河圖》，就是乾隆出巡，不然就是花開富貴、百子千孫、五子登科、加官晉爵、福「鹿」重來，諸如此類。仕途不得意的讀書人，也許還會畫畫山水以見胸懷，畫梅蘭菊竹以明志，為自己添點飄逸的仙氣。總體就好像幾千年來，我們都生活在地球上最幸福的樂土。

中學時候讀歷史教科書，見皇帝像個個肥頭耷耳，千篇一律福相，像學看相的面譜，連傳聞長相極醜的朱元璋，坊間流傳的一幅畫像都像福氣帥叔。後來我明白晒，我們的視覺藝術，目的在求吉利，求好意頭，是忌諱文化的產品，也是自我審查的基因。至於女體，則愛皮光肉滑、冰肌潔肉，多痣為賤，搞甚麼雀斑！我們將耳聰目明的視聽能力收窄到幾個樣板範圍內，所以，要搞創意或設計，便只能剽竊，只能長期停留在山寨和土的層面上。

歐洲英、法、德國，於十六世紀打後，湧現大批畫植物的畫家，有些用作書本插圖(Botanical illustration)，畫工精細，顏色艷麗，種類包羅萬有，幾乎每一張都是花、草的肌理細緻特寫，收集起來，便是一套植物圖像百科全書，是知識和美的結合。審美和知識自由傳播和學養是分不開的。

早年，我還可以讀到如宗白華、朱光潛等大師談美學

的作品，又或者基於專業背景而發揮的美學欣賞，如搞建築的梁思成，或近世的漢寶德，又或者以漫畫筆觸勾劃生活美學的豐子愷。近幾年，也許是我脫節了，感覺是社會對美學的教育已經銷聲匿跡，或者「美白」已經取代了美學，成為了顯學吧。

鶴非鶴、鵝非鵝

　　新春過後，隨大隊去北海道打雀。同行的都是攝影發燒友，幾乎每年的二月中都會趁季節去北海道的觀鳥會用鏡頭觀鳥，帶備各類重型長短火不在話下。我則是首次搵衫尾的學友，主要帶了一支18至400mm的天涯鏡，用APS-C機身，因為湊熱鬧，所以沒有患得患失。

　　出發前都是不太好的兆頭，首先是天氣較早前凍到零下30度和大風雪，聽說還暫關過機場。出發前朋友關心傳來「或是喻」，說北海道有五至六度強地震，囑小心。登機那天，由凌晨01:25班機延誤到早上09:10，要滯留在機場由航空公司安排，擾攘及坐在沙發上打瞌睡近8小時。

　　誠惶誠恐上學去，開開心心回家來，學懂的是樂觀做人的道理。第一、世界是很大的，北海道的札幌，和我們要去的知床半島相隔甚遠，紋風不得其震，只祝受影響者安好。第二，天氣是會變的，抵埗後，氣溫徘徊在零下十度左右，是期望中的風和日麗了。第三、人心還有熱誠的。航班延誤，錯過了轉內陸機的班次，國泰的地勤人員，盡心盡力的為各人向日航聯繫，陸續的接駁上較後的航班，有失而復得的愉悅體驗。

　　我們主要來看丹頂鶴，所以居於鶴居村。零下十度的天氣，觀鳥場上一待就是幾個小時，有備而來的會將全身包得暖暖，有人用暖包貼，有人用充電器發熱背心，身暖沒有問題，麻煩的是手指，手襪不能太厚，妨礙相機操作；像我這個新手，經常要脫手套轉焦距、按快門，一露

寒風，整隻手都會麻痺，如十指痛歸心。嬌生慣養了，吃一點苦是一種禪練。

中國人為甚麼喜歡鶴？大概是因為牠有仙風道骨的高貴姿態。詠鶴起源早，先是《詩經》的《小雅・鶴鳴》篇說：「鶴鳴于九皋，聲聞於野」、「鶴鳴于九皋，聲聞於天」。天上地下都鳴響了。另有《易》第61《中孚》九二爻：「鶴鳴在陰，其子和之；我有好爵，吾與爾靡之。」都很有仙氣。

今次來看鶴，也來看天鵝，天鵝的身形古怪，頸長身肥不成比例，一站起來張翼、飛撲，經常見賤肉橫生，只令人想起燒鵝，聲音也拆啞難聽，一群肥鵝走在一起，就像一堆八婆吵架。文人多大話，音樂家的大話更加離譜，不要被柴可夫斯基的《天鵝湖》騙了你，要說芭蕾舞，丹頂鶴才是真正的行家。置身於觀鶴場館，《詩經》的「鶴鳴于九皋」，《易》之「鶴鳴在陰，其子和之」，景色就在眼前，發燒友追捕的也是丹頂鶴的燦爛奪目舞姿。我偶然拾得幾張，裁剪起來，還像時裝造型照風尚。

愛鶴有幾種。多年前有位食神朋友說，新界其實也見鶴蹤，有沒有興趣捉一兩隻回來，燉湯給大家吃，後來沒有了下文，所以從來沒有見過真鶴，至今乃見。領隊的依華女士是日本通，也是攝影發燒友，說丹頂鶴於北海道曾幾臨絕種，得有心人士悉心飼養了一兩對，令其逐漸繁衍，才成為了知床半島勝景。丹頂鶴平日可以自行覓食，逢雪季，覓食困難，飼養人在觀鳥場上灑食，吸引來聚，形成了攝季，最隆重時期多在二月中旬幾個禮拜。我們回

　　　　　　　　　　　庚子 己亥 戊戌

程的時候，雪開始溶化，旅遊者或攝友，大概已籌備三月櫻花觀賞團了。

我不知道香港有多少風雪中打雀的發燒友，幾個觀鳥場館中，卻可見不少陸客，帶的行頭也非常新款講究，不乏SONY的A7系列等。內地人影相成為生活情趣的歷史悠久，就算艱難的文革時期，也出過一些攝影大師。國內當年和一些東歐的共產國家合作過製造相機和鏡頭，有過經典的水準。因為對攝影有偏愛的傳統，傳承下來，近年國內一些鏡頭廠家也出了很多成像銳利、色澤豐滿的手動鏡頭，價廉物美，深得用家喜愛。華為的手機聽說影相靚，不是沒有原因的，只是對鶴與櫻花的禪味情趣，則像是禮失求諸野了。

奶嘴與奶媽

　　同人唔同命，事物也有同遮唔同柄。煙酒兩物，有生不逢時，也有因緣際會。適逢環保和保健潮流興起，論述集中於減排二氧化碳，抽煙事小，絕非全球暖化的頭犯，但卻因為生為氣體類，亦因為丑生形象可塑性高、易打，所以成為了久不久被揪出的批鬥對象。有些報告指出，酒的社會為害其實比抽煙還要嚴重，但因為得權達人士對紅酒的品題，榮及其類，便不但身嬌玉貴，還享免稅。煙酒本是同根生，從此兄弟各走各路。

　　抽煙被長期污名化後，牆倒眾人推，久不久被官員政客用來祭功業簿，水抽不盡。如青樓弱女，感其身世，當知從此有運行。弱女不祥人，受蹂躪固然可悲，象其類者，亦難避連坐之殃，近日竟聞嚴打電子煙之法。不過此舉有些弔詭，就是正犯(香煙)不拿不禁，從犯(電子煙)則先遭滅頂之災。

　　我做了一點考察，電子煙大致分兩類，一種是帶尼古丁及焦油的，用電子加熱的方法使用，外形如真，但不冒明火，可視為傳統香煙的新表達形式。另一種則只是霧化器，添上香油，經電子器具霧化，用嘴啜而噴出霧氣，帶香味(很多選擇)，但飄不遠，使用者也不會吸入體內，其玩意就如小孩吹肥皂泡波波一樣。這些霧化器形狀也不似香煙，而似手機充電池帶上吸嘴。把它當成香煙，實在是差不多先生的連坐。業界若早知繞道而行，大概會將產品定位為霧化器類、香薰類、玩具類，或納為成人奶嘴類，

比定位為香煙類(改錯名)更為適當。這些霧化器，大部份來自深圳，是屬害了的高科技產品。

我不知道這些統稱為電子煙可不可以如宣傳般能協助煙民戒除傳統抽煙，但見使用者都能遵守默契，不會在法例禁煙的地方吞雲吐霧，以免影響隔籬鄰舍，是很有修養的自覺表現。但站道德高地的政客為了你的健康，會說香油也帶有化學成份，純吹亦無益。那麼我們可不可以規管其化學成份，有如規管漱口水的香橙味、薄荷味、Vanilla味一樣？

治療師或心理學家說：香薰令人神經舒緩，吸啜奶嘴令人回復嬰孩在慈母懷中的安心和愉悅。香港人不論左中右，近年都難得歡愉日子，一些民間芝麻綠豆情趣事，如噴些清香空氣都要管，難怪市民開始感覺出酷吏政治的氣味來了。

酷吏管治的特色，是打易打的，不打難打的，大頭目打不了，捉個走得慢的、跛的來打；有時要捉馮京，便找個馬涼來交數，也可祭建功立業簿。今日港鐵、大橋醜聞不絕，竊鈎者誅，竊國者侯，豬年小偷肯定冇運行了。

我近年有寫一點解構中國術數文化的文章，批評傳統內容中吹捧的不外財富、權力、名聲的渴求，稱之為祿、權、科(其實百分百理解錯誤)，細嚼便知道中國人為甚麼那麼喜歡保皇和崇拜極權。因為只有崇拜極權，才可以有機會分享專權。因保皇而分得的專權，管治特色是，大的管不了管小的，小的管再小的；每層向下管都是一言為天下法，然後出現層層的小皇帝，管到最細，自然就是芝麻綠豆事，雞毛當令箭了。

近日港人在臺灣涉情殺案事件牽引出引渡條例的爭議，令我偶然想起當年聽The Kingston Trio唱的民歌*Tom Dooley*，題材取自1866年美國一宗情殺案，情節離奇，甚至有主角Tom Dooley為真兇隱瞞，替罪頂包而受絞刑之傳說。打後百年，西方知識分子陸續以人道主義為由，呼籲廢除死刑，代以無期徒刑，暗底其實還有一個用意。歷史上行使死刑的權力及用量多在皇權之手，廢除重典，其實亦暗裏把極權的危害性削弱，對於「竊鈎者」，便不惜寧縱無枉。這顯然與寧枉無縱思維不一樣。我們嚴刑峻法的意識充斥於重重疊疊的小皇帝階層，層層向下的「施(私)法管治」，那種快感就是爽。

　　太陽就是不能夠同時照兩邊，我也越來越相信，東西文化及價值體系實在難以共融。

庚子 己亥 戊戌

戊戌

如珠如久

轉眼一年，年頭年尾，都是總結和展望的機緣。2017年尾，應朋友邀，寫點來年展望，兩篇〈戊戌大時代〉2018年1月6日，〈似火流年〉2018年2月17日，分別於雞尾狗頭，刊於《名采》。

我不熱中於寫流年或流運預測，因為我們發明的廿四節氣、六十甲子之類，設下循環，叫人繞着來轉，視之為智慧，其實是自設圈套，不斷重踏歷史，不思長進，行為便變得太predictable。查〈戊戌大時代〉一篇，節錄：「……再轉一圈，是1898年，前後便是甲午戰爭、戊戌六君子、義和團等等……，都叫做戊戌年，都是狂野大時代的樞紐。我們近年累積了新一波的反智經驗，要跨入另一個狂野大時代是很方便的。」另一篇〈似火流年〉：「幾次的戊戌前後，我們都幾乎單挑列強……歷史發展何其相似。似乎我們的單挑能力，越戰越勇。……近期醞釀的對峙，反而更接近金融、貨幣戰爭的開打。」不幸一語成讖。

應朋友邀，還是要應景談談。坊間熱說逢九必亂，是出於對歷史的大概印象，印象也是真實的，不過多避諱說出亂之源、亂之理。說穿了，亦不過因政策倒行逆施累積，以致局面搖盪，終致不論位置高低的人皆難以安寧、煩躁不安，對現狀不滿而思動思變。

粗略的說，我們認識的天干雖然有十，但概念上分五組，即甲乙、丙丁、戊己、庚辛、壬癸。而同一組的成

員，前因後果的關係較為密切，但不等於事態的因果會在同組別中的兩年內完成終始。尤其是戊己年，因居中，又成為了前兩組和後兩組的中折樞紐，往往還是時代轉變、大局面轉變的契機。所謂「戊戌大時代」在去年開始，今年己亥年便是去年的直接和近身延續，後續會有更深遠的發展和影響。事實上，去年開始了的議題，不論是國際的，還是本地社會的，已經明確地擺在枱上，怎樣處理，處理得如何，便要影響以後的一大段時間，所以稱之為「大時代」。既然大家都已經身歷其境、感同身受了，再做預測，或許已有點畫蛇添足。

己亥年的主題由一顆叫做武曲星帶動，表示「來硬的」，使硬的人不論身份高低，不論勢力強弱，都會來硬上馬、硬推進，所以容易產生衝突，也容易各有損傷，那是亂的根源。回到歷史的印象上看，歷來逢九之亂，都是以強凌弱，直接就是弱者受到壓制，crush down，甚至作出犧牲。主題的另一個角色叫做文曲化忌，懂得排盤法，便知道全球73億人的流年文曲都會處於同一位置，相對於生存環境，意味着普遍地，沒有甚麼人不受一種無差別式的不愉快氣氛影響，上下皆然。

歷史上沒有永遠的強人，也沒有永遠的弱者。弱者受欺凌，心存委屈，若懷恨在心，便會像海潮一樣，驟然而退，等待下一波，即鋪天蓋地的海嘯而來。所以，適當的疏導可能是唯一的方法。筆者說來看似抽象，但經歷一年，讀者都當可如魚飲水。我熟悉的港人很多還是喜歡安份坐看雲起雲落，關心樓市股市。我就應節做點妄說臆測。樓市雖有下調跡象，但不能期望過高。另外貨幣供應

增加，好醜還是要找地方鑽動的，未來幾年有短暫的所謂五行相生現象，可現暴風雨前的歌舞昇平，表面繁華可能還可以持續一段時間。

依某種起例看南北的關係，北方的值年卦順次有「風水渙」、「雷水解」，在渙散的管治下尋求出路。南方則相應為「雷火豐」然後「地火明夷」，意味趁勢活躍的抗衡，還是容易有折翼之傷。説得玄簡，皆因篇幅關係，就讓聰明的讀者玩味了。

老子説：天地不仁，以萬物為芻狗。流行的解釋可能有點負面，實情可能不是那麼壞。我想他的原意是指，天沒有甚麼仁義道德等強烈的價值判斷，任由他們自由發展，沒有偏幫誰。不過，硬要從悲觀看，那大概便是：天有眼，任由萬物自生自滅。不過香港人聰明，擅長執生，輸不掉的！

祝大家新年進步、如珠如久、笑口常開！

烈火（華氏451度）

　　有文化人從臺灣寄書回港，遭審查拒寄，傳媒跟進，才發現禁書之手已經掩至。

　　我從藏品中找出1966年杜魯福（François Roland Truffaut）導演的《華氏451度》（*Fahrenheit 451*，港譯《烈火》）光碟重溫了一次，以鑑故知新。這是鬼佬版的「焚書坑儒」，故事說不久的將來有一個專制國家禁止人民讀書；由於科技發達，樓房防火度高，消防員的職責，便由救火轉成放火，日常工作便是從民間搜出書籍，用華氏451度火力集中燒毀。電影鏡頭出現第一本準備燒掉的書是十七世紀西班牙作家塞萬提斯（Miguel de Cervantes）的反騎士、傻瓜浪漫理想主義作品《唐吉訶德》（*Don Quijote de la Mancha*）。

　　不得不佩服五十年代前後的那些反烏托邦（dystopian）作者對未來政治環境、生態的科幻式預言，準確度和清晰度，比水晶球還要明麗。佼佼者有奧威爾（George Orwell）的《動物農莊》（*Animal Farm*）、《一九八四》，分別於1945、1949年出版。再來便有這位美國出生的雷·布萊伯利（Ray Douglas Bradbury），成於1953年的《華氏451度》。

　　禁書進而焚書，經常都是專權者的壞嗜好（bad hobby）。歷代集權者的精力都用於固權，力不暇給，沒有時間和耐性去應酬那麼多五花八門、人聲繁雜的異見，所以不惜以燒書化繁為簡，做知識的「簡約主義」者。專制

權力愈膨脹，武力機器越強，燒書的機會愈大。歷史上喜歡燒書的專權者都有一個共通點，往往就是本身知識含量不足，但卻有一種簡約到近乎原教旨主義者的「學問」和信念。

　　遠的有耳熟能詳的秦政；境內如果有七種學問，他滅了六種。到漢朝「罷百家獨尊儒術」，即假設世界有百種學問，他廢了九十九種。不是外國的月亮特別圓，公元一世紀埃及亞歷山大港出現過古代最優秀的女學者、科學家希帕提婭（Hypatia），下場是遭敵視新知識的狂熱基督教徒暴虐殘害至死，殉難前仍拚命往藏書樓搶救書卷。

　　近的是1933年5月10日，由納粹宣傳部長戈培爾（Joseph Goebbels）鼓動，希特拉青年團（Nazi Students' League）、衝鋒隊（Brown Shirts）於柏林倍倍爾廣場（Bebelplatz）的納粹燒書行動（Nazi book burnings）。那次燒了兩萬本，弔詭的是，當中包括了馬克思的著作。後來，廣場上刻銘了德國詩人海涅（Heinrich Heine）1820年如預言式的名言如後：「這只是一場前戲，那裏燒書的地方，最後也將燒人。」

　　我們長期習慣了知識貧乏的生活，卻仍可以活得好久。直到近代，普及教育算是在形式上推行了，但阿爺還是有很多東西不准我們學，那是我們的教育特色。而「知識分子」也經常識做，並且可以自我調節得很好；因為讀書是一樣很耗心力體力的粗活。偉大舵手有句名言：「書讀得越多越蠢。」所以有些讀書人很樂意配合政策，書種少了，讀書的工作也會清閒了，相信「書讀得越多越蠢」，便變成了一種人生智慧。

西方有個陰謀論，一些不懷好意的精英智囊向國家獻計；既然聰明、精英的人數必然少，愚民必然多，為了方便管理低端人，要讓他們有身體的快樂感，可以大力推廣娛樂產業，如荷里活式電影，刺激的電子遊戲，天真無邪的漫畫幻想世界等等，低端人忙於此，便不會作反。

　　對於幾個文化人覺得自己被剝奪了看書的方便，相信社會的反應不會很大，因為社會早已進入了反智時代。《華氏451度》電影中的消防局畢堤隊長（Captain Beatty）是個溫文爾雅，飽學之士，對於不合理的燒書心知肚明，但既然「有汗出、有糧出」，看電視的權利和物質生活「質素」有保障，也就好官我自為之了。

　　喜聞內地有遠見和戰略眼光的製造商能生產出美輪美奐、維妙維肖的智能娃娃，並行銷中外，相信真可以造福人群，增人幸福感。尤其我們有過一孩政策，出產了成千上萬的光棍，不論身心都急需要疏導和慰藉。

　　照顧下身的幸福，永遠比照顧上身的幸福易辦。

　　　　　　　　　　　　　　庚子 己亥 戊戌

吃飯與傷逝

　　朋友每月例會吃飯，今次選擇了登龍街的鼎爺私房菜。文潔華驚嘆，鼎爺半生演藝，突然轉跑廚藝一途，如平地一聲雷，傳奇難得。其實鼎爺肖雞，已過從心所欲之年，若非信心滿、底氣足，並且興趣動力強，很難在這個年紀，仍可開發出一條新的事業線，尤其飲食業，那是極耗精力的幹活。

　　我非食家，只是食神好，經常跟大隊吃得一些美食，喝酒談話之間，往往食而不知其味，或常暴殄天物。這一席也是談話多，一說就是三、四十年來的事。

　　先說吃的，詳細的菜譜不盡記得，只談幾件特色。一道是椰皇燉嫩雞，據述是不放任何調味，就只用椰肉、椰漿、椰水複雜反覆工序燉熬而成，椰香濃而漿如乳，只嫌椰殼略小，若不嫌滾燙，可仰頭咕嚕而盡。另外，便是陳年陳皮蒜蓉蒸象拔蚌、荷葉蟠龍鱔，和單尾的陳年陳皮蓮子百合紅豆沙，都用上陳年陳皮，且驀然打開席中各人的話匣子，原來數陳皮也是一門曬家底的話題。我家陳皮不外過年時節的柑橘皮曬乾，放入鐵製月餅盒備用，一般熬不過十來年，便要隨西洋菜、陳腎、蓮子、百合等尋常人家而去。鼎爺用的是二、三十年之釀，席中梁天偉不甘示弱，抖出家藏百年陳皮，不知應否先蒸軟而後入饌。專家交流經驗，我則聽得木宰羊。

　　鼎爺祖上當官，族中也多醫宦成員；不論書香世代還是官宦人家，沒有一些家傳食譜便顯不出規模氣派，就好

像大觀園沒有紅樓食譜，便寫不成《紅樓夢》一樣。一席間，我聽了一些只能耳食的菜單，得知中國人吃得可以多奢糜。一是用扁豆釀肉末，要蒸得嫩滑，用火便要很謹慎講究。再向難度挑戰，便是釀豆芽，把每條豆芽的幼絲由尾拉到頭，剖開芽莖，鑲上肉末，然後用非常小心適當的文火蒸煮不爛，這吃法，大概便只有中國人才能掌握得到這樣的藝術。

烏衣巷、離巢燕，據鼎爺述，其父於五十年代初來港，時為土改之年，若走遲三日，則必喪於鬥地主惡運中。這種驚濤駭浪的奔逃故事，我從父輩、身邊朋友口中，屢聽不絕。而跑得出來的人，都保存了一些看似過時而又仍可用的傳統家教和文化。比如，我們都執著於做事認真，泥水佬開門，要過得人過得自己，不抄捷徑；家教要稍嚴，不排除適當的輕體罰如打手板，對長幼尊卑，要有適當的禮敬。座中葉潔馨四十二年前(1976)與周梁淑怡在無綫電視共監製過處境喜劇《唔駛問阿貴》，演員有鄭少秋、汪明荃，還有李家鼎……，今日鼎爺還稱葉潔馨、周梁淑怡做「事頭婆」，也是舊禮與古風存了。

想起七、八十年代，是香港人才情任意發揮的時光，香港文化俚俗、中庸而不失活力，有廣東人的佻皮，也有中西合璧的東拼西湊。電視台有婆婆媽媽的「歡樂今宵」，也有傻傻爽爽的處境喜劇，以及提供了第一代新浪潮電影導演練功場地的菲林電視劇製作。還有當年葉潔馨把自己長生不老的冬菇頭、書院妹眼鏡以及孖大布袋的形象強加於蕭芳芳，做出了一個林亞珍的家傳戶曉人物，都是香港人的集體回憶。

落筆時傳來舊友林嶺東夢中仙遊的消息，有點愕然感傷。識林兄於1987年，他剛拍成《監獄風雲》，劇中做了主題曲、插曲《友誼之光》和《噙氣》，因唱風奇特，苦於找人發行，經老朋友林旭華牽引，由我公司樂效微力，做發行推廣，因而一段時間相當稔熟。《監獄風雲》題材獨特、節奏狂野，是林嶺東風格的手印之作，也是香港電影史上的經典，開畫後氣勢如虹，《友誼之光》曲出自《綠島小夜曲》，詞出於林胞兄南燕手筆，席捲香港人心，膾炙人口。我沾了林兄們的光，搭了一程順風車，也捧紅了一個肥媽（Maria Cordero），出了又一個香港人的傳奇icon。今日肥媽轉跑到飲食、煮餸，一路歷程，不覺竟又三十年了，池中舊水事，想起的，都是吃飯與傷逝。

地獄黑仔王

　　朋友或是嗌WhatsApp傳來翻新舊聞，附一報稱何氏志平夫、胡氏慧中婦之虛墓照，立碑下署經手人姓傅，傳為「易學會長」，疑為「種生基」之作，有關源考，近見同文馮睎乾君於12月9日《名采》言其子虛烏有，吾則木宰羊。至於立碑初衷則為求子。

　　關乎何氏夫婦，若根據公開的坐向資料起出的「九宮圖」，稱為「坐申向寅兼坤艮」，九宮即九個方格，當中每個方格，都藏一個《易》卦，每個卦其實就是一個故事，可能會反映出某種心理投影，其中一些內容，有時會巧合得令人O嘴。

　　就此疑案，我就略說幾條。

　　一條叫做「歸妹」，關乎婚姻，故事記載商朝末代皇帝，紂王之父帝乙嫁女，新郎是地方上逐漸冒起的周氏族首領姬昌，亦即後來被追封的周文王。結婚的時候，公主的衣飾華麗，男家的相對寒酸，婚期亦有所延誤，總的來說則是一項政治婚姻。卦末說婚姻並不圓滿，包括「無實」，亦即不育。後來，姬昌招紂王忌，囚於羑里，囚禁期間，還被迫吃下親子的肉羹，又寫下了《易》。後得朝臣備金銀珠寶美女疏通而營救出獄。

　　另一條叫做「風山漸」，以大鵬或大雁做寓言，比喻女子帶着小孩，丈夫則出征不歸，猶如沙田名勝望夫石，故亦不育，後並練就堅毅性格，劫後重生如火鳳凰。

另外的卦趣還有「天水訟」，涉爭訟；「火風鼎」，涉祭祀，社稷之顛倒等，不贅。

陶傑才子經常調侃中環精英高分低能，我深有同感。有時大鄉里路過中環探朋友，受賞遊歷一下甲級寫字樓風貌，見鱗次櫛比的總監房、經理房，真如一物一太極，蔚為奇觀。有些擺滿發財盆栽，如入森林之景；有些是獅子、老虎、大笨象，如入動物園；有些則是魚蝦蟹、金錢葫蘆龜桃木劍，如做法事；顯然都是出於「高人」之手。不過各家各法，還是敵不過殘酷現實，該燉冬菇的還是要燉冬菇，該炒魷的還是要炒魷。

專業精英很多只着重搵食技能，對於文化、歷史等人文學科幾近無知，亦匱乏知悉大體的溝通能力，有一種近乎亞士保加症（Asperger syndrome）的聰明或智商。當中不乏一些長春藤系回來的海歸，一旦接回中國文化，便會身不由己地重啟根深蒂固的騎呢迷信基因。譬如，他們對於《易經》久聞大名，又聽聞風水是其流支，並且科學，故有一種視之如奇幻神器的感性印象。這種感覺真是大不幸。

早幾天和朋友談起，港豬多命苦，居住環境已經夠狹窄了，實用面積不過才七、八成，還要看風水，又要怕「二黑病符」，「三碧是非」，「五黃災煞」，可用面積又再減九分三，如果找多個second opinion，高人用「八宅」來看，觸目驚心的又見「五鬼」、「六煞」、「禍害」、「絕命」，真係唔識嚇死，若果吉星落入廁所，那你要睡哪裏？雖說可以「化解」，但你怎會不疑神疑鬼？活折騰，無可救，自作孽，不可活。

國人喜歡推崇經典，一旦捧立於廟堂之上，則上智下愚，皆可人盡簞食瓢飲，吃之不盡，取之不竭，神奇得有如加利利海邊的五餅二魚。《易》變風水，只是其中一個化身。

　　《易》本源於占卜，但經儒家品題，則上升到有中國特色的生活智慧和道德教誨的經典，如視之為神器，則甚為搵笨。它的天下第一卦是「乾卦」，教訓人要廿四小時不停警惕勤力地工作，最好不怕做到肺癆。《易經》的原始本文不外幾千字，但一個「貞」字，則出現了百多次，隨上文下理有不同用意，除了指占卜、忠貞等，廣用之意便指要有堅毅的信念，去處理迎面而來的困難，經常出現的便有「貞則無咎」、「利艱貞」等句，都是叫人要憑正直、堅毅的信念，迎難而上，不要逃避艱難挑戰。

　　筆者雖然對風水命理這門玩藝略識其趣，但都戒急用忍，止於備而不用，當中竅妙不在多言，於此我只略言一念，以饗門外讀者。如果閣下真的不幸，強烈感覺自己這一輪是「地獄黑仔王」，最好的處理方法，便是深呼吸一口氣，看清楚事情應該怎樣理性處理，能頂硬上，必然可以「貞則無咎」；反之，若想憑擺堆獅子、老虎、大笨象來便宜行事，則經常會「好嘅唔靈醜嘅靈」。原因簡單，閣下既然知道自己是「地獄黑仔王」，你怎能還期望圍繞着你的會是一群天使？百分百機會，在你身邊游來游去，吸引你眼球的，跟你say hi的，必然只會是一群「地獄神棍」。

　　　　　　　　　　　　　　　庚子 己亥 戊戌

震伐鬼方

上古文獻常有記載我們老祖宗吊伐鬼方事，如《易》之「既濟」、「未濟」卦，即有「高宗伐鬼方」，或「震用伐鬼方」等。鬼方是何許地、何許人呢？有說是匈奴、戎狄等等，又泛指一切非我華夏族類，皆非人，而係鬼，經常搞到我們鬼影幢幢。這種民族自信和優越感源遠流長，到今日，我們稱西人做洋鬼子，鬼佬，東洋人叫日本鬼子，還要加個小字。優秀的文化有歧視別人的權利，就算表面立法遏止，但卻還會經常相由心生。我們雖然偉大強，可以伐鬼方，但有時也會遇上猛鬼的。近期便遇上了出言不遜、辱我華夏的兩隻意粉衰鬼了。

你知道D和G的底氣是甚麼？他們的老祖宗叫做羅馬帝國，國祚長達千五年，版圖遠及大不列顛，今日文翠珊姨姨住的地方，自古以來是他們的行省或領土。他們的拉丁文影響了整個歐洲語系。他們有詩人維吉爾(Vergil)，作品媲美《詩經》。史學家有不用閹的李維(Titus Livius)寫《羅馬史》，塔西陀(Gaius Cornelius Tacitus)著《歷史》。和我們相似，羅馬人很早就有完善的國家管理體制，有元老院，然後又出過賢君、暴君。哲學家有塞涅卡(Seneca)、聖奧古斯丁(Saint Augustine)等。近世紀的音樂家有阿爾比諾尼(Albinoni)、羅西尼(Gioachino Rossini)，到威爾第(Giuseppe Verdi)。還有明朝萬曆年間來華的利瑪竇(Matteo Ricci)，清朝康熙年間來華，影響了國畫透視法的宮廷畫師郎世寧(Giuseppe Castiglione)，畫過國人喜愛

的《八駿圖》和很多狗狗等等。近年意大利人經濟、政治都衰弱，心情自然不爽，但還有法拉利（Ferrari）、林寶堅尼（Lamborghini）、愛快羅密歐（Alfa Romeo），以及所向披靡的時裝品牌。

正如我民族的書香世家，總會出一兩個不肖兒孫，偉大的意大利人也必然會出一兩個不長進的D和G、不懂珍惜羽毛的意大利五毛。今次出事的廣告明顯撞了鐵板，皆因玩大咗。近代心理學老祖宗弗洛伊德（Sigmund Freud）風行西方的陰莖符號（phallic symbol）論影響了文藝、文化領域，不慎粗暴插入東方文化，自然要被去勢。中國人高雅，談陰陽，西人則陰莖陽具，比大小長短，兩則廣告，性暗示昭然若揭。開這個玩笑，只宜於Party Joke，搬上枱面，尤其於華夏文化，真的唔講得笑。子曰：食、色，性也。孟子曰：民以食為天。我們幼承庭訓，吃飯時揸筷子要手勢正確，不可以將碗碟敲敲打打，否則便是冇衣食。長大了便要多進補，保持子孫根健康。今次D和G把我們最神聖的兩項核心價值都褻瀆了，難怪軒然大波。其實D和G真的沒有自知之明，早幾年我們的淫審處把大衛像列為不雅，不是因為我們不懂藝術，而是因為他的那個實在太小、太寒酸，還是貼一塊樹葉好。若要比大，我們妹子近年的眼光寧可看上來自一帶一路的非洲尺碼。側聞D和G是愛侶，太大尺碼，後庭會、樂口福也辛苦。

任何偉大文化都必然樹大有枯枝。我們今次伐鬼方出師有名，但卻不無失蹄脫腳。有視頻說，廣告所用的模特兒不是大眼、高鼻而是微絲細眼，顯不出我們妹子的美，以此為辱，這顯然犯了以貌取人、相貌歧視。另外一條

庚子 己亥 戊戌

説，全世界都欣賞我們的旗袍，還陳列了鞏俐、章子怡姐們的旗袍風姿，睇真啲原來設計師不是意大利的羅伯特‧卡沃利(Roberto Cavalli)，就是美帝委內瑞拉裔的卡羅琳娜‧海萊拉(Carolina Herrera)，真的不知是豬一般的隊友，還是高級黑。

D和G「吃別人的飯、砸別人的鍋」當然不肖，但卻是普世行為。我們有一位著名的五毛，以伐西方、伐美帝著名，後來移居美國了。有人問他為甚麼這麼反美，卻移民美國了？偉大的智慧說：「反美是工作，居美是生活。」所以，我們也就反英是工作，留學劍橋、牛津是生活；或者，反澳是工作，搶澳洲奶粉是生活；反意是工作，穿意大利名牌是生活。這是偉大無瑕的中國邏輯。

上古雖常有「高宗伐鬼方」，但也時有言婚媾，今次D和G事件，阿爺低調處理，只讓下面的小弟們打打拳腳交，不要動真格，是大智慧。阿爺正在捉一盤很大的棋，和位於羅馬城內的教廷玩「匪寇婚媾」，所以大家要點到即止，不要添煩添亂。兄弟姊妹們也要爭氣，別讓D和G三個月不到，死灰復燃，把我們看扁。

閒話一則

　　午後醒來，收到朋友或是噏（WhatsApp）一則問：點解今年死咁多老人家？我端詳良久，感覺問題內有玄機，稍加參透，乃沐冠而答：因為他們都老了。我想起了當年小布殊總統面對記者問：為甚麼汽油那麼貴？小布殊答：因為汽油來價貴，所以售價貴，倘若來價平，售價就會平。還輔以高高低低的比劃手勢。人高壽或高位，就算是說一兩句簡單的話，也會充滿玄機的。比如說，叫人「量力而為」，本是老生常談，但超人說來，便是智慧，那腔潮州音，不是一般人學得來。

　　朋友也建議，可否寫一則關於近期大舉移民遷界的名人逸事，我又猶豫了半天，發覺這批大小移民，都不過是我工作時期的偶然相遇，談不上熟絡，所以不夠寫一篇「我的朋友胡適之」之類的文章，頗感寂寞，唯有坐井而觀各方墨客之憶逝文騷，當中卻看出很多話中有話、言中有意來。高壽高位名人平生多姿采，當中有老生常談的經歷甜酸苦辣，其他便是偶然撲面而來，而又稍縱即逝的機遇、名利取捨的抉擇和人性的反覆，有驚濤駭浪的安危，途中也有慶幸與懊悔，但面對人前，則多說「我今生無悔」，所以Édith Piaf的*Non, Je ne regrette rien*那麼扣人心弦。

　　政治文化學者、漢學家白魯恂（Lucian W. Pye）在《朝臣與官僚》（*The Mandarin and the Cadre*）中歸納西方歷史學、政治學界對中國的觀察，一方面禮節上景仰讚揚中國

　　　　　　　　　　　　庚子 己亥 戊戌

文化的偉大，另一方面亦不約而同認為中國人普遍缺少了全面的複雜人格（… People without the full range of human complexities）。我則樂意將其理解為中國人着重於生存，理想卑微，亦即民風淳樸。

我以前喜歡聲樂，入音樂製作行業之後，接觸過很多老前輩，其中一位是藝術歌曲唱家，並有機會共襄製作，途中發現藝術家在金錢上頗多計較，對別人亦經常過取，甚至多不切實際的取酬幻想。當年尚帶理想主義的筆者自然對其印象大減，直至一日聽他閒談時說了一則故事。

如我父親那代，很多人都在四九年後陸續來到香港，歌唱家隻身來港，落腳於朋友家，都是新移民，人浮於事，口袋身無分文，每天不知道明天有沒有飯開，飢腸轆轆大概過了三兩天，朋友霍然而起說：有辦法！來，今天包保有大餐吃！……那天他們各人捐了一大包血，然後拿了錢去鋸牛扒，相信那是他們人生中最難忘的一頓盛宴。

內地歷史學者張宏杰寫過一本《飢餓的盛世》，特舉乾隆年間英使馬加爾尼來華所見的老百姓生活景象。雖說盛世，人民卻是衣不蔽體，食不果腹，還要受官員鞭笞差使。這種飢餓的恐懼，構成了民族的集體潛意識，可能不在一兩百年之間可以磨滅，要短期內發展全面的複雜人格，可能便是一種奢望。我們無需崇高的宗教信仰，只需求神拜佛，畫派不多，音樂曲目少，但已足夠百看百聽不厭，也不需要童話，只需要孝順，我們自商朝已懂得營商，便不需要特別發展甚麼經濟學理論，也不要搞甚麼哲學，至於政治體制，我們經常處於超穩定狀態，所以叫做「大象席地而坐」。

民國時期教育家黃炎培憂人民欠工作技能，積極推廣職業教育，深得普羅百姓的愛戴，遷遊時群眾夾道相送，媲美天王巨星。但他總有一點想不明白，為甚麼我們的國情，好像經常都在惡性循環。他請教毛主席：「我生六十多年，耳聞的不說，所親眼見到的，真所謂『其興也浡焉，其亡也忽焉』，一人，一家，一團體，一地方，乃至一國，不少單位都沒有能跳出這周期率的支配力。」

　　毛主席慈祥的回答說：「我們已經找到了新路，我們能跳出這周期率。這條新路，就是民主。只有讓人民起來監督政府，政府才不敢鬆懈。只有人人起來負責，才不會人亡政息。」我一時間以為自己活在另一個平行時空。

　　悼名人偉人，叫做蓋棺定論，堂上千篇一律「哲人其萎」，既然是笑喪，倒可風趣點，題「豐衣足食」、題「搵食啫」，也或無不可。這幾個禮拜天下太平、萬邦和諧、維港無恙，無聊就此閒話一則。

江山易改，奴性難移

　　北大經濟學教授張維迎的演講稿因禁傳而成為了朋友群組通訊中的巷議。內容不外兩點：一指「過去五百年，中國在發明創造方面乏善可陳。……在發明創新方面對世界的貢獻幾乎為零……」，另外便說，要「持續提升中國人享有的自由，……才能使中國人的企業家精神和創造力得到充分發揮……。」教授所據，為2009年傑克·沙洛納（Jack Challoner）編撰的《改變世界的1001項發明》（*1001 Inventions That Changed the World*），陳列數據和事實最殘酷，這種「長他人志氣，滅自己威風」的論據，自然少傳為妙。傑克·沙洛納不是第一個持這論據看扁我們的洋人，遠於1835年法國思想家托克維爾（Alexis de Tocqueville）出版的《論民主的美國》（*De la démocratie en Amérique*），便無啦啦提起了中國在過去幾百年已經再沒有創造的活力了。

　　回帶五百年，最早到現場發現我們缺乏創造力的是意大利耶穌會傳教士利瑪竇（Matteo Ricci）。在南京居住期間，利瑪竇結交了不少明萬曆期間名士、貴人，包括官二代瞿汝夔，字太素，本一心向他們傳教，但瞿太素最有興趣的，則是利瑪竇帶來的西方科技知識，視之為煉金術神器，憧憬可以點石成金。瞿太素成為了利瑪竇的學生，後來成材，生活點滴詳見於《利瑪竇中國札記》。這本札記於利氏身後集成，也揭示了他對中國人性格的印象和批評，幾與數月前面世的《愛因斯坦遊記：遠東，巴勒斯坦

和西班牙，1922–1923》（*The Travel Diaries of Albert Einstein: The Far East, Palestine, and Spain, 1922–1923*）異曲同工。利瑪竇細數的很多國人病徵還流傳至今，包括夜郎自大、驕傲乃出於不知道有更好的東西、中國只有道德哲學，沒有邏輯規則、大臣們作威作福，人民十分迷信、把所有外國人視為沒有知識的野蠻人等等。這條東西文化心結樑子結了這麼久，難怪牙齒印這麼深。

鄭和第一次下西洋是永樂三年（1405），終於明宣宗宣德五年（1431），早利瑪竇來華一百五十年左右，當時可以做出四十四丈長的大寶船，在沒有GPS或六分儀使用底下，靠觀天文定位與羅盤導航，直達東非，繞了半個地球，比哥倫布發現新大陸還要早七、八十年，絕對有資格稱為當年的海洋大國。但歷史總是令人摸不着頭腦，鄭和七下西洋之後，種種政治原因，我們捨棄了發展活潑、浪漫和具有探索精神的海洋文化，而選擇了回到鎖國固封的土邦文化，直到清末1860年，老佛爺看見大沽口英法聯軍會飛一般的船堅炮利，才如夢初醒的要搞洋務運動，但又出了一個騎呢的、欲迎還拒的「中學為體、西學為用」的口號，這種思維，至今仍在覷覷。

張教授認為要「持續提升中國人享有的自由」，我則認為於事無補。心理學家羅洛·梅（Rollo May）認為人要建立出人格自由，才可與創造意識締結，貢獻創造而不辱生命。倘若人缺乏了這種意識和人格素質，縱使擁有客觀的政治自由制度，也沒有創意可言。舉俗例說，我們只關心吃香喝辣、唱K打機、看《延禧攻略》的自由⋯⋯捨此而無他，則雖得偌大的自由空間，亦會手足無措，不然便

庚子 己亥 戊戌

用來碰瓷、撒賴，若慣了奴性生活，得自由也只會用來選擇奴性。我們看過經典電影《巴比龍》（*Papillon*），《月黑高飛》（*The Shawshank Redemption*），知道有些人坐牢坐得久了，便懶得出獄。或者要像三寶太監一樣，要閹了才得到信任，才有出國機會。

個人認為，我們如果不能夠放棄、改變一些或已失效的價值觀，摔掉「厲害了，五千年」的包袱，並且從仇恨心的束縛解脫開來，做到「主不可以怒而興師，將不可以慍而致戰」，則怎樣提倡或效法西方自由民主制度，都難以成就，更難望沉痾頓愈。

生平最怕遇上視實用主義為硬道理的人，實用主義稍下移即成「拿來主義」，「利己主義」，對探索原理真相、結構宏觀毫無熱誠，亦永遠攀不上發揮創造的門檻。唐朝號稱開放，科舉制度堂皇，五代人王定保《唐摭言》卷一記唐太宗巡視考生時「私幸端門，見新進士綴行而出，喜曰：天下英雄入吾彀中矣！」視選才如選美，雖疑為設計對白，但自此士子「千里求官只為財」及甘為皇家奴妾則確成風尚。

今日得功名而為官者既「困于酒食」，復「困于赤紱」，看來仍是生生不滅。張教授禁稿積極樂觀，鼓舞人心，則非赤子之情難以為也。

河蟹是怎樣養成的

中國人很早之前已經定出了用之於音樂的十二音律，《史記‧律書》記載了這十二音階的定立方法。不嫌累贅，十二音階順次為，黃鐘、大呂、太蔟、夾鐘、姑洗、仲呂、蕤賓、林鐘、夷則、南呂、無射、應鐘。西方亦適時定出了十二音階，發展或各有先後，大概亦不約而同，不過，華夏人民選擇了去繁存簡。

我們印象中的傳統中樂，多用五音，有些則用七。用個非常粗疏的舉例，假設我對音樂毫不理解，走到鋼琴面前，只要造句的能力不太差，有些段落感，胡亂在五個黑鍵上按來按去，大概都可以按出一個新造的旋律來，似中樂，或似中式小調。所以，很多人都以為作曲是容易的事，幾乎可以隨口噏。如果連這一點都做不到，便可以確認為「五音不全」了。

中國文化似乎對音樂有點偏見，先秦《春秋左氏傳‧昭公》記述了「晉侯求醫於秦，秦伯使醫和視之」的故事，說：「君子之近琴瑟，以儀節也，非以慆心也。」意思是說，正當人家搞音樂，是要用在禮節場合的，不是用來happy的。太過沉迷，或者過於追求彈奏音樂技巧，便叫做「煩手淫聲」，手淫多了，便會「淫生六疾」，是要看醫生的。難怪號稱儒家六經之一的《樂經》，不知是散佚、是兵燹，還是偽托，厲害了的一本經典，總之是失傳了。

洋人好手淫，沉迷於音樂，研發出重重疊疊、密密麻

庚子 己亥 戊戌

麻的音樂和聲理論和系統，令人目迷五色，耳淫五聲。
這種奇技淫巧，不只大人在玩，還及於婦孺。成熟一輩
或許都看過荷里活經典健康電影 *The Sound of Music*，港譯
《仙樂飄飄處處聞》，戲中的朱莉安德斯教細路唱Do Re
Me，由唱單音，然後樂句，然後組織起旋律，再發展出
有互涉動感的疊唱和分部和聲合唱，構成一首簡單而不
失層次，並且膾炙人口的兒歌。另外一種兒童教育方式
叫做砌積木，風行的產品是Lego；不論學Do Re me還是砌
Lego，都是訓練孩子由認識單元開始，由淺入深，由簡到
繁，進而發展出組織(organize)、建築(architecture)和演算
(mathematics)的能力，過程中亦鼓勵了創意和潛能發揮。

　　豐富而華麗的和聲系統，培養出珍惜多元聲音與追求
和諧美學的情操，構成複雜精細(sophisticated)的人文質
素。有這種文化素養，才會比較容易發展出西方的自由、
民主和代議政治的多元化社會。

　　我以前混過合唱隊，唱中低音部，知道唱不同的和聲
音符，不是要拆主旋律的臺，不是要挑戰主旋律，而是
要相得益彰，是要令聲容更鼎盛豐富。不論是密集和聲
(close harmony)，開離和聲(open harmony)，都是和而不
同，聲部之間也不會天剋地衝。

　　礙於歷史發展的客觀因素，中樂多着重個人樂器演奏
的模式，明朝彙集了一些琴譜，為古中樂保留了頗多的香
火。舊中國記譜法，用書寫文字，旁用工尺、板眼標記，
不善流傳。西洋則用簡譜、五線譜，豆豉蝌蚪密密麻麻，
大型樂曲，更是總譜、分譜一大堆，好不熱鬧，以流傳普
及化來說，幾乎獨領風騷。清代以後，西洋樂理傳入，確

也出現了「中樂為體，西樂為用」的現象，很多膾炙人口的中樂作品，都有「協奏曲化」，或者「交響樂化」的形式和風格。優秀作品如何占豪、陳鋼的《梁祝小提琴協奏曲》，盲炳的《二泉映月》等固然如是，一些熱心發揚華夏文化的演奏者，抱着揚琴、古箏之類，訂了維也納金色大殿，請來一班紅鬚綠眼洋人來拉小提琴、大提琴伴奏，也是壯觀。

　　但歸根結底，中國的音樂戲曲等還是較着重主旋律，在生旦大佬倌領唱或主角樂器演奏之下，伴奏也多跟主旋律走，甚至是齊奏(Unison)，下來已是敲擊板眼，若要營造雄壯的氣勢，則可用上千人齊唱一個調，襯以大鑼大鼓。See，西方的和聲多用分部，東方則偏愛獨奏或齊奏，取向顯然不同，但都可以出產各有特色的歌樂。對於和聲的取徑不同，各有偏愛，所以應該用不同的技術名詞來區分。網民智慧，西方的和聲或可仍稱和諧(harmony)，東方的便稱做河蟹(héxiè)，同屬H系列。

　　文化差異啫，冇嘢嘅。

玉冰燒

冰妹冰肌玉潔、秀色可餐，蒙難歸來……平安回來就好！

西方人精神困擾會找心理醫生，中國人神色倉皇時則會求神問卜。冇嘢嘅，文化差異啫。冰妹在向小神仙尋求心靈指引現場被野生捕獲，驚惶失措，我們小影迷，試以思慕之情重組蒙難現場過程。

設計對白：昨日因、今日果，當年你沒有找我指點迷津，接了一套《還珠格格》，還珠還珠，還不即是回水嗎？一格一格回水，恐怕回水不只一次啊！角色還要叫做金鎖，那金是鎖定的了。至於你的好姊妹小燕子，恐怕也飛不到多遠。

冰妹聞言，花容失色，幽幽說道：要還這麼多錢，你以為我會印銀紙嗎？

小神仙不愧精靈，思如泉湧：噢……要是你不懂印，可以找許家印，或許幫得上忙！唔……施主今年貴庚？……啊！……剛滿三十六，怪不得怪不得，犯太歲啊！

語音剛落，公安警察破門而入，帶走了主客二人。涼薄無情網民食花生，例牌嘲諷高人泥菩薩過江，自身難保。我反唇相稽：難道醫生不會患病的嗎？

搞完爛gag，說說正片。

涉及范太稅的電影叫做《大轟炸》，延期上映，看宣傳海報，很有荷里活電影《壯志凌雲》(*Top Gun*)、《珍

珠港》(*Pearl Harbor*)等大格局feel。風波期間，冰妹的名字在特別演員名單中時隱時現，同場的還有她前輩劉曉慶姐。

正片未看過，只聞時代背景為抗日戰爭之二戰時期。當年國民黨政府效法諸葛亮退守入蜀，以重慶為戰時首都及陪都，居民每日生活於日機來襲的警報聲中。當中一場空戰見於1940年9月13日，日軍出動了新式的零式戰機，盤旋於璧山上空，國軍飛機編制及裝備羸弱，奮而出戰，雖敗猶榮。零式戰機由日本三菱重工研製，用日本住友金屬有限公司生產的鋁合金做機身，輕巧靈活，戰鬥力強。今日我們看見三菱重工的冷氣機摩打，不知會不會想起零式戰機的螺旋槳。

重慶居民既生於戰亂的惶恐當中，亦目睹及親歷大時代的壯烈場面。據載，重慶上空經常出現兩陣戰機纏鬥，居民亦不懼湧上街頭，仰望長空，如看麻鷹相撲般驚嘆。

抗戰初期，經蔣介石、宋美齡向美國尋求協助，得羅斯福總統支持，中國戰時空軍乃得力於美國志願航空隊（American Volunteer Group），暱稱飛虎隊（the Flying Tigers）指揮官陳納德（Claire Lee Chennault）相助，陸續建立起空軍隊伍，除了於1938年8月應宋美齡邀，於昆明籌辦航空學校訓練中國飛行員、為重慶建設好防空警報系統之外，還活躍於中國西南、緬甸、印度支那半島地區的補給運送和戰役，埋單計數，由飛虎將軍陳納德指揮的第14航空隊便曾以五百架飛機的代價殲滅超過二千五百架日機。

陳納德夫人陳香梅雖生於河北，但卻與香港有緣，七七事變後來港，就讀於九龍真光中學，香港淪陷之後去

了昆明，任職記者時結識了飛虎將軍，二十二歲時嫁了五十四歲的陳納德，二戰後定居美國華盛頓，活躍於政界，並積極參與中美交流事務。陳納德夫人在香港還有一些老朋友，農曆新年剛過、戊戌大時代剛開始，即聞她抱恙兼行動次且，並於2018年3月30日以九十四歲高齡息勞歸主。

　　抗戰期間，美國和蘇俄都曾給予中國援手，或軍備，或校官訓練，算是中國和西方國家互動關係最良好的時刻之一。竊聞近日中美交惡，美帝亦因中方將領採購俄羅斯軍用物資而使出制裁手段，鬧成僵局。憶苦思甜，想起當日聯手打東洋鬼子，今日兄弟鬩牆！……冇嘢嘅，誤會嚟嘅啫。

三傻遊瑞典

我以前稍讀過邏輯學，學而後知不足，知道還有一種博大精深的中國邏輯，近年努力理解，或已略有所成。我試以自乾五(自帶乾糧的五毛)角色和觀點，小試牛刀。

《三傻遊瑞典》自上演以來，越映越旺，欲罷不能。戲大家看過了，我在這裏只提供花邊導賞資料，説書旁白和大家一起吃花生。

三傻被抬去的林地公墓(Skogskyrkogarden)，葬的是瑞典女演員葛麗泰‧嘉寶(Greta Garbo)，活躍於二、三十年代，由默片演到有聲電影，1954年獲得奧斯卡終身成就獎，那年我才剛出世，她要比我的媽還老。葛麗泰‧嘉寶1950年歸化了美籍，1990年4月15日因病於紐約逝世，享年八十四歲，並於曼克頓火化，以中國邏輯來説，應算是「瑞奸」，但嘉寶「首先是瑞典人」，所以要押回瑞典，林地公墓是她的「骨灰塚」。瑞典警方不懂待客，不知道我們只關心范冰冰姐的秀色可餐，對一個活躍於二十年代的阿婆沒有甚麼興趣。

事發之日，七月盂蘭才剛過，距離「月亮光光月亮光光」的八月十五仍未到。中國人多難(興邦)，是苦難民族，經常生於憂患、死於冤情，所以七月地獄開禁，個個青面獠牙、追魂索命，唔講得笑。鬼佬唔係人，長居鬼域，所以他們的鬼節，會為自己大事慶祝，實在便是鬧鬼，對三子來説，便是嚇鬼。另外，中國人都是唯物主義無神論者，把他們掉到教堂邊，你還好意思說我們教育回

民吃豬肉不對？說起墓地，我們中國人對先人充滿激情，殯葬必呼天搶地以表達洶湧澎湃的哀傷，若然欲哭無淚，便會出錢僱用「孝子」來大哭大喊，以壯顏色；愛哭是民族特色，一哭二鬧三上吊，尤以哭喊為先。西方人感情涼薄，出殯日只會竊竊私語，場面冷清。

曾氏一家三口自摔倒路邊呼天搶地是一種常見的行為藝術。三子見慣了城管、公安「當頭棒喝」，拳打腳踢之類，叫「救命」、「警察殺人」，只是練出的本能反應。瑞典電視台把「救命呀」翻譯成為Help，軟弱無力，經常低估了事態的嚴重性。夏蟲不可以語冰，冇嘢嘅。

外交部稱瑞典的治安工作做得不好是有根據的：「1973年8月23日，兩名有前科的罪犯簡·艾瑞克·歐爾森與克拉克·歐洛夫森，搶劫瑞典斯德哥爾摩內位於諾瑪姆斯托格廣場最大的一家信貸銀行，並挾持了四位銀行職員。在與警察僵持了130個小時後，歹徒最終投降。然而這起事件發生後幾個月，四名曾經遭受挾持的銀行職員，仍然對綁架他們的人顯露出憐憫的情感，表明並不痛恨歹徒，表達他們對歹徒不但沒有傷害他們卻對他們多加照顧的感激，並且對警察採取敵對的態度。」（節自維基百科），可見瑞典的警察的確有問題。後來，這種愛上了加害你的人的行為現象，學術界稱之為斯德哥爾摩症候群（Stockholm syndrome，港版叫做斯德哥爾摩後裙症），至於曾氏老幼三口，老遠跑到這個差點到北極的小國來旅遊，相信是對斯德哥爾摩症候群，不是尋根，便是朝聖。

瑞典電視台不應該作弄我們的吃和拉。吃是我們的基本人權，這點原則，我們是堅定不移恪守着的。民生無小

事，吃飯權更加是重中之重。近年，我坐九巴從元朗到銅鑼灣，途中便聞遍麥當勞漢堡包、家鄉雞、葱油餅、酸辣麵、叉雞飯……，林林總總。至於拉矢，西方人不是說大自然的呼喚(call of nature)嗎？違反自然規律，還不是踐踏人權的底線嗎？近年去一些百貨公司的洗手間，多見了座板上堆放了「一篤矢」，相信是上手踎拉的眼界不好造成的，人急自然智生，也開始學習起踎拉藝術來，聽中醫說，踎拉相對於坐拉，才是正確的姿勢，有益健康。

三傻遊瑞典，「芝麻丁點事，化作大鵬志」，甚至觸發「戰狼二」重新上畫，好戲連場。冇嘢嘅，文化差異啫，誤會嚟嘅。

庚子 己亥 戊戌

老相機與老照片

Pinterest經常傳來香港老照片，勾起我上eBay回購失散多年的老相機的趣致。

八十年代前後，很多日本品牌的相機和鏡頭都交由東南亞地方的廠房生產，包括了菲律賓、泰國、馬來西亞、星加坡、越南，與及香港。在eBay上買到的東南亞版本，一般用料較為經濟，要價也比較便宜，但仍相當實用。至於註明日本產地的，一般用料都很厚重，幾十年後賣出來，還是潔淨如新，要價也相對地高。向日本人買，雖然會稍貴，但幾乎保證保養得完美，有部份也可能是翻新過的。我做唱片的時候，行內的音樂同好，經常向我索取日本版的黑膠唱片，他們買DVD，也是要日本版的，因為拷製出來的畫質實在優勝。反映日本人對技術產品的保養和尊敬程度。

年青時候用的是萬能達（內地譯作美能達），已經是七十年代的事了，兩支自動對焦鏡頭到現在還是新新淨淨，堅固且耐用。萬能達在2006年1月退出相機市場，並將部份資產出售給索尼（SONY）。今日我們用索尼的機身，仍然可以使用以前萬能達的鏡頭，的確是有頭有尾有誠意的延續。eBay有很多萬能達的機身和鏡頭出售，喜歡攝影的，可以到eBay去淘寶。

從萬能達而想起了海鷗，那是偉大祖國歷史悠久的光學相機產品，原本參考徠卡（Leica）研發，印象中早年的光學玻璃部件來自好像是東歐、捷克之類，品質極其優秀。

我於1989、90年間曾經帶一部雙鏡反光機去巴黎用黑白菲林影教堂、影蒙馬特（Montmartre）山丘街景，照片比今日數碼相機的二千多萬像素的成像還要銳利。我在九十年代中還可以在國貨公司買到一台海鷗的雙鏡反光機，記得不過兩百多元左右，把玩了幾次放回盒裏，算是回憶的珍藏。菲林機在千禧年左右開到荼蘼，數碼機接力和摸索，爬了十多年，才把成像的銳利度補回，優勢則只不過是即影即有，和可以即時上傳到雲上社交而已。

早幾年海鷗試圖東山再起，出了一款雙鏡反光模樣的數碼相機，叫做CM9，貌甚寢，另外好像還有一款便攜相機CK10，皆稱自主研發，用家踢爆內裏還是Olympus、Sony、Samsung、Ambarella的部件，真的不知如何自主。弔詭的是，九十年代中，萬能達和海鷗曾經合資合作成立上海美能達光學儀器有限公司，千禧年後，萬能達借索尼輪迴轉世，只是不知道海鷗尚能飯否。

中國人雖然也喜歡影相，但始終當做閒情和消費，很難出三兩個有意境和內涵的大師。以前盛行過所謂沙龍風格，構造的是朦朧美，意向於水墨畫，近來也少見了。西方攝影有一大部份的內容因記者和探險探奇活動而豐富和震撼。我們一般就只影旅行、風景、生活輕巧而過眼雲煙。就算靜態，認真的西方攝影表達對山川的崇敬，不稱影風景（Scenic）而稱影地貌（Landscape Photography），以安塞爾亞當斯（Ansel Adams）為祖師爺而蔚然成派。

香港因為沒有關稅，成了全球相機消費天堂。香港以前有為日本品牌做裝嵌，後來這些實業都北上了。高端光學產品我們沒有耐性去研發，低端的卻有誤打誤撞而創出

庚子 己亥 戊戌

了風格來的。學生的親戚原本做閃光燈光學產品，後來靈感到，做了一台類似針孔式的玩具相機，本來是要供給要求不高的低端用戶的，影出來的照片成像較粗，殊不知成了一種特殊的風格，叫做Lomography，風行全球，這款便是Holga相機。香港人有世界接觸和視野，人口雖少，但經常有揚名世界的機緣，包括電影、體育，甚至相機，這一點是我們香港人引以自豪的。

eBay上周遊列國，買舊相機首選當然還是日本賣家，貨品描述誠實而恭謹，買家反應紀錄，幾乎都是100%滿分，投訴近乎零。其次可信任的便是德國、英國，但價錢加上運費很貴，美國人用機比較粗，外觀就不如日本人的保養得潔淨；驚驚的是東歐一些賣家，前蘇聯和東歐都出產過一些不錯的機身和鏡頭，很多從烏克蘭、立陶宛等地賣出，見eBay的賣家信譽統計歷史較好的才好一試。我買過一些純粹為「發古幽之情」的相機，收貨後發現是甩皮甩骨的(瓦良格號現象)，典型的商品與說明不符，反正所費不多，也就算了。在網上周遊列國，見微知著，反映了個別地區的民風品性。

孔子可憐

　　人長命百歲，或者更多，便會見怪不怪。長輩一百年前五四運動前後甫出生，便會聽到有人提議「打孔家店」。雖說「打孔家店」並不等於要把孔子打倒，而是要批評或批判儒學之弊，但對於少有精神樑柱的國人來說，對一個巨大的文化圖騰狠批，便足以令人精神恍惚。百年前的「打孔家店」只是輕打，打後幾十年，孔老先生可幸人身尚算安全，至少，由我出生到學校教育的一段時間，老師還在教《論語》，尊重孔老先師。第二次是重打，在文革時期，還要和「批林批孔」一齊打，就好像耶穌要和兩個罪犯一齊釘十字架般無厘頭。不過近年孔老先生又火紅了，我國為老先生設了個孔子學院，在全世界插旗。有幸長命百歲，真的要很有修養才不至於精神分裂，「好難捉摸呀」！

　　孔子可憐，一如中國的斯文讀書人一樣，一涉政治便有運行，經常「累累若喪家之狗」（見《史記·孔子世家》。另北京有位自稱是孔子後人的「學者」罵香港人是狗，大概也是出於敬祖之言）。孔子學院火紅了幾年，遭受到西方國家驅趕，孔老先生大概也見怪不怪了，他生時到處求官不遂，因逃避政治仇家桓魋追殺，還有絕糧於陳的事蹟，大家耳熟能詳，也就從略。他身後的儒家學說在歷史上被捧上政治神壇，兼被「過了一棟」也不是第一次的事了。

　　欣慰地說，孔老先生還是普遍受民間與及斯文的讀書

　　　　　　　　　　　　　　庚子 己亥 戊戌

人，包括外國人以粉絲式的熱情愛戴的。香港中文大學的創校先師便是一群花果飄零的儒家學者，我受教育的英華書院中學、香港大學中文系，聚集的都是守儒家傳統生活價值的老師教授。英華書院於1818年在馬六甲由傳教士馬禮遜(Robert Morrison)創辦，除了辦學，亦兼印刷設備和出版。書院在1843由馬六甲連同印刷設備遷至香港時，由同屬倫敦會的傳教士及漢學家理雅各(James Legge)出任香港英華書院第一屆校長，並且一住幾十年，和香港甚有淵源。

理雅各一生都在將中國的美好文化典籍翻譯成英文向西方傳播，登錄在案的便有《沙門法顯自記游天竺事》、《易經》、《詩經》、《書經》、《禮記》、《春秋左傳》、《大學》、《中庸》、《論語》、《孟子》、《孝經》、《道德經》、《莊子》、《陰符經》、《玉樞經》、《大秦景教流行中國碑》，都是儒、道、佛的典籍。我們雖然年少已可「學而時習之，不亦說乎？」地琅琅上口，但仍可看一點英譯，用世界的眼光和角度來多了解一點自己的優良文化，肯定更能增加自己的文化自信。理雅各的《論語》英譯，有亞馬遜kindle版，好像還是免費的。

我讀書時期，正值西方學者熱衷於研究我們的《易經》和《孫子兵法》，說《易經》可以看懂中國人的管理哲學(我則認為反映了中國人的性格基因)，《孫子兵法》則了解我們的謀略，當時說連美國的西點軍校都在研究《孫子兵法》，可見真的是「厲害了，我的國！」。理雅各好像也有試圖翻譯《孫子兵法》，但我在他的《中國經

書（*The Chinese Classics*）》等似乎沒有看見，他曾經對人説《孫子兵法》是邪惡的，不推薦。

普及的《孫子兵法》英譯版由英漢學世家翟林奈（Lionel Giles）於1910出版，亦兼譯《論語》（*The Art of War by Sun Tzu and The Analects of Confucius*）。

理老宅心仁厚，不向西方推薦《孫子兵法》，卻不知道，我們是道理上談儒説佛，實際生活應用則為通俗普及化了的《孫子兵法》：「金蟬脱殼，抛磚引玉，上屋抽梯，偷樑換柱，無中生有，美人計，借屍還魂，借刀殺人，以逸待勞，趁火打劫，笑裏藏刀，順手牽羊，調虎離山，指桑罵槐，隔岸觀火，走為上計……等」，日日都用，是為「孔學為名，孫學為用」。翟林奈孫、孔兼譯，乃得我國粹精華。

自古以來多造假

造假源於創作能力薄弱。

充滿創作活力的族群，只會關心創作得好與不好，較少甚至不存在真品還是假貨的問題。沒有創作能力，螺旋式向下，初則抄襲模仿，「畫虎不成反類狗」時，把心一橫便造假，再向下，便是欺詐，構成一條層層向下的食物鏈。當欺詐成為一股勢力，便會發展出自己的欺詐邏輯，與強盜邏輯互相輝映。

抄襲模仿也有螺旋式向上的，就看爭不爭氣。我在八十年代路經南韓漢城的時候，走幾條街，賣的都是仿效名牌的牛仔褲、時裝一類，看質量尚算不錯。而創立於1967年的「現代汽車」，就連標誌的H字樣都是仿效日本Honda汽車，稍作修改而成的，至今已穩居世界頭幾名車廠的位置，香港也見頗多用家。至於三星、LG等等的領導性發展已是後話。顯然，像南韓這些相對自由的地方，在沒有枷鎖的政風之下，創造和領先才有可能。

歷史印象中，唐宋年代的政風比較寬容，元朝雖受外族統治，但對於民間的文化藝術，似乎也沒有多大的箝制，所以順次出現了唐詩、宋詞、元曲之盛世。明、清打後，管治及社會風氣越來越緊，創作力也就衰微了。

七十年代，香港唱片業逐漸完善了版權制度，唱片公司比較放心投資灌錄唱片，開啟了廣東歌黃金年代。不過，回頭再看，所謂廣東歌，有絕大部份改編自歐美、日

本的流行歌曲，原創的少。九十年代中期我在電台工作，同事推動了原創音樂運動，我一方面支持，一方面悲觀。中國不是沒有能人，只是有更多不能的人。一些天才型的人做了些原創性的東西，一受歡迎，便會惹來一大群食肉蟻，把價值齧噬到精光殆盡。就以宋詞為例，一個詞牌有如一個譜，倚聲便填出無數個版本，我們習慣了一個格式循環再用，所以有填詞的傳統，卻缺少了音樂創作的衝勁。這是國情，也是死穴。

創作力弱的成因亦在於排他、禁制而導致無知，假貨充斥只是後果，並且自古以來就有，禍首源於形形色色的禁制，一些始於朝，一些見於野。在朝的心胸狹窄，由來已久。秦統一天下，除了燒人數簿(六國歷史)，還滅了一些看不順眼的經書。到了漢朝，向民間徵集私藏典籍的時候，呈上來的，很多便真假難辨；然後又有人搞罷百家獨尊儒術⋯⋯我們習慣了聽朝廷一錘定音，實在歷史悠久且深入骨髓。另外便是一些民間的所謂道家典籍，有些教人強身健體，賣點其實在壯陽。再江湖一點，便是一些風水命理之類。有些自立成派，門禁森嚴，不過是對信徒圈禁盤剝。這些造假一爆煲，便會出現一大群的、義和團式的術數難民。我們最新學得的名詞是疫苗難民、網貸雷爆的金融難民，香港大概也不甘後人，繼鉛水難民之後，希望不會來一次沉降難民吧。

造假和無知是孿生兄弟，共相除了是面目不雅之外，更深層次是貪婪、邪惡和對人的耍弄忽悠，久之還養出了一個斯德哥爾摩症候群。我們對流氓頗有好感，歷史上兩個大朝，一個漢、一個明，開國皇帝的性格都很有流氓草

寇的味道，奠定了「勝者為王、敗者為寇」邏輯，也形成了「你唔死我死」的叢林法則。

當造假和無知的勢力蔓延，我們要用道理去說服他們，變成了「對牛彈琴」；可以對牛彈琴還算是幸運的，最不幸的是，這一群牛要反過來對你彈琴，要你欣賞歌頌，那才是噩夢。

對抗造假只有一個對策就是說真話。德哲歌德說：「真理要不斷重複，因為錯假亦永遠被傳佈，不是經幾個人，而是經一大群人。」又說錯假的滲透力強，於報章及百科全書，在學校和大學裏，在任何地方，錯假會因為知道絕大部份人歸了他的邊而沾沾自喜。

原英譯為 Truth has to be repeated constantly, because Error also is being preached all the time, and not just by a few, but by the multitude.

蔡伯勵老師點滴

　　我於1981年加入廣播傳媒，負責編排一些雜誌形式節目，要外勤四處出訪嘉賓。我們用的專業器材是德製的UHER開卷錄音機，堅實而沉重，連皮套和肩帶掛在膊頭上，重約七磅。其中一次背着這笨重的傢伙去上環，訪問了蔡伯勵先生。

　　我是在番書院受教育的，讀古典中文英文，想文化左右逢源，最終還是腦袋左右分裂的多。當年訪問蔡老師並不是因為對他的術數業務有興趣，而是他代表的文化現象。成熟一輩的香港人都是貼着收音機長大的，熟悉的聲音包括了商台單人演播《天空小說》的李我、蕭湘，港台則有古典磁性的播音王子鍾偉明，每天操順德口音報豬牛羊價格街市行情的龐富；另外便是同操順德口音的蔡伯勵每年新春在商台報流年預測。香港人在八十年代前後進入了電視媒介興旺期，但聲音廣播仍然持續恆溫。電台廣播不及電視霸氣，但更長情，熟悉的聲音縈繞在家庭空間，久之幾變成了圖騰，難以刷洗。

　　蔡老師的主業編修曆書，俗稱通勝，輔以擇日造葬一類民俗禮節。他的《永經堂》，今日看來或像古董文物，卻仍可無聲無息地坐守於現代中環甲級寫字樓一些人的抽屜內。話說一個推動公司上市的投行朋友，在客戶公司上市期近，投資者、高層管理人員為了選擇上市日期，開會反覆討論不休，有因實務考慮的，亦有因尋方家擇日而躊

庚子 己亥 戊戌

踖的，無節制的會議，幾至夜半，朋友悄悄避席，打電話給我問怎辦？憑理性，當然以實務為先，定好工作進程綱略，然後找一部《永經堂》通勝，尋附近日子，總有一些吉日在左近。方家術數，沒有傳說的鎮妖降魔般神奇，但總可以撫平一些眾說紛紜的心理需要。

中國人沒有教義性很強的宗教信仰，「靈則信、不靈不信」，太務實，算不上精神信仰的定義。無教義信仰的民族多心靈空虛，世傳的民間習俗提供了一些共守儀式，予以行事規範，填補了這個心靈空間，也給人提供了方便行事的心理環境。

沒有人會天真地認為擇個吉日可以順利到老，方家術數永遠只能是一個助緣。對於方家這門，留言者不乏吐槽之見，所據不外不現代、不科學、誇誇其詞等老生常談觀點；憑標籤而褒貶，亦不外是站隊歸邊的行為，君子當可釋懷。也難怪，這些負面印象，多來自電視娛樂節目中奇形怪狀的術士行為，正常方家，則無奈地被代表了。

古風中國讀書人的文化成份，脫離不了書畫琴棋、醫卜星相，不過這些都是副業，正職仍在經史。江永字慎修，康熙二十年(1681年)生，為清代經學家、音韻學家、數學家，著作甚豐，習術者知其尚有《河洛精蘊》，為風水易理之精著，生平經歷西學東漸，因眼界開揚，對西方科學傾慕讚賞，亦勸勉庸俗術數方家不要偏執於所謂吉凶禍福，極有見地。

不要以為習術者沒有自知之明，蔡公則說，朋友有困難，循正常途徑屢試無效，我們才會用另類方法，看看幫不幫得上忙而已。正常方家，不會巧立名目，不會語言不

誠實，不會誇耀其神，並且會多談個人修養，生活亦不奢華，這是上一代術數師的風範。「衣冠簡樸古風存」，再後，一如熟悉的廣播聲音群譜，隨時代變遷、時間流逝，便要所存無幾了。

　　蔡老師好客，稱後輩為兄，為古禮，常邀請朋友到順德莊園，宴用不外老火湯，臘肉蒸鯪魚之類，家常便飯，卻是吃出道地。上次探訪莊園的時候應為2016年初，早上起來，一班朋友齊集在大門前影集體照，天空驟然降下南方飄雪如敷粉，引起眾人一陣驚喜的騷動，我的記憶也就如按下的快門，一刻凝固了。

庚子 己亥 戊戌

移民今昔

　　我近代的移民潮印象始於1986年左右，來話別的同學、朋友多選擇移居美加。那一次移民潮的成因，大概來自香港前途談判，部份中產人士擔心會失去西方的自由生活方式，未雨綢繆，選擇了起錨。另外一個較小眾而又騎呢的原因，便是有高人預測，2002年大亞灣核電廠會爆炸影響香港，令其多加了幾個移民數字，後來當然便只是一笑。

　　我記得當時廣播道一層八百呎的單位賣五十多萬，不過銀行供款利息卻要二十多厘。那時流行一個說法，倘若有能力在外地買房子，除卻了居住負擔，另加六百萬港元左右現金存款，便可以靠銀行利息過寫意日子，安心做「息魔」。

　　第二波便要數八九民運之後，某年最高數字走近十萬人，這一波漣漪到九七前後。我在這個期間申請了移居加拿大獲批准，但因1992年剛簽了一份香港工作合約，有些為難，在一次探親入境時，向海關表明不能夠履行居住180日的要求，即場放棄了落地紙的權利。所以，後來幾次入境，海關人員看紀錄，知道是誠實良民，都少有查問，只不知道這麼多年後，紀錄還存在否。

　　近日偶然從電台聽得許冠傑在九十年代唱的《同舟共濟》，由他自己寫曲和詞，當中入耳的字眼包括了「移民外國做二等公民⋯⋯做遞菜斟茶」等，深感唏噓。唏噓的不是因為「二等公民」礙耳，而是香港人曾經自視過高，

然後南柯一夢。八九十年代，香港沉醉於擁有全世界第一流公務員隊伍，與及是全世界最醒目聰明一族的良好感覺當中，所以看不起「二等公民」、「遞菜斟茶」這些角色。多年後反省，便知道想法幼稚。一是香港人的公民社會意識(如有)還不算成熟，卻怕做「二等公民」，另外視「遞菜斟茶」為低端工作，也是極度的政治不正確。這樣的眼光，我們近年卻施之於香港的新移民身上。

這類打嘴砲式的勵志歌，逃不出矯揉造作，八九十年代多的是，鼓勵你留守的人，大多數都留了較腳後路，這是部份香港醒目仔的偽善。事實上，我的親友在外地生活、工作也非只限於「遞菜斟茶」，其中一個在香港做建築劃則工作的，八十年代到了溫哥華，先做自由接單，慢慢站穩了，便建立出自己的客路網，沒有人理你是一等還是二等公民。當時的確有些人有一種「厲害了，我的港」的心態，去到新地方，總想要有大駕光臨的氣勢。另外，居澳洲的朋友太太亂打亂撞，藉着社區的公共場地資源，建立了電腦班，教小孩，活得很有意義。我的弟妹都是澳洲公民，都有雙學位，弟弟近年的業務是專門替客人搬鋼琴，功夫和手勢都要比「遞菜斟茶」重。

寫這篇文章是偶然的感觸，原因是身邊有一些朋友包括學生陸續有移民的動作，出發點不外是生活方式的選擇。一個在香港做IT工作，近日打算到加拿大開老人院做護理工作。另一個是知識產權律師，隨夫婿移居侯斯頓已經三數年，但仍可以透過互聯網繼續服務香港的公司。世界越來越細，聯繫緊密，自由通訊很難強力封鎖。身

庚子 己亥 戊戌

邊朋友移民前夕，便只是趁機聚首吃一餐飯，沒有甚麼惆悵。

　　說移民數量，近年的數字反而不算多，大概是客觀環境真的越來越難搵食，尤其是基礎不夠的年青一代，便可能要陷於「貧賤不能移」的處境。有趣的是，近年移民的朋友，較多是夫婦一齊，或者是舉家遷移的，少了一些像八九十年代把配偶當作「太空人」處理的醒目仔策略。取而代之的，反而是強國人的「二奶村」現象。在這方面，香港人的確是成熟了。

書展前話

　　七月流火，書展每年這時節照例開鑼。十多年都沒有去書展了，今年大概也不會去。以前去，可能只是一種感覺上的習慣，認為自己還有時間看書，用旅行唸拖一大堆回來上櫃，閱讀率10%不到，書籍變成了昂貴的牆紙。一波未平，一波又起，永遠買得輕鬆，讀得困難，借着年老色衰的藉口，索性束書不觀。

　　愛書的人都讀紙本，久違了的書展，相信還是以紙本為主。紙本有天生的古典味，叫做書香。紙本和手稿有血濃於水的姻親關係，以前看書，開場幾頁，經常附印作者手稿墨寶，視為有型，現在已不多見。書香多附麗於作者的濃郁感情，揮發於跳脫的思想，故美文多出於文史哲，而不在於實用工具書。

　　語文缺乏了情懷，便如味同嚼蠟，也委屈了文字的風情和魔力。現代語文教育偏重實用，對語文只做淺層切片取用，不解風情，所以難出美文。我的一位紅顏知己，讀完法律，當了近二十年律師，仍然感嘆只可以寫出純熟法律文件，卻無法寫得一手正常文章。現代人寫字只尋實用，可以寫資訊，卻不會寫人情，漸漸會連說話溝通的能力都退化，只會拿起手機對WhatsApp語音訊息講斷斷續續的破語，說的都是Babel。

　　我相信手寫文字的年代或者已經過去，或許大多數的美文都在二十世紀之前完成了。先前的人喜歡寫字，也喜歡弄劍，若嫌弄劍的層次不夠高，大概還會搞革命，一邊

　　　　　　　　　　　　庚子 己亥 戊戌

搞革命一邊談情說愛和寫情書是常有的，那便叫做浪漫主義。文字就是為浪漫主義者而設的，是給大鼻子情聖這類劍客詩人來發揮的。手寫和舞劍都是手藝，後來的世界捨劍而用槍炮，手藝便褪色了，今日作者多在鍵盤上敲打出字，書寫手藝和情懷文采漸成絕響。美文是古代的比現代的好，近世則是上一代比下一代的好。美文是手工藝術，所以必須手寫，今日很多字都是打出來的，所以缺少了靈氣，沒有靈氣的文字，自然不會有美文了。

近日朋友因林燕妮香消玉殞而再念露叔，契姐說，當年露叔手寫便條經傳真機傳來，珍貴墨寶在熱敏紙上不堪存，早已褪色蒸發，實屬可惜。我笑說，露叔當年不論對長幼前後，都喜歡發手寫信箋、長短便條，是為古典情懷，大概也預知自己身後當有文物館悼念。圈中還有吳宇森大導，亦喜親筆寫信致意友人，另外紫微楊大師當年效力《明報》，多得金庸先生親筆下達便條，只是沒有一一儲藏。幾位前輩都是古典情操之人，筆下亦多劍氣，所以性格活現。

今年書展會精彩否？我問熟悉的書商朋友近日門市銷售如何，慨嘆說，生意很差，很多出版商已經冚旗，一段時間，零售書店望天打卦，希望時有像羅琳女士的哈利波特般流行暢銷新作面世，帶旺市道。我問，還有烹飪、旅遊或教科書一類，不是一直賣得好好嗎？慨嘆說，今日讀者要看旅遊資訊、烹飪指南，網上已經排山倒海了。

上年紀的人偏愛紙本文字的古典美，不過也不盡然，筆者已近使用兩元交通費之資，體力漸覺式微，偌大陋室，雜書加雜物藏好等，維護打理漸感吃力，故近年力謀

從簡，甚至已下定決心，來日裝修，將設置成示範單位般簡約模式，減省一點日常操勞。

電子版書籍遲早要取代紙本，筆者近日寫成的書，正準備編成電子版，稍有經歷。網上幾個流行平台包括了Google Books，個人則較喜歡用蘋果的iBook Author，可以嵌入很多媒體功能，有豐富的視覺效果，至於美國亞馬遜的Kindle，雖然可以排出中文版的電子書，但網站的自助編書流程，設多國語言，包括日語，唯欠中文。明眼人都清楚，那是要讓路留位給中國亞馬遜網站來管理的。

不論紙本還是電子書，都是用來盛載感情抒發、思想交流和知識分享的，喜歡多元表達，互相包容，才可以令人大開眼界。截稿前聽了一首很有意義的歌《推開心窗的世界更大》，大卡士、大製作，七情上面，主題是世界Key，歌詞最後有一句神來之筆，叫做「有啲嘢係唔使講大家心照」，完。

正體字回家

南腔北調，以前只屬於民間個別行為的意氣調侃，也可以透過民間自發的善意作出調和。香港以前出現過《南北和》、《南北一家親》等粵語電影，結局皆大歡喜，一片祥和。事件一用到行政手段，或者政治任務去強分高低，惹來強烈反彈，則勢屬必然了。粵語的根源是否源自中原雅語？普通話是否胡化了的官語？雙方都不難找到自己的理據，但擂台一開，大家便逃不過拼過高低的意氣之爭，真的無端吹皺一池春水。

我比較有意見的，仍是簡體字的問題。

我最近要將一些文稿轉換成簡體版，文中提及乾隆，繁簡翻譯軟件把所有乾字都變成了干字，乾隆變成了干隆。我看來看去，總覺不妥，唯有花點功夫，逐個改回乾字。

干字只有三劃，簡體字要負起多工任務，實在叫它太沉重了。早幾年，這個干字把谷歌翻譯都弄暈了，例如超級市場用Google翻譯乾貨區指示牌，便譯出了F×ck Goods的笑話。中國的單字，常有一字多義的問題，久之，我們用複字造詞，或用個別字存其形而添其變，以適用於不同語境，尋求分工精細的達意效果，由此建立出內涵豐富，辭藻華麗的語文系統。過分簡化，便幾乎是將複雜的文字系統打回原形，只差未回到結繩記事的階段而已。今干字用於乾，也用於幹，也用於操，我在網絡上看到干爹還可

以處之泰然，一看到干娘，大概便有點毛骨悚然了。

國內一些有心的學者，近年都曾零星地提倡要適當恢復一些繁體字，將源於象形概念的漢字，續回其文化淵源，還其內涵。我年幾前經重慶機場，便買過國內詩人流沙河先生寫的《正體字回家》，副題「細說簡化字失據」，是他老人家的手稿珍藏本，2015年出版。書中談到愛字的幾句便有「愛已無心如何戀」，又批評這字「減了筆劃，損了內涵，壞了定義。」只是不知道他的聲音有沒有人聽得見。

文字經常反映出文化行為和意識，見微知著。詩人怨簡體的愛字無心，已抒己見，但忽略了由文字拍動出來的蝴蝶效應。愛是要做出來的，做愛而無心，便會視之為兩堆（或不止於）碳水化合物糾纏在一起的唯物感官活動。所以，國內有所謂一杯水主義，還有公共情人等現象，「愛」做不成，便停留在純粹的動物性行為境界。

據學者統計，現時世上約有7000種語言，有優秀的、內涵豐富的，也有相對地原始和簡陋的。中國有幾千年的文化歷史，人也本應聰明，憑票應該晉身於優秀而內涵豐富的組別。我們學別人的語言，不會只滿足於遊客式外語，識幾句點菜、問路。學習外語的樂趣，便包括了解別人的文化、思路，和價值系統，有一定的複雜性才有一定的挑戰性。將心比己，也希望別人如此對待自己的文化。要知己知彼，才會思路廣闊，眼界寬敞。語文過於簡化，承載的內涵相對削減，也容易產生自信危機和排外情緒。頭腦簡單的人，面對太多自己不理解的東西會感到不安，遇上難題，因缺乏解決難題的能力，便會想幹掉提出問題

　　　　　　　　　　庚子 己亥 戊戌

的人，鬧起情緒，便要將不理解的東西砸爛，拉人落水，要別人跟自己一般見識。近年那麼多大叔大媽大鬧全世界，便是大鄉里出城，與世無知的具體表現。

五四白話文運動一念之差，沒有意識到要將大眾的語文水平向上提升，反而選擇了向下百般遷就。莫說德先生和賽先生沒有真正發芽成長，就算是白話文運動，再看也不過味同嚼蠟。語言沒有適當的複雜性，便擔不起豐富的內容，也是豐富聯想和創意發揮的致命傷。一字多義的問題嚴重，便會走回到概念模糊的粗疏文化狀態。若果我們還要挑戰設計思路複雜的先進科技文明，例如要研發芯片一類，沒有追求精細複雜的心理質素和準備，再花二十年，相信仍逃不過山寨貨色。

自作孽，不可活，別人看不起你不緊要，自己看不起自己，便真的沒救了。近年，常有親朋戚友賞面，邀我為他們的新生公子或千金提議一些名字，有些會吩咐，說最好筆劃少一點，讓孩子容易寫，容易讀，遇上這種要求，我真的無言以對。以前，只有目不識丁的村夫，才會把自己的孩子賜名大牛、二牛。甚麼年代了？教育普及，香港中產一族自詡智商高，卻怕字繁，這種高分低能的現象相當普遍。那大家以後就叫張三、李四，丁一一、牛二二好了。

豆莢人

　　優秀的藝術作品如小說、電影都有預言能力，預測事情有時極為清晰準確，因為優秀的藝術家都有宏觀和前瞻的天賦，只是間中對未來時空的印象略有差錯，比起土炮的《推背圖》、《燒餅歌》等，要人每年猜一輪啞謎的預言，來得更有真實感。

　　奧威爾 (George Orwell) 的《1984》預言，於1984年後的歌舞昇平十幾年，幾乎看不見發病跡象，要等到起碼千禧年科網潮爆破，迅速再起飛進入網絡和大數據年代之後，大阿哥才漸漸露出真身，比預測足足遲了二十年，但奧威爾已經極之了不起了。我有時會懷疑，事情是先有蛋還是先有雞，是否很多只是自我應驗的預言 (self-fulfilling prophecy)；沒有甚麼創作天份的專制政體，是否因為看過了奧威爾的《1984》，如獲至寶，按圖索驥，才會構築起監控王國。

　　另外一套預言是1978年由菲力普‧考夫曼 (Philip Kaufman) 導演的科幻驚慄片《天外奪命花》 (*Invasion of the Body Snatchers*)，講述外星人入侵地球，以豆莢植物的方式上了地球人的身，複製成無感情、行屍走肉的人，並且不斷擴散蔓延，一如吸血殭屍的橋段。《天外奪命花》的原作生於1956年，由導演唐‧薛高 (Don Siegel) 拍攝，同名網譯《天外魔花》。我午夜驚魂，在網上看了黑白版和彩色版。

庚子 己亥 戊戌

1956年處於美國麥卡錫主義年代，對懷疑有共產黨聯繫的電影工作者展開獵巫行動，提防的便像今日的所謂「銳實力」滲透。當時社會有兩種分歧意見，一種認為戰後共產主義的威脅迫在眉睫，另一種則認為麥卡錫主義的獵巫行動，只是捕風捉影，迫害左翼前衛、自由創作，甚至其他專業人士。在這種政治氛圍底下，早一年，即1955年，經過幾番波折，錢學森透過各方安排，經香港回到中國，開啟了後來的兩彈一星計劃。

　　電影原著為 *The Body Snatchers*，小説作者 Jack Finney，電影經無數重拍，但仍以1956年及1978年版本為經典。我在1978年剛大學畢業，仍處於火紅的年代，左翼前衛仍算時尚，看1978年版的《天外奪命花》，一般視之為驚慄電影，對於麥卡錫主義的恐共情結，傾向相信是無中生有，借題發揮。

　　不論1956年版還是1978年版，都可以讓觀眾觀點與角度，各取所需，各自表述。但我看蛛絲馬跡，1956年版的導演唐‧薛高後來開拍了一連串的《辣手神探》（*Dirty Harry*），由奇連伊士活(Clint Eastwood)擔綱，很有美國牛仔的硬朗爛撻風格，和今日的侵侵頗為神似。導演通常不會劇透自己作品的背後動機，喜歡讓觀眾各取所需，思想任意奔流，取其爭議及最大觀眾市場，但他的傾向還是有跡可尋的。足足一個花甲子，驚慄意識沉睡了六十年後，如果當年的《天外魔花》捕風捉影，今天的戒備狀況則真的煞有介事了。

　　近年，我們赫然發現，以往表現得和顏悦色，大方得

體的官員，忽然言行舉止異常，大概便要提醒家人查看一下，站在公眾面前的發言人，是不是他的本人，抑或真身其實還躺在家裏。

越夜越精神，續看了張藝謀導演、余華原著的《活着》，由葛優、鞏俐主演；1994年的電影，劇情跨越幾個波濤洶湧的十年，在五十年代部份，片中的村幹部帶領村民大煉鋼，豪言十五年內超英趕美，一個花甲子後，革命顯然尚未成功，同志仍需努力。看葛優、鞏俐當年風采正茂，駕御劇情，感心動耳，盪氣迴腸，令電影充滿了生機和生命力，近年則久違了；至於張藝謀，這幾年則不知是否已逐漸變成了豆莢人。

片中的人物都戇直可愛，女孩鳳霞不知名地發了一場高燒，啞了，但會老是咧嘴而笑，應該是活得快樂的符號。葛優敗散了家，卻做了革命英雄，塞翁失馬，焉知非福。活在戊戌開啟的大時代，傻傻戇戇、烏烏龍龍，未嘗不是最好的活着狀態。

入鄉隨俗

最近，長官教導我們要入鄉隨俗，趁這天賜良機，和大家做點國民教育。

我在新界長大，熟悉圍村脾性。鄉下人都心直腸直肚直、喜惡隨心、愛和平，只是偶然會延伸一下手臂。因樓價高和貴租的關係，近年很多城市人遷入新界鄉村居住，個別有姓氏排頭的村，民風比較排外，外來人入住，便要一早查清底細。譬如說，村民很多都會養狗，不過，他可以養，不等於你也可以，因為剛剛夠額，多你一隻，便會破壞環境安寧了。如果能夠和他們混熟，事情還是好辦的，至於怎樣和他們溝通，便要「用你自己的方法」了。我們是既愛和平又好客的民族，對於鬼佬尤其客氣，以體現大愛包容，喜歡大自然花草樹木環境的鬼佬，一般都住得很舒服。

我們都知道中國人是講面子的，尤其是北方人多食麵，所以面子很重要。另外就是講意頭，否則就「大吉利是」。

醫生告訴我，有些富貴人家，有人因惡疾過身了，對外的說法，多數會修辭為「突然間心臟病」咗，「去得很安詳」之類。隱惡揚善是我們的千年美德。

看中國畫就知道了，我們是生長在一個多麼快樂而又和諧的社會。歷朝都有大師畫山水畫，畫中讀書人或者樵夫，都是那麼飄逸快樂的，寄情好山好水，如居天堂。要不就是畫花開富貴、牡丹芍藥、梅蘭菊竹。我們的選擇還

多的是，可以畫福祿壽三星，可以畫百子千孫圖、五蝠臨門、五代同堂。也可以畫仙鶴神針、歡喜佛、濟公和尚、八仙賀壽。要不然，還可以畫士人雅宴、仕女圖、或者仙風道骨，誰說我們沒有創意。畫成之後，最好康雍乾三代都給你題字蓋印，聲價百倍。如果有個不道地的像法蘭西斯科‧哥雅(Francisco Goya)的人畫了一幅"The Third of May 1808"，四圍找人給他題字，必然會聽到很多大吉利是。

我們還有一本厲害鳥，我的《易》，除了是比爾蓋茨和喬布斯的老祖宗之外，還是我們的性格基因手冊和行為守則。剛好有個卦叫做〈隨〉，中間有兩句分別是第二爻辭的「系小子，失丈夫」，和第三爻辭的「系丈夫，失小子」；《易》解卦大師林立，各有高大上的道德見解，我就用草根小人之心，君子度之腹，與君共勉。

〈隨〉就是要按規矩辦事，不過要分清楚跟那套規矩，各處鄉村各處例，規矩重要在人，你跟低端人口的規矩，便要喪失長官的寵愛；要得到長官的寵愛，便不可以死攬低端人口，所以是「系小子，失丈夫」和「系丈夫，失小子」的選擇。還要知道站隊，不可以站錯邊、跟錯隊，更不要錯估形勢。有甚麼委屈，忍一時風平浪靜，退一步海闊天空。跟啱隊，將來大把世界，最後便可以「王用亨于西山」。

又剛好《論語》有「孔子入太廟，每事問」一則，見於〈八佾〉和〈鄉黨〉篇。

大師對於孔子這個問題青年為甚麼唔先拜神仲要每事問有羅生門一樣的解讀，一說孔子對於太廟的規矩不熟悉，所以不恥下問；不過這解釋有些可疑，孔子是周禮的

粉絲，說過「周監於二代，郁郁乎文哉！吾從周。」對周朝禮節應該滾瓜爛熟，對於當時的土豪，搞大龍鳳的禮節比周天子的規格還要高，早已經大呼禮崩樂壞了。他的「每事問」其實是樣樣質問抽秤，好唔俾面，意思即係，除非唔係：「乜嘢鄉村乜嘢例㗎喇，啲規矩咁騎呢嘅，係真唔係啊！」

剃人頭者人亦剃其頭，孔子睇土豪唔順眼，土豪亦睇佢唔順眼，責備佢「孰謂鄹人之子知禮乎？」乜都問，知唔知規矩㗎？

大家懂規矩，唔使問咁多，社會便會更和諧，更加耳根清淨，大家每天回去看肥媽教煮餸就夠幸福了。

滅蠻經

　　《中庸》第二十三章說：「唯天下至誠為能化。」待人以誠，我們悠久的歷史不乏聖人的教誨，唯小人總是多。

　　唐朝的時候，四方蠻夷都仰慕大唐文化，其中一個粉絲是小日本。從公元630年打後百多二百年，日本人派使節(遣唐使)來華求學問近二十次。那個年代，倭國造船技術落後，要橫渡東海、黃海一帶，經常遇到驚險萬象的颶風，沉船十常八九，死傷無數，但都阻不了日本人前仆後繼到中國取經的熱誠，有關記載很容易查到，謹此略過。這裏就只說一個花邊小故事。

　　日本人來求學的項目很多，包括了政制、生活文化，與及建造技術等，當中還有一項叫做風水。時值大唐玄宗皇帝，視風水為高端科技、為國家機密，欲禁制出口，但又不便直言，於是差遣了一行禪師做了一本半真半假的風水書忽悠遣唐使，有人稱之為《滅蠻經》，意思是此經有毒，用之足以亡國。這部心懷不軌的冊子，用上了一些《易》卦的概念，似真疑假，撲朔迷離，但仍讓遣唐使如獲至寶。後世認為這本《滅蠻經》傳授的，就是後來廣泛流行的「八宅風水」，並且出口變內銷，回流到中國。我八十年代在電台工作，時值風水命理大行其道，很多串門子的風水大師都使用，至於其他派別談起這段唐人舊事，則不乏沾沾自喜搵了日本人笨者。

　　歷史多弔詭。倭人拿了一本可能是A貨的東西回去，

　　　　　　　　　　　　　　庚子 己亥 戊戌

卻認真地施用起來。據說，奈良(平城京)和京都，除了仿效唐代城市規劃和建築風格之外，還參考了從中國帶回來的風水概念。諷刺的是，唐打後，倭國不滅，反而逐漸經歷改革、進步、歐化與及現代化的過程，至近世成為了強國。回到宋末，蒙古君忽必烈兩次海征倭國都遇上颶風令戰船沉沒，倭人驚嘆為神風庇祐，不戰而勝了蒙古人，而蒙古人則滅了南宋。

回唐初，大明宮始建於貞觀八年(634年)，唐太宗身邊有李淳風(602–670年)和袁天罡(583–665年)兩位大師，他們的《推背圖》到現在還是那麼熱賣，應該是一代高人奇人，據聞李淳風還參與了大明宮的建設工程。但是，不過百年左右，唐玄宗天寶十四年(755年)即生安史之亂，八年動亂，大明宮處於兵火焚城狀態，打後便是藩鎮割據，大唐氣數即進入苟延殘喘階段。

早幾年我到京都一遊，看到還是保全得乾淨企理的唐風寺廟建築。旅遊旺季，自由行旅客擠塞得有如維園的年宵花市，還有大叔大嬸指導小孩狂搖櫻花樹，製造天女散花的拍照效果。

我們有很多信念或認知，經常建立於無根無據，或浮沙淺水之上，經常墮落於與事實或邏輯根本不符的錯覺認知上。視風水為國寶的人應該懷疑，究竟當日的一行禪師是否漢奸、無間道？是否出賣了大唐，把國家機密裏通外國？又或者所謂風水，是否子虛烏有，一定中，除非唔中？另外，李淳風和袁天罡這兩位國師老人家，是否只顧沉醉於畫漫畫和互相推背，而在大明宮項目上失職？

沒有懷疑精神，學問只不過以訛傳訛。扭曲學問，為

政治目標服務，弄虛作假，忽悠別人，久而久之只會害人終害己。當假大空和沾沾自喜變成了國民的風土病，便很難根治，至於滅蠻的初衷，到頭來還會製造一整代的蠻胞。

朋友傳來張堅庭臉書的連結，看他批評近年香港教育政策，老馬有火。近年少見的阿庭，印象中他的千金都長大了，應該逃離了被折騰的魔爪，但還對我們的教育那麼勞氣上心，真‧佩服。他呼籲，不要給官僚主義、政治掛帥的無厘頭事干擾了做真‧學問的興趣，不要因行政官僚升官發財的方便，令到「青青學子」誠惶誠恐、神志不清，以致做學問真假難辨，是非不分，並且要還我們對學問可以有「焦慮與質疑」的自由。

他的舊作《表姐，你好嘢》近日被翻舊賬，我代堅庭兄自我反省和檢討，當年的表姐玩笑的確有點過份。記住，假大空這風土病，常見的併發症是玻璃心和面子病，我們不能夠期望國人三朝兩日可以培養出幽默感的。

芯事

　　中興事件讓各式傳媒大量提供或探討了芯片的構成和意義，令人長了見識。這麼厲害鳥的東西，我就不懂談了。可以借題發揮說說，為甚麼國人對於「實用主義」幾乎一面倒偏好，但對探索原理與及敢於開創卻嚴重缺乏興頭。

　　我以前搞音樂的時候，偶然會提醒新入行的人，先要有不計較即時物質回報的心理準備，然後再問自己，對於這門藝術的熱愛程度究竟去到幾高。創作這娘兒是很惺惺作態的，你滿腦子實用主義，她看不起你，到你和她發生了濃烈的感情，擦出火花，延後的回報，你擋也擋不住，看看子華哥的經歷便知道了。創作還是要緊記古典年代的泡妞黃金守則，先講心、後講金，這守則在YouTube年代仍然管用。

　　搞創作不可以預訂實用主義來進行。香港的家長為了應付名校校長、老師的虛榮心，會強力安排自己的子女學各種熱門、冷門的樂器，以鑽營進身名校的門路。香港以人口比例計算，是世界上賣鋼琴最多的地方之一，但卻成不了維也納。實用主義掛帥的風氣底下，經常容易變質為「拿來主義」，很難出真正的優秀人才。

　　筆者在閒暇的時候涉獵過一點中國術數的研究，這項中國古老文化在傳授方面有一種特色，流傳一些所謂秘訣或秘笈，標榜實用，然後奇貨可居；美其名是經驗的累積，其實只是片面的主觀或不成熟經歷的炒雜燴，欠缺

體系的整理、架構的建立和流利的論述。這種秘技「傳統」，幾乎就是我們自古以來的「學習」風格，我很厭惡這種學術數的風氣。單邊地追求實用，眼界固然狹窄，心態也必然貪婪，但這種吹噓「實用」、「實戰」的說法很有市場，原因不外眼界低而貪婪的人實在太多。

實用主義是普人類及普動物的價值，由執紙皮的公公婆婆到侵侵大帝都用，是等於「阿媽係女人」的道理，提不起價，搞不好還經常應用於手作仔的低端層次。能夠尋根究柢，摸通原理的人，實用性永遠飛不出其手指罅。

國人長期不普及培養理性邏輯思維、推敲抽象概念的能力，而只着重於物質性的經驗，所以對於有形資產印象深刻，對於無形資產卻毫無好感，所以喜歡買磚頭，佔房產土地，對於知識產權這種關乎原理和創造，貌似虛無飄渺的概念沒有投放感情和尊重也是必然的。

歐洲人偏袒美帝而對中國人看扁不是今日特朗普年代才發生的事。法國人托克維爾在法國大革命之後遊歷美國，寫出了《論美國的民主》，當中有篇章涉及中國觀察，說中國人在他年代的前五百年已逐漸喪失創造的能力，他指的大概便是明朝海禁鎖國，對讀書人打到屁股開花的二百年，或是利瑪竇來華前後的一段時間。

學者認為，明朝的國力以GDP計算，在當時來說應是世界第一的了。但限制了自由，人的眼界和見識便小，沒有見識沒有眼界，創作能力便弱。中國人幾千年來，不缺科學天才，或聰明才智之士，但都好像在單打獨鬥，像個別的傳奇。我相信，如果管束的枷鎖可以移走，國人的聰明智慧爆發起來，可以極之輝煌燦爛。太多的卡壓，阻

庚子 己亥 戊戌

頭阻勢，大家做事便會只顧眼前的實用，得過且過，凡事就湊着辦。

今年的電影金像獎頒獎典禮引起了一陣的喧鬧，我沒有觀禮，聽說楚原他老人家暮鼓晨鐘，提醒藝人賺了錢，一定要買樓傍身，聽來更多的是唏噓與無奈。其實買樓已經是國人的「全民智慧」了，只不過藝人賺錢說易不易、說難不難，既有所得，為自己的血肉之軀打點一下也是好的，至於其他上車無門的人，聽了智者的肺腑之言，也苦無用武之地，唯有以萬物為芻狗了。

啊！忽然想起，第一屆香港電影金像獎是由香港電台和電影雙周刊合辦的，我是籌委會的秘書，當時大家討論要為項目改一個省鏡的名字，有提過金帆獎或金紫荊獎之類，大家都覺得很「娘」，苦無結果，當中一把微弱的聲音說，不如就用金像獎(美帝的)來做個暫定的工作名目吧。這個working title，不覺經歷了幾個香港電影的盛衰起落循環，湊着辦的用了三十七屆。

搖滾精神

因為要組織自己的回憶，便用自己建設的個人網站，蒐集以前聽過的歌曲及其人物，做些整理。有些人久違了，重新拜訪便有恍如隔世的感覺。

一個是Joni Mitchell(維基譯瓊妮‧密契爾)，偶然游進她的網頁，第一個接觸是她隨機展現的大頭像，我很幸運，首先迎上的是她最近期的老顏，高顴骨的輪廓，枯摺的面皮，高解像度將她面上的皺紋，表達到纖毫畢現，很有一種女巫feel。我佩服她對自己的耆英樣充滿自信。

我們年青的時候聽她的歌曲，都環繞着*Both Sides Now*的前後開始，她後來的音樂發展得非常多元化並且前衛創新，約十年前她將*Both Sides Now*重新演繹，是完全的另外一個境界。她的音樂有多好我們不用談，這裏只說因此而觸動的偶然想起。

像她這種態度的歌手，六、七十年代如雨後春筍般出現，表達的體裁是搖滾樂，內容則在反戰、索求社會公義和人性的自由，這樣的題材，在西方社會的環境，可說得上是取之不盡、用之不竭，並且可以憑之而名成利就，享富貴榮華。

Cynically地想過，「真理」、「正義」這類東西也可以用來作商品、至少是產品來賣，找對了適合的市場，便可以奇貨可居、一紙風行。不過，我還是羨慕這些搖滾樂手可以在西方社會，享有這種自由創作的環境，並且得到沒有人會眼紅和質疑的回報。像Bob Dylan，他賣

庚子 己亥 戊戌

出的唱片以億計，也如Neil Young等，他們幾乎一生都穿着Grunge look，經營着前衛、反叛的形象，挑戰政府，索求社會公義，而可以安全無恙。Bob還可以得諾貝爾文學獎，一生人除了偶然出點交通意外之外，人身甚為安全，無需要有甚麼作好犧牲的準備。

東方、或者我們偉大的民族，在音樂、藝術方面，走的則是另外一種完全不同的風格。我最近因為要寫一些關於古星學的東西，做了一些查閱，據學者考據，北斗星中的天魁星，查魁字，所寫或源於「夔」字，而夔則相傳為堯、舜時代的樂官。《呂氏春秋·察傳》記載了魯哀公問孔子有關夔的傳聞，「孔子曰：昔者舜欲以樂傳教於天下，乃令重黎舉夔於草莽之中而進之，舜以為樂正。」所以，我們從一開始，就把音樂、藝術定性為教化愚民的工具，並且要設一個音樂官專門管理。當問到傳聞夔是否獨腳（一足），則引舜帝答，搞音樂這東西，一個夔就足夠了，不是說他只得一隻腳。

See…，一開始我們就將音樂、藝術歸入禮教的一部份，稱為禮樂，並且要官辦。所謂「射不主皮」，「師出以律」，都叫我們不論音樂還是技藝，通通都要為主公的意志和大業服務，今日則轉化為文藝要為政治宣傳服務，這種思維之「前衛」，比共產主義還要早。

正因為音樂有壟斷成規，所以奇貨可居，歷代也吝嗇廣傳。近代曲藝家吳梅記述，他學音樂的時候，問老樂師一些理解性的問題，通常都不得要領，因為樂師都只識其藝而不知其理，是知其然而不知其所以然。大概也因為這種學習風格，我們很難有豐富的音樂創作產量。

近年偶然也知悉中國出了一些演奏家，在國際上享有名堂，像李雲迪、郎朗，或近年人氣不錯的王羽佳，一般都強調是技術派，演奏流暢。他們的技術表現，除了彈奏之外，還包括手勢，搖頭擺腦等showmanship，有些還會把頭像公雞一樣啄來啄去，算是一種流行的風格吧。王羽佳說她很受Lady Gaga影響，希望她真的能夠多發揮出一點搖滾的自由奔放精神。

抬面上的中國演奏家，在演奏像蕭邦(Chopin)、拉赫曼尼諾夫(Rachmaninov)等樂曲的時候，總欠了一些樂曲應有的深邃、寧謐和沉思。這大概也是我們都欠缺了的一種心靈境界吧。

智能人

六十年代初上小學課不睏的時候，會在作業簿的眉頭上畫鐵甲機械人。因為是鐵做的，所以線條很笨，四方頭、四方身，手鉸位、腳鉸位都有大片的接駁和蓋冚。這和當時流行的塑膠公仔的結構相近，都是頭還頭、身還身、腳還腳、手還手，逐份套入裝成。這也是我們出身草根的人經常領回家做手工裝嵌賺外快幫補生計的恩物。

老師偶然授課岔題的時候，會不經意的想像地說，將來的機械人會代替人做家務，受人指使，又天馬行空的說，科學發展到未來，我們將可以吞一顆藥丸，就會懂得彈鋼琴，做貝多芬、莫扎特；又或者吃另外一顆藥丸，就可以做牛頓、愛因斯坦，諸如此類。那時候天真，對科學充滿憧憬。時光荏苒，人經歷了半個世紀，不再那麼天真了，機械人、智能人、程式人時代卻真的悄然掩至。

科技應用經常都是由貪婪和慾念驅使而得以長足發展的。我後來看到的人造人，包括了幾可亂真的人造面皮，應用於電影效果；當然還有皮膚吹彈得破，眉目表情生動，幾可亂真的人造娃娃，用之於成人性玩具。發展下去，我們的宅男要置業上車可能遙不可及，但逐步「人性化」的人工女娃卻可能會在不久的將來有如iPhone般普及，揀一件帶回家，和她談戀愛，省卻要受公主病的氣。

霍金臨走前警告人類不要搞外星人，又預言人工智能遲早會取代人類。人類搞科學會搞出個大頭佛的夢魘，英國小說家瑪麗雪萊(Mary Wollstonecraft Shelley)的《科學

怪人》（*Frankenstein; or, The Modern Prometheus*）早於1818年說過了，霍金的警告只是接力。我的直覺是人工智能比核彈的恐怖還要陰寒。核子彈發明之後，因為殺傷力顯而易見，基於恐怖平衡，反而令大家不敢輕舉妄動，以防攪炒。不過，人工智能的發展卻有點溫水煮蛙的趨勢。我們將人類最寶貴的知識成果，不斷的輸送到人工智能上面讓他不斷壯大，成為不死身，為求逼真，還要把我們的情緒反應、脾性喜好等等自然特性堆疊上去，如果人類的生命短期內看不見長生不老的可能，那麼，不斷壯大的人工智能便會好像吸血殭屍一樣比我們「長壽」，那幾乎就是一場搬起石頭砸自己的腳的集體低能運動。

在日常生活中，我們已經開始要和人工智能對壘了，比如說，我們要在網上做些登記手續之類，電腦會命令你在下列的圖像中選出那些不屬於生果的，或者要你看一堆東歪西倒的數字和字母，叫你輸入，以辨別你不是人工智能人或機械人。一部電腦要閣下你證明自己是肉身人而不是機械人！你覺得侮辱不侮辱？還有，電腦編程的AlphaGo已經愈來愈壯大變種，真人要贏他愈來愈吃力，於是唯有玩程式對程式的對壘。當人工智能「有性」的時候，包括了白鴿眼，你認為會不會將你視為低端人口把你消滅？

財政預算案把五百億投入創科，是否又一次掛羊頭賣狗肉？我不知道。不過，香港學府與內地基因研究機構合作研究遺傳基因工程的興頭卻是有的。我數年前在網上看過一條紀錄片，與會的講者說機構除了要基因改造番茄、稻米等，還要為兩百五十個雙親獨孩的家庭、五千個孿生

　　　　　　　　　　　　庚子 己亥 戊戌

子、一百萬個中國人做編程，以了解基因組（genome）的遺傳訊息。他說他有一個夢，就是要把全球的生物編程，更想把全人類編程……這些研究室，超過一半設在香港，那已經是2012年的數字。

基因之父James Watson於五十年代發現基因排列。大家相信，人懂得了基因圖譜，便會懂得怎樣掌控它，尤其用於改進智商與及健康方面。我只是不知道上帝會不會想得這麼周到，令科學家人人都古道熱腸，只會製造善良、優秀的榮譽市民，而不會多做幾個惡棍，令人類的圖譜更加全面、更加逼真。顯然，信奉唯物主義的社會，沒有那麼多宗教和道德的包袱，在這方面可以去得更勇。

務實的香港人，如果可以稍為花錢，買個基因排列編程而可以令到仔女智商高、認知能力強，考得比人勁，打得入名校，便要比地獄式訓練仔女，星夜為仔女做PowerPoint去考取名校來得方便省事。

花香與獵槍

　　國學大師說，中國人幾千年不需要宗教，靠儒家文化就可以把國家治好。不過，中國人對宗教，卻似有若無，說沒有宗教，但卻五步一樓、十步一閣都是廟宇。中國人永遠最務實，信教不是信教義，是信靈與不靈。靈便信，不靈便不信，廟祝怕甩鬚，說了一句兜底的說話，叫做「心誠則靈」，一腳把球踢回給善信。我們因為務實，所以，信教也是一盤生意。誠然，我們有很多東西都不需要，仍可以生存好幾千年。譬如說，我們是地球上最熱衷生育的國家，但我們卻完全不需要童話教育，小孩如果要讀書，一落手便幾乎是四書五經，至少也是詩詞歌賦，所以我們的孩子，不是文盲，便是神童。普及教育，還是近代才迫出來的。

　　我問一些年青人、學生，我們有甚麼思想家、哲學家，答案不假思索都是孔子、孟子，偶然搭一個墨子，都是有標題而說不出內容的。孔孟儒家的君臣倫理，有二千年的歷史，歷來帝王將相、鄉親父老都可從中各取所需，各施其用，環保耐用得很。我們在秦、漢兩代種植了兩條大基因，一條叫武統，由秦始皇完成，一條文統，由漢武帝、董仲舒「罷百家獨尊儒術」完成。兩條主要基因至今老樹盤根，根深蒂固，而大一統和帝制，便幾乎可以畫上等號。我們有小強般頑強的生命力，主因還是先把吃和生育(及其樂)放在第一位，然後供奉一大堆的民族英雄，或

　　　　　　　　　　　　　　　　　　庚子 己亥 戊戌

開疆闢土，或保家衛國，確保吃和生育不斷，其他的真的不是那麼需要。

春遊臺南、高雄，都是綠營的根據地，問的士司機對時局的看法，他說：大家都是中國人嘛！當然要統一啦，但不要打嘛！遊廟宇，除了有孔廟之外，當然還有因人立廟的鄭成功廟。如果問一般年青人、學生，中國人的圖標人物（icon）是甚麼？思想家、哲學家答不出幾個，但岳飛、文天祥、鄭成功、甚至李小龍卻是有機會接龍下去的。我們都喜歡一些怒髮衝冠、慷慨激昂、血肉橫飛的人物，又因為喜歡「感性」，所以盛產詩人，少產哲學家。我七十年代初入大學的時候加入了文社，第一項活動便是集體朗誦詩人艾青的〈雪落在中國的土地上〉，寒冷在封鎖着中國呀！日前看見艾未未接受外媒訪問，説中國人幾千年脱離不了帝制，表情若有所感，不過仍強調自己拿的是中國護照。文社中也唱《我的祖國》：「風吹稻花香兩岸……，豺狼來了，迎接他的有獵槍……」有槍有砲，有浪漫有激情，三國、水滸、紅樓，還有吳宇森式的暴力浪漫。後來露絲‧潘乃德（Ruth Benedict）的《菊花與劍》（*The Chrysanthemum and the Sword*）只是山寨我們自古以來的情懷。

這令我想起2013年，我托黃公子黑蠻、蔣芸等鴻福，撛衫尾到北京賀畫家黃永玉九十大壽，雅聚分設於萬荷堂和人民大會堂，當年座中還有宋祖英。事後，一班朋友順遊天津，車上，張大姐敏儀轉述了黃永玉接受記者訪問一則。記者問畫家對自己在文革的經歷有何感想，畫家沒有

直接回答，只說了一個故事。他幼時可能頑皮，慈母對他很兇，有一次，他跟母親上市場，半途扭計鬧脾氣，賴地不走，他的母親先不理他，過了一會，突然回過頭來，給他狠狠摑了兩巴掌，便掉頭繼續走路，小畫家無奈，只得哭着隔幾步尾隨，亦步亦趨。

春遊散記

　　春節假期，到臺灣一遊。原本要去花蓮、臺東，聽聞有地震，便改了行程去臺南、高雄。這兩個地方以前來過，行程和交通都由朋友安排，多吃香喝辣，我則尸位素餐。今次和幾個年青少艾同行，約好用腳走文青路線，讓自己有更多接地氣的體驗。

　　臺南的廟宇大大小小數之不盡，多奉道教神祇，我們的小旅館毗鄰玉皇大帝殿，適逢大帝誕，廟宇張燈結綵；又逢元宵燈節，很多地方都掛上五彩燈籠，奪目耀眼。這些風景，我少時住新界的時候見過，於我幾乎是曇花一現，瞬即變成了記憶。我們信步去赤崁區，原本要參觀孔廟，但碰上了修葺工程謝客，便在附近參拜了文武廟，算是孔門文昌沒有離題。

　　臺南的廟宇幾乎「五步一樓、十步一閣」。難得是所有的廟宇都維護得整齊清潔，橫樑棟柱，丹青描塗，皆鮮艷如新，供奉各尊，亦必身光頸靚，金身無暗啞褪色的現象，想必是心誠供養護理之功。由於廟宇林立，景致寬敞，遊覽起來便覺舒暢。就算像香火鼎盛的文武廟、玄天上帝、觀音廟等，由於建築樓頂高，空間寬敞，通風狀況好，便免卻了人受煙火攻鼻嗆喉之苦。

　　的士司機說，臺南人做成了生意，或捱過了疾病，都會還神，富裕的會捐獻修葺廟宇，有些甚至捐地立廟，以作功德。在這些活動中，不排除有些人用來連繫政治網絡，或者出入不正常的資金，不過，廟宇雖如雨後春

筍，但保養得宜，門面得體，便也構成了一項城市的悅目特色。

的士司機都健談，並且衣着整潔，服務態度良好。我們這幾天出門，透過旅館預約，長短路程不拘，稍候無怨。臺灣的士皆鮮嫩黃色，車身及內櫳都新淨整潔，有如廟宇的神像金身。有良好的服務優勢，我相信他們會較少擔心Uber來搶飯碗的問題。

潔身自愛，追求閒適的生活，大概是成熟了的公民社會的普遍訴求吧。下午閒逛文創區，見一灣角處的喫茶小店，帶一小片園景，有現代和風的味道，賣小甜食，守店的老闆娘說手藝是爸爸傳的，早時要弟弟接手，但一如大多數年青人一樣，總要跑一兩轉像臺北這樣的大城市找出頭機會，亦一如無數的城市失落故事，弟弟還是跑了回來，乖乖的把父親留下來的手藝精研，然後文創添進。

小店裝潢雅緻樸實，入門先聞得淡淡的艾灸飄香，然後引導出濃郁的花生、芝麻、豆蔻等餡料焙烘出的香噴噴氣息。除了熱誠招呼客人不斷試食之外，老闆娘又滔滔不絕地說起左鄰右里、父女、母子等等的家庭倫理和處世哲學，好不一見如故。

晚上踏進了文創街的一間喝酒的地方，入門後見三進庭園，一位文青feel的清爽女孩迎上來，聽我們說廣東話，便表明身份說自己也是香港人，在臺北大學念書滿五年，稍後還要再進修。我問她會回香港否，她輕快的搖了搖頭說不會回去了，微微的表情好像說，咪搞我！我相信她的意思是，這裏的生活很舒適悠閒，習慣了，還要回去嗎？

庚子 己亥 戊戌

我相信，只有在一些不再強調發展是硬道理，不沉醉於每年都追求經濟高增長的地方，人才有那種奢華，去享受一點寧靜閒適，亦因為少了一點利欲薰心，人與人之間，才會減少不必要的戒心和猜疑，而重獲自由談話的權利和樂趣。我開始明白，為甚麼近年有些香港人會選擇移居臺灣。

　　勤奮精進是一種美德，無休止地拼搏是一種苦難，適當的閒適才是一種福份。香港人經過這麼多年生活於浮華世間的精叻醒目，部份開始學習追求一點心靈上的閒適，那就讓一部份人的心靈先富起來吧。

似火流年

友人叮囑我新年可以寫一些流年預測之類。我不懂豬馬牛羊運程，不如就續幾星期前寫過的「戊戌大時代」，多加一點註解。

中國人及部份歷史學家相信世事有循環的形態（pattern），認為一個循環大概有六十年，叫做一個甲子。不論六十年還是循環的形態只是一個概念，歷史不會機械化地重複，而六十年也不完全是一個整數，就好像地球繞太陽一周不是一個整數一樣。從術數角度說，影響一個循環的變化，還有其他項目在底部作齒輪式牽動的概念，說起來比較繁複，就從略了。

我們看歷史，不會只看一個重要的年頭，而是要看那一年前前後後所發生的事情，是否互相關連，和會否構成一種形態，可以供後來參考。今年戊戌年，也是六十年一遇，對上三次，分別是1838、1898、1958，都是重要的，標誌了一些影響大局趨勢的年份。看他們前後的發展，便可以看出一個非常明顯的形態（pattern）來。

第一次是禁煙令，觸發了對英鴉片戰爭，及後的英法聯軍，局勢動盪的發展，蔓延到太平天國。第二次是戊戌政變，之前有甲午戰爭，之後是八國聯軍，牽涉了義和團之亂。第三次是反右運動，之前有抗美援朝的韓戰，對抗的是十七國的聯軍，之後蔓延至十年文革。這幾段歷史，都有一些共同特色，一是處於新舊、開放與封閉價值衝突的時代，二是都涉及非常廣闊的群眾運動，並且都受或理

　　　　　　　　　庚子 己亥 戊戌

想主義、或民族主義等意識形態的驅使，去到失控的時候，氾濫出非理性色彩的群眾活動。

筆者不知道第四次的發展會如何，讀歷史的人，鑑古而心裏有數，實在無需劇透。幾次的戊戌前後，我們都幾乎單挑列強，近月加拿大、法國、日本、英國和美國等二十國外長會商討朝鮮半島問題，把中、俄摒諸門外，歷史發展何其相似。似乎我們的單挑能力，越戰越勇。

歷史不會呆板地重複，就等於百家樂不會一直開大一樣。頭兩次我們單挑的時候，處於清朝的下行軌，輸得無面無目。由第三次到今日，好歹都是一個上行的軌道，由韓戰血肉長城的慘勝，到現時軍事力量的拉近，希望可以令各方不至於輕舉妄動。近期醞釀的對峙，反而更接近金融、貨幣戰爭的開打。戊干的特性是催生宏大的企圖心，在這個大時代，人人都有機會踏上歷史舞台，要精忠報國的、要勤王護主的、要為理想殉難的、為信仰殉道的，都可以各適其適。至於務實的香港人，也可以趁勢食大茶飯。

我想起了幼時聽過的電台節目，印象深刻的有兩位順德先生，一是蔡伯勵老師每年都講流年運程，還有龐富先生的每日「街市行情」，談的都是豬牛羊之事，那是老香港人的集體回憶，於此，我也手痕來湊湊熱鬧。新年前股市大幅回落，我們應該有心理準備，農曆的第一季將會是持續的調整狀態，上上落落，便要看你衝浪的節奏是否和上落配合。未來兩年都屬火旺之年，若要淘寶，仍在於先進科技發展的項目，手機似科技但已經平常化，只歸類於通訊，與汽車同類等，發展會比較呆滯。至於銀行、金融

類別則傾向於力謀穩定和流通，較難有大的表現。其他活躍的行情則包括了土木建材、紙業、娛樂。至於燃油、能源都在逐漸熱身的階段。

我謹祝讀者新年進步、財息兼收。

庚子 己亥 戊戌

咁袂好囉

世姪或是噏(WhatsApp)傳來，租住的單位業主要收回出售，問我應該買否？我真難答。全世界的銀紙印得太多，磚頭越來越貴，我說單位還好，可以買，不過現在的價錢這麼高，要不要給他綁死做樓奴，那就……。後生仔又開始噏，近年看到很多是非黑白顛倒的現象，環境變得越來越陌生，又說岳父母當年走難來香港，現在大概又要輪到他們要出走了。

唉！世姪，甚麼是非黑白顛倒，只不過是觀點與角度而已，能夠換一個角度看，甚麼事都可以海闊天空的，只不知現時的後生仔還那麼抱殘守缺，不能夠與時並進。以前，我們總說中國人要面子，所以報喜不報憂，落後了！今天我們要懂得把喪事作喜事辦，壞事自然變好事了，學校不是教我們做人要樂觀嗎？

指鹿為馬沒有甚麼不對，馬原本不一定叫馬，鹿本來也不叫鹿，只是錯的人多了，馬才叫馬，鹿才叫鹿，勇敢的人才懂得指鹿為馬，識得撥亂反正；在這個大時代，學一點唯物辯證理論是有好處的。

換一副眼鏡看事情，便會看出每天都有好人好事，便會知道「我們最幸福」。嘩！萬寧婆婆放了，萬寧叔叔出來道歉了，袂好囉！還有，法官大人形容萬寧婆婆身手敏捷，眉精眼企，一連串的描述，不知是法官大人的原句，還是記者朋友的妙筆，發揮得緊湊流暢，比得上喬治·米勒導演《瘋狂麥斯：憤怒道》(*Mad Max : Fury Road*)的動

作剪接，袂好囉！你知道為甚麼香港譯作《戰甲飛車》而不是《憤怒道》呢？和諧啊！

還有，浸大學生為了普通話考試搞到滿城風雨，涉事學生都道歉了，袂好囉！有內地來的女同學請纓義務為本地學生補習普通話，姐姐一番好意，袂好囉！莫說考普通話合情合理，為了配合一帶一路，就算要考烏干達土語，也是應該的。憶苦思甜，以前考科舉，屢試不中到三代同堂一齊考也是有的，我們已經進步很多了。錢大校長和老師們，飽歷以前的艱辛，今日做了慈父慈母，當然也要給你們艱辛艱辛，多難興邦啊！我們要體諒錢大校長的哽咽。

多點和慈父慈母溝通是好的，例如說，同學們可以開辦「廣東帶性口語文化研習班」，邀請老師們來促進互相了解。譬如說，年青人在說話中加插一個「卵」字，是沒有惡意的，例如：「做乜卵耶？」經常是內向型的語句，不過是自言自語，自說自話的感嘆號！就算是當着你的面說：你個「卵」樣！其實也是稱謂語，讚嘆閣下也是卵生動物（雖然生物課讀得不是那麼靈光）。同學都是年青人，在語句中加插「卵」字，就好像生理上處於發育時期，還未能夠充分控制自己能放能收的隨意肌，讓褲襠經常出現暫時性的虛擬僭建，無需清拆，也可以很快就會還原了，應該不算違法的。慈父慈母都是過來人，怎會不理解？

展望未來，廣東帶性口語將會更加流行，街頭巷尾，上至博學鴻儒，下至販夫走卒，人聲鼎沸之處，向慈父慈母請安之聲此起彼落。當其他語文都佶屈聱牙、傳達低

效的時候，直率無邪的「卵語」將會成為這個大時代的顯學。

　　我年青的時候體能很棒，經常跑到牆邊，一翻身，頭下腳上，貼牆做倒豎蔥等閒十分八分鐘，看世界自有另一番境界。同學們如果能夠多加練習，咁袂好囉！

哭泣的駱駝

意識流和蒙太奇有一個共通點，就是大家沒有甚麼必然關係。

1979年，唱片公司收到與臺灣合作的新格唱片寄來一張專輯，單曲與專輯同名叫做〈橄欖樹〉，我負責聽的覺得悅耳，便提議重點推推。公司的人不置可否，認為臺灣的歌一般很土，而且臺灣方面亦沒有任何催谷這首歌曲的意思，不過，我當時還是按照專業的責任，送去電台試試。後來，我們才知道，這首歌在臺灣足足禁播了八年。

那一段日子，臺灣有很多東西都是禁的。如果你要去臺灣讀書或者旅遊，男的要把頭髮剪到似陸軍裝才可以入境。有些臺灣女歌星，因為穿着或台風稍為出格，管文化的當局，會禁止你演出，把你官式雪藏一段日子。所以，那個年代的臺灣女星都很清純，髮型叫做清湯掛麵，代表人物是林青霞。

為甚麼〈橄欖樹〉會被禁足八年？理由很簡單，就是不喜歡你流浪，不喜歡你通街跑，不喜歡你受外人蠱惑。中國人喜歡禁由來已久，明朝一大段時候，幾乎禁到一隻舢舨都不准下海，那叫做海禁。〈橄欖樹〉還有崩口人忌崩口碗的情意結，不想觸起臺灣流落海外的孤兒感覺。

真正令到〈橄欖樹〉風行港台的，應該是《歡顏》這套電影，當年由「五粒星」電影商的老闆黃漢華引入香港，女主角胡慧中，是另一個清湯掛麵。「五粒星」多發行一些文藝電影，老闆是宣傳高手，輔政的叫做李康華，

庚子 己亥 戊戌

後來變身李居明；老闆的一位知己叫做黃綺瑩，筆名西茜凰，大學時期，與筆者都是青年文學獎的活躍分子。

跑馬地禮頓道夾黃泥涌道口的傳達書屋，是漫畫家阿蟲嚴以敬伉儷經營的，我有一段時間常去串門子。有一天，老闆娘説來了十幾本三毛的《撒哈拉的故事》，推薦我看。我後來借題發揮，寫了一首叫做〈黃沙萬里〉的歌詞，抽了一點三毛的油水。

流浪的人都是坎坷的，環繞着〈橄欖樹〉的一撥人，很多後來都變得「騎騎呢呢」，「神神化化」。三毛和荷西先後騎呢作古，作曲的李泰祥當年的歌曲，很多都被買斷，版税收入很少，筆者感同身受。清湯掛麵的女主角幾度婚姻都諸多波折和不幸，身陷囹圄的夫婿何志平醫生涉事的地方在乍得，與三毛當年的西屬撒哈拉，各處非洲一東一西，要差一點才會合得上。其他的「騎呢」就不多述了。

阿爺李老闆叫我們問自己是從哪裏來的？其實三毛早已答了：不要問我從哪裏來；還自答自問：為甚麼流浪？中國人的生活很簡單，哪裏可以發財就往那裏去。另外便是，那裏住得爽，便就住那裏。最近一些數字顯示，很多香港人竟然選擇移居到經濟不太見前景的臺灣，看來便有點匪夷所思了。

較早前，旅居英倫的子侄輩來郵，附上一張冬日氣氛濃厚的新居窗前雪景，祝筆者聖誕快樂。子侄的妹妹十來歲左右患眼疾，求於名醫，不幸醫療失誤，一隻近於失明，另一隻亦逐漸退化。不過子侄妹仍努力不懈，考取了法律學位和執業資格，她向哥哥表示，要為內地的失明人

士做維權工作，我佩服之餘，只能勸導三思。席間和李怡兄談起，他說他的親戚也有過同樣的遭遇，只是當年社會風氣比較包容，都沒有追究和起訴；也可能是當年的醫療技術還未成熟，尤其是對於普通或低端人士，還未適用。

戊戌大時代

李怡兄早幾天的「世道人生」專欄談到美國大選期間，特朗普的支持者走進了民主黨人開辦的餐廳，對不同政見的人，展現了大愛包容，很是表揚。然先生所言差矣。

西方人的國教受基督教薰陶，嫌我們「己所不欲，勿施於人」的道德水平不夠高，要抬高價碼迫人愛敵人如己，最好給人左一巴、右一巴，直頭是腦子進水了。

我們比較實事求是，最喜歡的歷史劇目叫做「國仇家恨」，最紅的小生叫做「忠臣烈士」，所謂「鄉愁」，當中便包括了「鄉仇」的轉音。圍繞着我們的人，有五胡亂華、五代十國，還有那些匈奴、吐蕃、鮮卑、遼金、女真、小日本和老不聽話的高句麗等等，都對我們虎視眈眈，還有列強亡我之心不死。我們經歷過長期鬥爭，打贏了，便少些仇，打輸了，恨是沒完沒了的。我們的民族本性謙和，要求卑微，不過「食、色，性也」，並且生命力挺強，堪比「小強」；我們有丁蟹一樣的鬥志：全世界都想我死，我就偏唔死。我們都是經得起「大時代」的人。

社會學家費孝通先生在《鄉土中國》中說：「侍候莊稼的老農也因之像半身插入了土裏，土氣是因為不流動而發生的。」我看見的，則是老農身上綁上繩索，扯出半徑，然後劃一個大圓圈，那就是安身立命的活動範圍。我們除了有周而復始的廿四節氣之外，還有氹氹轉的，用天干地支組成的六十甲子。天干十年一循環，逢八字即為戊

年。朋友問，2018年怎樣看？我說回歸二十年了，我們的臍帶既然扣回了慈母，便要懂得從歷史看。

氹氹轉到上一圈是1958年，前後便是韓戰、反右、大躍進等等⋯⋯下刪五百字；再轉一圈，是1898年，前後便是甲午戰爭、戊戌六君子、義和團等等⋯⋯下刪⋯⋯，都叫做戊戌年，都是狂野大時代的樞紐。我們近年累積了新一波的反智經驗，要跨入另一個狂野大時代是很方便的。

不論是天還是人，都喜歡搞大場面、做大龍鳳，只是時隱時現。我將史料剪剪貼貼，看看其他的八字年會不會「發」，卻發覺這些戊年，不論是天還是人，做大龍鳳的手影幾從不缺席。

以下所舉，都是在大圈中插科打諢的小戊年，小菜一碟而已。

1918年，第一次世界大戰結束，後續是1919年的五四運動。

1928年，張作霖在6月4日，因皇姑屯炸彈行弒死於山東；北伐軍光復北京。

1938年，八年全面抗戰開始次年，毛澤東發表《抗日游擊戰爭的戰略問題》和《論持久戰》。

1948年，國共內戰。國民黨軍隊主力在幾場重要戰役中「冚包散」。

1958年，因大躍進而大饑荒，開始「三年困難時期」。

1968年，文革期間，劉少奇在10月31日垮了。

1978年，第十一屆三中全會提出了「對內改革、對外開放」。

1988年，蔣經國總統逝世，李登輝繼任為第七任總統。

　　1990年3月，經國民大會選舉為第八任總統，李元簇為副總統。

　　1996年3月舉行台灣首次總統直接選舉，當選第九任總統，連戰為副總統。

　　1998年，夏，長江、松花江、嫩江等主要河流干支洪水為患。

　　2008年，汶川大地震。

　　以上所說，既非玄學，更非科學，只仿效澳門賭廳的百家樂開彩記錄，聊作參考，不適者當視為幻覺，閱後即焚。香港地處偏隅，務實而不沾大，最關心的，還是樓市暢旺，恒指日日高升；展望今年形勢，應該依然大好，不是小好，並且一定好，除非唔好。祝大家新年愉快！

　　啊！差點忘了，還有1838年，清朝道光皇帝於12月31日任命林則徐為大臣關防，下令全國禁煙。

舔舔吧，那冷雨

　　歐美六七十年代的歌唱隊，主要兩種造型，一種行使學院的清新形象，另外一種嬉皮、前衛。他們很多在求學時期，便能夠用音樂來表達自己。不論學院的，還是前衛的，都有共同的特性，便是不受拘束，不因學校的課程規限，而窒息了自己的創意和發展。當中表表者有Simon & Garfunkel，他們的歌唱歷程，由高中持續到大學，以致終生。保羅·西蒙不諱言當初組織樂隊，只是想藉此媾女。

　　那時候，年青人把自己關進車房，敲敲打打地唱起自己的歌曲，等待機會把歌聲和個性傳揚出去，創意可以從簡陋的車房孕育出來，那是創意自由的年代。

　　千禧年，我有機會參與網絡發展的工作，母公司位於加利福尼亞州山景城區，做網上電台串流的研發，創立者是做過音樂事業的老將，其中一位是Melissa Etheridge的監製人。公司由幾間貨倉似的平房組成，繼承了在車房中探索和發揮創意的精神。

　　那時候，發展中的公司都需要四出尋求營運資金，像高盛這類投資者必然會問一個問題，你們的商業模式是甚麼？答案各師各法，卻有千篇一律的方向；大家都相信，只要研發出來的軟件或程式，能夠吸引和聚集到人群，就可以餵他們吃廣告。

　　那年，科網爆破，我和開發公司的關係告一段落。兩三年後，東岸的哈佛出了個朱克伯格的小伙子，整天躲在

　　　　　　　　　　　　　　　庚子 己亥 戊戌

宿舍裏打學校裏的內聯網、同學的通訊錄和照片的主意，2004年，推出了面書，成功地捕獵了大批群眾。

人在不同的年代，流行吃不同的食物。類比訊號年代，人的活動多見真身，多付汗水和感情，吃的是人心。數碼訊號年代，我們用人工智能，把真身藏了起來，要吃的是人頭。大數據年代，獵吃的可能便是人命。我有幸經歷了兩個，是與有榮焉。至於第三個，便要走着瞧。

我有常來香港的「小強」朋友，說他們的付款方法先進，又談及創意的問題。我認為創意是不能夠劃界的，不能夠限定服務對象的，世界上沒有那麼便宜的事，能夠令我發財的，就可以盡情發揮，某些其他範圍，創意便要禁足。

我在七十年代，看了一些余光中的散文，記錄他在北美洲駕着一輛道奇牌轎車穿州過省的日子，作品並提到Bob Dylan，Neil Young，Joan Baez，好像還有Joni Mitchell等名字，都是敲打樂的人，感覺特別親切，認為他是同道中人。

搞文學的人都知道，詩文如果能夠博通古今中外，並收經典和流行，必然含咀英華，文章蓋世，只是苦無能力、苦無良策、亦苦無典範，余先生在這幾方面幾乎完勝，是我們文青的臨摹對象。適時，臺灣作家如白先勇、王文興、余光中等近代中國文學的桂冠，都先後參與了美國愛奧華大學的作家工作室。中國人的鄉愁無處不在，把愛奧華翻譯成愛我華。

中國人有多大的創作自由，最終還是離不開一條臍帶

的牽引。余先生在七十年代來香港中文大學教書，將鄉愁綁在一條路軌上，而我對他作品的印象，也就像火車的笛鳴越飄越遠。

余先生飲譽中港臺，葷素通吃，福壽全歸。詩人總有超乎常人的預示能力，並能為低端的人指導方向。我想起多年前讀過他的《聽聽那冷雨》，當中說：「而就憑一把傘，躲過一陣瀟瀟的冷雨，也躲不過整個雨季。」同篇文章，他提供了應對雨季的方法，叫做「舔舔吧，那冷雨」。

喜氣洋洋

遠期的事，總會千方百計，喬裝成不同的面貌，潛入我們的記憶，並且改寫意義。

1978年，我離開了學校不過一年光景，便轉職去了新成立的新力唱片公司，學習管理藝人及曲目（A&R Manager）的工作，同事梁兆強有豐富的製作經驗，是我的師傅，他喜歡和我合拍，陸陸續續讓我參與了唱片的製作。

徐小鳳在新力的第二張長壽唱片題為《夜風中》，1979年推出，其中一首叫做〈喜氣洋洋〉，原作者五輪真弓，填上廣東詞的是鄭國江。填詞人的野心不大，意念平常不過，只想寫一隻給喜慶場合應景的飲歌。唱片推出的時候，我們也沒有將它編為主打歌曲。

搞藝術的人都知道世道很玄，一首作品、一齣戲，都恍如一條人命，放出山之後，會自己走出曲折離奇的道路。這首歌生於類比訊號年代，卻在數位訊號年代大放異彩，成為了網民對社會上不受歡迎的官員、政客揶揄、贈之「好行夾唔送」的萬民傘；由一首本意要吃盡人間煙火的「飲曲」，如夢如幻地超度到了「神曲」的境界，倒令我們製作人嘖嘖稱奇。網民做過統計，受饗這首歌的知名人士凡五、六，我印象中則不只此數，並且相信陸續有來。

中國人有以歌鳴冤的能力，所以生命力比「小強」還要強。一個元朝，就是靠元曲挺活過來的。追溯得早一

點，我們還有《詩經》的山歌傳統。《論語・陽貨篇》說，子曰：「小子！何莫學夫詩？詩，可以興，可以觀，可以群，可以怨。邇之事父，遠之事君。多識於鳥獸草木之名。」我試做一個現代的粵語翻譯看看。老夫子說：「嘅仔！點解唔學唱歌啊？唱歌，可以好興奮，可以互相觀摩，可以聚集群眾，可以表達不滿。近嘅可以用嚟招呼啲父母官，遠嘅可以用嚟招呼啲帝君。可以多啲認識邊啲係草木、邊啲係禽獸。」

七十年代尾八十年代初，我們出來社會做事，沒有擔心過賺錢多與少，只希望可以有機會發揮一點自己可能有的才能，處於香港不甚蓬勃的藝術事業，也還算有一點普及藝術的表演空間，整體上，社會還是有不同的可能、有不同的出路。2003年，術數界普遍認為是七運的最後一年，好幾個光芒四射的巨星，急不及待的移民去了天國，爭先恐後地為一個時代畫上了句號。代之而起的，便是金融才俊和富爸爸的一統天下了。社會價值觀單一，缺乏長遠的策略和眼光，令年青人感覺窘迫、擠壓，是顯而易見的。

當年，最具規模的錄音室由百代唱片公司經營，設於又一村達之路，是錄音界的聖地。我們把自己關進了去，沉溺於一個不見天日、不知時間的境界，但是眼界和心靈，仍享有自由和寬闊。錄音室的隔音設備很雄厚，熱鬧的演奏者清場之後，我走進演奏間，在那種死寂的環境，會清晰地聽得見一道非常微細而刺耳的電流音頻，令人頗為不安。對抗死寂的方法，就是知道明天還會有才藝之士和性情中人到來，會再擂起一陣鼓聲，會再把電結他插

上，掄起一陣勁量的弓弦，然後仍會有人熱烈地彈琴熱烈地唱，歌聲多奔放個個喜氣洋洋！

〈喜氣洋洋〉由一首助興的歌曲，變成了追魂攝景的殤歌，是典型的嶺南鬼馬幽默風格。香港人能夠有苦中作樂的幽默，肯定死不了。